中英诗歌鉴赏

张琼　吴伟雄　著

Appreciation of
Poetry: Chinese and English

WUHAN UNIVERSITY PRESS
武汉大学出版社

图书在版编目(CIP)数据

中英诗歌鉴赏/张琼,吴伟雄著.—武汉：武汉大学出版社,2020.10
ISBN 978-7-307-21653-2

Ⅰ.中… Ⅱ.①张… ②吴… Ⅲ.①诗歌欣赏—中国 ②英语诗歌—诗歌欣赏—世界 Ⅳ.①I207.2 ②I106.2

中国版本图书馆 CIP 数据核字(2020)第 129381 号

责任编辑:罗晓华 责任校对:汪欣怡 版式设计:韩闻锦

出版发行：**武汉大学出版社** (430072 武昌 珞珈山)
(电子邮箱：cbs22@ whu.edu.cn 网址：www.wdp. com.cn)
印刷:湖北金海印务有限公司
开本:720×1000 1/16 印张:25 字数:345 千字 插页:1
版次:2020 年 10 月第 1 版 2020 年 10 月第 1 次印刷
ISBN 978-7-307-21653-2 定价:66.00 元

序

这是一本普及英汉诗歌常识的专著，是一本引导英语爱好者和青年学生鉴赏诗歌，从而“知之，好之，乐之”的书。我在大学教授汉英互译、中英诗歌选读、中英诗歌鉴赏等课程。有的学生误认为诗歌深奥难学，没有选修。一位优秀的学生本科毕业后，赴英深造有所成，留在伦敦教雅思课程；但是，该学生碰到诗词的鉴赏和名言佳句的翻译，觉得力有不逮，曾对我说：“后悔没有选修您的诗歌课程！”另一位本科毕业后到澳门大学获得翻译学硕士学位的学生也说：“后悔的人包括我啊！”人说世上没有后悔药，然而，正如本书讲到诗歌可以治病一样，后悔药来了！这个药，就是这本书。

本书是专著，但不走玄奥难懂的经院之路，不空谈理论，而寄精深于浅白，化繁难为简易。本书以代表性的英汉名诗作为语言材料，加上著者在诗歌翻译实践中的体会，目的是帮助年轻读者从繁难、深奥和神秘的诗词印象中解放出来，基本具备对英语诗歌进行一般性鉴赏和初步翻译的能力，增加文学修养，同时辅以汉语诗词格律基本知识的学习，以帮助读者在领会英汉语言的共相与差异的基础上，扩大知识面，并在语言实践中初步学会常用的涉外诗词佳句的翻译方法，从而提高英汉语言的综合素质和实际应用能力。

本书的内容主要包括：(1)英语诗歌基础知识、语言特征、基本格律及其功能、诗歌的分类、鉴赏的角度与方法。(2)汉语诗词基本知识：押韵与平仄；诗律与对仗；鉴赏的角度与方法。(3)中英诗歌名篇或代表作的对照鉴赏。(4)中英诗歌鉴赏与翻译实践。(5)涉外交流诗词佳句翻译的原则与方法。

掌握了中英诗歌的基本知识，是“知之”；学习鉴赏方法，就会“好之”；进一步掌握鉴赏技巧，必会“乐之”。其后，是“心动”，在需要的时候，会“行动”。如何行动？学习外语(语言)的人都有这样的经验，那就是对“乐之”的东西，从朗诵和背诵中“好之”，而“乐之”的最高境界是创新！

2005 年，桂林市政府和中国译协合办的“桂林山水甲天下”国际译文征集活动中，我模仿英谚“East or west, home is best”的译文，“East or west, Guilin scenery is best”摘得桂冠(当时我投交了两个译文。另一译文将 scenery 换为 landscape，报上和网上公布取 landscape，而桂林市南溪山公园入门处的石刻用 scenery)。模仿之外，可以创新。对名句“知之者不如好之者，好之者不如乐之者”，很多出版物一般克隆原文的句式结构，照字面翻译。而翻译界泰斗许渊冲却另辟蹊径，译为：It is good to understand, better to enjoy, and best to delight in it. “四川人不怕辣，江西人辣不怕，湖南人怕不辣”源自毛泽东主席在 20 世纪 60 年代和秘鲁哲学家门德斯的谈话。翻译这三个句子，可以在模仿利用形容词的三级之外，不套用 good，而用 spicy 的三级，翻译为：The Sichuan people like the spicy, the Jiangxi people like the spicier, while the Hunan people like the spiciest. 也可模仿“... government of the people, by the people, for the people”，译为“Spicy food is popular to the Sichuan people, favorite to the Jiangxi people, treasured by the Hunan people”。其余模仿和创新的例子，可欣赏书中的译例。

广西大学外国语学院原院长周仪教授说过：“学外语，不学文学不行。不学文学，英语再流利，充其量是二流、三流，正如一个目不识丁的中国老太太也能说一口流利的汉语一样。”诺贝尔物理奖获得者杨振宁说得中肯：“优秀的学生并不在于有优秀的成绩，而在于有优秀的思维方式。”诵读中英诗歌有助于培养和激发这一思维模式。杨振宁还说过：“如果一个大科学家不懂点诗歌不算一个完整的人。”

“腹有诗书气自华”，学习诗歌鉴赏不能挣钱，但能让人觉得富有、快乐、自信，提高感性思维品质。学习诗歌是多种投资：感情投资，智力投资，身份投资和养生投资。希望这本书可以对青年学生有所裨益，从懂点诗歌开始，逐步提高中英诗歌的鉴赏能力，直到能够翻译常用的名言佳句，最终步入诗歌翻译的殿堂！

吴伟雄

2020 年 1 月

于南海之滨

目　录

第一章 关于诗歌

第一节 什么是诗歌

诗歌泛指各种体裁的诗。其主要特点是：高度集中地反映社会生活，富于想象，凝聚着作者强烈的思想情感(感情)；语言精练而形象，分行排列，有鲜明的节奏和韵律(音乐)。

根据作品有无比较完整的故事情节以及是否直接抒写作者的感情，诗歌可分为叙事诗和抒情诗两类；根据作品在语言上有无格律，又可分为格律诗和自由诗两类。

什么是诗歌？答案何其多！若从诗词字，汉英有话说。

的确，诗歌的定义太多了，翻书上网，手到拈来，何其容易，本书不再赘述。我们通过对汉语中的"诗"和英语中的"poem"的拆字解义，了解一下诗歌的"基因"吧。

汉语中的"诗"字和英语中的"poem"，有天生的感情和音乐的基因。

诗歌是最古老的文学形式，在人类社会出现文字之前，就有口头创作的诗歌了。汉语中"诗"这个常用字，最早见于《说文解字》中的篆文，由"言"(说)和"寺"(庙宇)这两组基因组成，表示祭祀主持者祝祷赞颂，造字本义是祭祀时赞颂神灵和先王。既然要祝祷赞颂，就必须有感情的表露和音乐节奏的表达。诗歌富有感情和音乐的因子啊！

再看"诗"的英语单词"poem"，分明是"天生"的感情(emotion)的基因E，和音乐(music)的基因M的结合。也许是巧合，却不无道理；又符合逻辑，也容易记忆。通过对“poem”的拆字解义，分明是“声情并茂”：

Poem = Popularity of Emotion & Music

声情并茂，言之有理。人类表达感情的愿望是诗歌创作的根源，鲜明的音乐节奏是诗歌传播的手段。也可以说，感情是诗的灵魂，而音乐节奏是诗有别于散文之特征(Emotion is the soul of poetry and musical rhythm is the difference between a poem and a prose)。

当然，关于诗歌的定义，也有诗一样的描述。Eleanor Farjeon(埃莉诺·法吉恩，1881—1965，an English author of children's stories and plays, poetry, biography, history and satire)有如下的论述：

What is poetry? Who knows?
Not a rose, but the scent of the rose
Not the sky, but the light of the sky
Not the fly, but the gleam of the fly
Not the sea, but the sound of the sea
Not myself, but what makes me
See, hear and feel something that prose
Cannot: and what it is, who knows?

☞ **译文：**

何为诗，孰知之乎？
非玫瑰，乃其香也，
非天空，乃其光也，
非萤虫，乃其亮也，
非沧海，乃其声也。

非吾身，乃触吾心怀，
感吾耳目，而散文之不能也，
何为诗，孰知之乎？
（张琼 译）

英国诗人 Thomas Nash（托马斯·纳什，1567—1601）说：

Poetry is the home of all flowers, the quintessence of all sciences, marrow of wit, and the very phrase of angels.
（诗者，百花之家，科学精能，智慧本质，天使语言也。）

英国诗人 Samuel Taylor Coleridge（塞缪尔·泰勒·柯勒律治，1772—1834）认为诗是：

The best words in the best order.
（绝妙排列的绝妙好词）

Percy Bysshe Shelley（珀西·比希·雪莱，1792—1822）则说：

Poetry is the record of the best and happiest moments of the happiest and best minds.
（诗歌，是最美妙的思想在最美妙的时光的记录。）

当代泰斗级物理学家、诺贝尔奖得主杨振宁说：

“诗歌是什么？诗歌是一种高度浓缩的思想，是思想的精粹。寥寥数行就道出了自己内心的声音，袒露出自己的思想。科学研究的成果，也是一首很美丽的诗歌。我们所探求的方程式就是大自然的诗歌。”

(《访谈录·大自然具有一种异乎寻常的美》,《科学文化评论》2007 年第 4 卷第 4 期)

这些论述有助于我们鉴赏诗歌时作为参照。

一、诗歌中蕴涵感情

有的诗句是直抒胸臆，有的则如王国维的那句话，“写的是景，景里有情”。

例如《诗经》中的：

昔我往矣，杨柳依依。
今我来思，雨雪霏霏。

许渊冲(2006：9)翻译讲究的是情景交融，他译为：

When I left here,
Willow shed tear.
I come back now,
Snow bends the bough.

许渊冲说：“诗人离家出征时的忧伤，杨柳依依不舍，译成树流眼泪，而且英译眼泪用了单数，是具体名词的抽象用法。‘雨雪霏霏’，英译雪大得压弯了树枝，象征诗人战后回家筋疲力尽，压弯了腰肢。”(《翻译的艺术》，五洲传播出版社)诗歌字面写景，言外含情：雨雪和战争一样，把战士压弯了腰。

William Wordsworth(威廉·华兹华斯，1770—1850)是英国浪漫主义时期的大诗人、湖畔诗人(the Lake Poets)之首。他在和塞缪尔·泰勒·柯勒律治合作的《抒情歌谣集》(*Lyrical Ballad*)的序言中说：“诗歌是强烈情绪的自发流露，来自平静中重新回味的感情。”(…Poetry is the spontaneous overflow of powerful feelings; it takes its origin from emotion recollected in tranquility.)

张保红教授(2012：4)在《中外诗人共灵犀——英汉诗歌必读与翻译研究》(上海外语教育出版社)中论述了感情在诗歌中的独特地位。在“诗言志”“文以载道”诗学观影响的惯常研习方法之外，他提出了“读诗过程中需要明确的方向性问题”，指出：“诗歌虽然会表达一定的信息意义和道德蕴义，但表达信息意义和道德蕴义却不是诗歌的主要职能和最终目的。诗歌，尤其是抒情诗，最为关注的是生活经验的传递和人生情感的激发，目的是让读者在经验的感知与分享中情感得以激发，在情感的激发与体味中经验得到进一步扩展、深化以致升华。”

余东教授(2012：1)在为张保红教授著作所作的序中说：“如果说凭‘强烈感情的自然流露’，借‘情绪的自然消涨’，诗人方能吟出心灵的诗句来，解诗和悟诗既需要激情的飞翼，更追求明心见性，澄澈的心境。”

二、诗歌中蕴涵音乐

我们说诗天生就有音乐的基因，是有历史依据的。“从起源上，诗和音乐是一起诞生的，再早的诗都可以唱。在中国古代，合乐者为歌，不合乐者为诗。后来统称为诗歌。可见诗歌和音乐有着密切的关系。在诗歌后来的发展中，虽然与音乐逐渐分离，但仍保留了某些特质(节奏、旋律等)，形成诗歌的自身特点。诗应富于音乐美。”(齐晓燕，2008)

诗歌的音乐美首先体现在诗歌的韵律上。诗歌的韵律使人读起来朗朗上口，抑扬顿挫，轻重交替，快慢交织，音响感人。诗歌的音乐美还体现在诗歌用词寓声的特质、英语字母的声乐联想上。另外，诗歌的音乐美更可以体现在诗歌词句本身的意义及其内容所表达的声情并茂的声响效果上。

在白居易的《琵琶行》中，下面四句的音乐美特别突出：

大弦嘈嘈如急雨，小弦切切如私语。
嘈嘈切切错杂弹，大珠小珠落玉盘。

许渊冲的译文也体现了音乐之美：

The thick strings loudly thrummed like the pattering rain;
The fine strings softly tinkled in a murmuring strain.
When mingling loud and soft notes were together played,
You hear large and small pears cascade on plate of jade.

总之，有些诗用简洁的、有音乐特质的、富于感情的语言来表达；有些诗则使用意象、修辞与声韵来表达。

三、旗亭画壁唱诗会

古时候的诗作也因时常在歌坊之间传唱而得以流传。唐代高适、王昌龄、王之涣三位诗人有"旗亭画壁"的趣事。旗亭指酒楼，画壁是在墙壁上画记号。

唐玄宗开元年间，诗人王昌龄、高适、王之涣齐名。有一天，三人一起到酒楼去小饮，听歌女演奏当时有名的曲子。三人约定："听这些歌女们唱歌，谁的诗入歌词多，谁就最优秀。"

一位歌女先唱：

寒雨连江夜入吴，平明送客楚山孤。
洛阳亲友如相问，一片冰心在玉壶。

王昌龄在墙壁上画一道：看！"我的一首诗——《芙蓉楼送辛渐》。"

随后另一歌女唱：

开箧泪沾臆，见君前日书。
夜台今寂寞，犹是子云居。

高适伸手画壁：这是“我的一首诗——《哭单父梁九少府》。”（节选——笔者注）

又一歌女出场：

奉帚平明金殿开，暂将团扇共徘徊。
玉颜不及寒鸦色，犹带昭阳日影来。

王昌龄又伸手画壁，说道：“我的《长信怨》，我有两首绝句啦！”（节选——笔者注）

王之涣说：“这几个唱曲的都是不出名的，唱‘下里巴人’之类不入流的歌曲，那‘阳春白雪’的高雅之曲，哪是她们唱得了的呢？”他指着最漂亮出色的一位歌女说：“到这个小妮子唱的时候，如果不是我的诗，我这辈子就不和你们争高下了；果然是唱我的诗的话，甭客气，二位就拜倒于座前，尊我为师好了。”

那最漂亮的姑娘唱道：

黄河远上白云间，一片孤城万仞山。
羌笛何须怨杨柳，春风不度玉门关。

王之涣得意至极，揶揄王昌龄和高适说：“是我的《凉州词》！怎么样，土包子，我说的没错吧？”三人开怀大笑。

歌女们听到笑声，不知道发生了什么事情，走了过来，问道：“请问几位大人，在笑什么呢？”王昌龄就把比诗的缘由告诉她们。歌女们施礼下拜："请原谅我们俗眼不识神仙，恭请诸位大人赴宴。"三位诗人应邀，欢宴一天。

郑樵《通志·乐略·正声序论》亦云："凡律其辞，则谓之诗，声其诗，则谓之歌，作诗未有不歌者也。"旗亭画壁的典故充分说明了郑樵的论断。

附：王昌龄《芙蓉楼送辛渐》译文：

Bidding Farewell to Xin Jian at Lotus Pavilion

Cold rains reigning the stream last eve, I got in Wu;
Seeing friend off this dawn, I saw forlorn Mount Chu.
In Luoyang should my folks and friends ask after me,
Tell them a heart's in jade pot, pure as it can be.

(黄大濂 译)

高适《哭单父梁九少府》(节选)译文：

Opening your box, my eyes tear;
Reading your letter, I feel dear.
You must be lonely in the tomb,
Still as in an old, humble home.

(吴伟雄 译)

王昌龄《长信怨》译文：

At dawn I open the palace, and with a broom clean the ground;
Then nothing to do, with a round fan I wander the garden around.
My jade face is not as brilliant as the jackdaw passing in flight;

Reflected by palace shadow light, it's lucky as plants in sunlight.

(吴伟雄 译)

王之涣《凉州词》译文：

Out of the Great Wall

The Yellow River flows up to white clouds in sky;
A lonely fort's low houses in the mountains lie.
Why should the Qiang's flute play the Willow Tune in woe?
O'er Jade Gate Pass spring wind has never cared to blow.

(黄大濂 译)

诗歌富含感情和音乐的例子俯拾皆是，本书将会在下面的章节中结合诗歌鉴赏的其他方面融汇而述。声情并茂，说明诗歌中的情与声不是截然分开的，而是一起流露的。

四、两行短短英语诗，音义结合声情茂

张保红教授仅用 Robert Frost(罗伯特·弗罗斯特)一首两行短诗 *The Span of Life*，就分析了诗中强烈的感情和音乐。体会短诗的声情并茂，可以小见大，能见微知著，也体现了诗歌鉴赏的思路和方法。诗云：

The old dog barks backwards without getting up.
I can remember when he was a pup.

情感何在？读这两行诗，"结合我们生活中已有的经验感知与感受，将老狗的老态龙钟、小狗的活脱机警与我们人生的不同阶段(比如

老年和童年)联系起来看，我们从诗中读到的切肤之感——人生的不同阶段有着不同的遭遇和境况——就会变得尤为强烈，人生的兴衰沉浮、变化多端在情感上会激发出无尽的感怀和深思”。之所以有这样的感情领悟，很大程度上源于诗行的音乐性。

音乐何在？在于诗行的音韵节奏带来的启示：首行需重读的单词较多，“读起来语流迟滞顿挫，颇为费力的感知，暗示着老狗行动的不便与迟缓”，第二行需重读的单词较少，“读来语流平滑畅达、毫不费力的感知，表征着小狗的行动轻巧灵活、活蹦乱跳，如此这般，在大大丰富了诗行的字面意义蕴涵之时，还将一曲浓缩版的人生戏剧展示在读者‘心眼’之前”(张保红，2012：5)。

音义结合，如何理解？结合以上分析，再看看英诗汉译家黄杲炘的论述，可让人对赏析英语诗歌有更好的思路。“此诗受诗学家重视，因有音义结合特点：(1)三音节音步相对来说语速快，可表现时光流逝之迅速和(第二行中)小狗灵活敏捷。(2)按通常发音，头一行自 old 起连续四音节重读，后三个重读音节的首尾辅音粗重有力，无法一带而过，干扰了语速和节奏，读来费力又无可奈何，像有气无力的老犬，想站起来却力不从心。(3)第二行中的辅音柔和轻快，整齐的节奏使诗句读来轻快流畅，使两行诗给人的听觉感受同视觉感受之间有呼应关系。(4) bark 之后的 back 犹如 bark 的回声，加强了听觉效果。”(黄杲炘，2007：157)

五、声情并茂一短诗，半个世纪心思思

笔者吴伟雄高中时期(1962—1965)的英语老师汤星若老先生在课本之外讲授过一首以环保为主题的英诗，该诗两节押[i：t] 韵，声如鸟鸣特传神。汤老师教这首诗的时候，少有地全情投入，模仿小鸟唱歌，语音婉转动人。这首小诗富含强烈的感情，富于美魅的乐感，老师的音容笑貌，至今谈起，很多同学都说久久难忘。50 年后，吴老师记不全诗的准确内容了，但其情浓、意深、音美(尤其是[i：t] 韵的基

调)依然深深印在脑海里。2014 年年初，为“英语诗歌选读”授课之用，他依照原意，自写两节献丑，虽然未得真谛，却想抛砖引玉，网上征集原诗，并向译友求助。引玉之砖诗句如下：

I saw in many a street
Birds for sale with tied feet
To be prepared into meat
For the people to eat.

I see in the fields of wheat,
Pests with crops do meet.
No birds to protect the wheat
For the poor people to eat.

功夫不负有心人。献丑之砖，引来良玉。2014 年 6 月，广东省作家协会会员、肇庆市翻译协会会员，后赴美在旧金山南桥学校任教的罗淑萍君发来好消息：美国朋友 Christian Walton 找到了原诗！诗歌的名字是 *Stupidity Street*，作者为 Ralph Hodgson。配乐的五线谱曲谱也发来了。这就是诗歌历久不衰、声情并茂的魅力！

Stupidity Street

By Ralph Hodgson

I saw with open eyes,
Singing birds sweet
Sold in the shops
For the people to eat,
Sold in the shops of

Stupidity Street.
I saw in vision
The worms in the wheat
And in the shops nothing
For people to eat,
Nothing for sale in
Stupidity Street.

而诗人为环保鼓与呼，谴责破坏生态环境、遗憾粮食歉收的丰富感情溢于言表，也是这首诗半个世纪以后，在没有记录的情况下，让吴老师和当年同窗不倦追寻的缘故。

☞ **参考译文：**

愚人街

拉尔夫·霍奇森

我眼睁睁看到：
唱歌的鸣鸟，
商店里卖，
要给人去做菜。
卖鸟的店铺，
愚人街遍布。

我仿佛看到：
害虫田里笑，
卖粮的店铺里，
没粮供人吃。
没东西售卖，
愚人街破败！

（吴伟雄 译）

六、诗歌并含声与情，原文译文皆体现

李白《赠汪伦》一诗除了节奏明显，如闻踏歌而唱的音乐旋律之外，李白用最直观、最生动、最形象的手法，唱出千尺之深的桃花潭水不及汪伦对自己的深厚友情，也衬托出他与汪伦的纯真友谊。诗的节奏如下：

李白/乘舟/将欲行，忽闻/岸上/踏歌声。
桃花/潭水/深千尺，不及/汪伦/送我情。

全诗语句朴素，情真意切，自然流畅，声韵动人，成为千古流传的名篇。

王大濂先生的译文 *To Wang Lun* 译出了这份感情：

To sail off in a skiff I was about;
Sudden I heard singing ashore all out.
A thousand feet deep Peach Bloom Lake may be,
Compare not it could with Wang's love for me.

第二节　为什么要学点诗歌

学习诗歌是多种投资：感情投资（Emotion Investment），智力投资（Wisdom Investment），身份投资（Personal Status Investment）和养生投资（Health Investment）。

一、感情投资

感情投资故事多。

(一)一首美丽短诗，连起两颗恋心

天津一位学经济的大学生以诗为媒、赢得爱情后，在写给《柔巴依集》译者黄杲炘的信中谈到了他的爱情故事。大约在1983年一个美好的傍晚，他和她坐在一棵大榕树下；他的话多，她少言语。他记得她背诵了一首美丽的诗：

在枝干粗壮的树下，一卷诗抄，
一大杯葡萄美酒，加一个面包——
你也在我身旁，在荒野中歌唱——
啊，在荒野中，这天堂已够美好！

他问她是哪一首诗，她从书包里拿出那本黄杲炘翻译的《柔巴依集》送到他眼前，他把那本书连同她纤小的手一起紧紧握住……(转引自黄杲炘)

这首诗的英文版是：

A Book of Verse underneath the Bough,
A Jug of Wine, a Loaf of Bread—and Thou
Beside me singing in the Wilderness—
Oh, Wilderness were paradise enow!

(二)曹植一首《七步诗》，挽回同根兄弟情

煮豆燃豆萁，豆在釜中泣。
本是同根生，相煎何太急？

(三)放下一首藏头诗，成就终身美良缘

在2018年3月《中国诗词大会》第三季第三场预备团里，有一对老夫妻回忆了他们以藏头诗为媒，喜结良缘的爱情故事。他们是来自四川的一对退休老师——朱鸿麟和吴丽华，他们一个是数学老师，一个是语文老师。一天，吴老师专心批作业时，朱老师把一张纸条悄悄落在她的桌上，就一阵风似地走了。吴老师打开那封信，看到了一首《我盼丽华》的藏头诗：

我如数九望春光，盼得惊鸿到小房。
丽影翩翩驱寂寞，华容艳艳慰衷肠。

就这样，一首藏头诗，成就终身缘。妻子在《中国诗词大会》上还深情地表示："嫁对了！"

(四)逢年过节发贺信，不妨以诗传友情

有道是，每逢佳节倍思亲。逢年过节，人们爱发短信相互祝贺。有的人应付"任务"，不是转发所收，就是下载网上所留，转发多了，了无新意。其实，不妨用自创的诗歌(形式不限)发出，令人感到亲切。

以下是一首吴伟雄写的《戊戌狗年新春祝词》：

庆贺新春觅句吟，语拙却欲诵佳音：
青山展示千年画，绿水流弹万古琴；
犬至鸡辞祥兆起，功成运达瑞星临！
一年肇始祈君乐，更祝前程胜万金！

他也用英语诗歌贺年，如 *Greetings for the Dog Year's New Spring*：

A message as a gift may be cheap,
But conveys from the heart my feelings deep:

May the Jade-Dog hold the cordial bless
To you and yours with every success.

二、智力投资

你理解"千里送鹅毛，礼轻情意重"的译文吗？

A feather / as a gift / may be cheap,
But conveys / from afar / feelings deep.
（吴伟雄 译）

学诗，你会转换成散文排序，加深理解：As a gift, a feather may be cheap, but conveys deep feelings from afar.

你会贴楹联吗？

学点古典诗词，懂得平仄对仗，你就会知道：规则的对联，上联末字为仄声，面对大门，贴在右手边；下联末字是平声，面对大门，贴在左手边。

学点诗词知识，你不会以散文之心，去度诗歌之腹，更不会像某些不懂"诗之破格"的教授一样，妄评翻译大师正确的诗体译文。

许渊冲是南昌人，原来对英语的兴趣"一点儿也没有"。他觉得 W 读成"打破了油"很奇怪，女儿(daughter)说成"刀豆"没有道理。后来，他跟着哥哥朗读英语短诗 *Little Stars*，被诗歌响亮动人的音韵旋律吸引了，开始有点兴趣。高二时他突击背熟了三十篇英文，英语考试成绩从中等跃居全班第二。学习英语的兴趣更浓了。时至今日，在外语翻译界，许渊冲的名字无人不晓。许先生从事文学翻译长达六十余年，译作涵盖中、英、法等语种，翻译集中在中国古诗英译，形成韵体译诗的方法与理论，被誉为"诗译英法唯一人"。2014 年，他获得了世界最高翻译奖项之一——"北极光"杰出文学翻译奖。

智力投资还体现在：学诗有助于翻译诗词佳句水平的提高。

翻译对外语学习者来说是硬道理。学诗，学名家译诗，有助于翻译。

2010 年 3 月中旬人大闭幕后，温家宝总理睿智而充满文采的回答迷倒了中外记者。美女翻译张璐现场流利地翻译总理引用的古诗词，受到亿万观众的热捧。

“我觉得她翻译得很好，的确是国家级水准。”清华大学外语系主任罗立胜在接受记者采访时表示。温总理引用的古典诗词，由于中英文化背景差别很大，其深刻的文化内涵很难在翻译中体现出来，一般都只能译大意。但是她译得很到位。

温总理引用《离骚》诗句：“亦余心之所善兮，虽九死其犹未悔。”汉语习惯说“九死”，英语一般要死上 thousand times 才够。张璐翻译成 thousand times 非常贴切。其实，汉语还有“万死不辞”，更厉害！

翻译界泰斗许渊冲先生据上文语境的译文：

My heart tells me it’s good and meet, oh!
I won’t regret to die nine times.
（译文中的 it，指上文所述屈原的理想与美德）

外交部翻译张璐据两句语境的译文：

For the ideal that I hold dear to my heart,
I’d not regret a thousand times to die.
（单独引用两句，则点明自己的崇高理想）

学习诗歌的格律知识，可推敲译出抑扬格五音步（下画线音节重读，为“扬”，其余音节轻读，为“抑”）的译文：

For my ideal I hold so dear and high,

I won't regret a thousand deaths to die.

(吴伟雄 译)

三、身份投资

(一)白少年有才如诗，居长安就很容易

白居易16岁时初到长安，带着自己的诗稿来拜访文坛领袖顾况。顾况看到白居易的名字时，不禁嘲笑道："长安米贵，居大不易。"年少的白居易呈上他写的《赋得古原草送别》诗作：

离离原上草，一岁一枯荣。
野火烧不尽，春风吹又生。
远芳侵古道，晴翠接荒城。
又送王孙去，萋萋满别情。

"野火烧不尽，春风吹又生"一联，对仗工整而气势不凡，充分发挥了"流水对"的优点。顾况读了，马上改口赞赏说："有句如此，居天下有甚难，老夫前言戏之耳!"此后，顾况逢人就夸白家的孩子怎么了不起。白居易身份突变，在长安出了名。不到几年，他考取了进士。唐宪宗听说他的名气，马上提拔他担任翰林学士，后来又派他担任左拾遗。

(二)断句两行陈情诗，苏麟终遂晋升意

北宋诗人苏麟有两句题为《断句》的诗："近水楼台先得月，向阳花木易为春。"这两句诗使他的身份大不同前。诗里有一段耐人寻味的故事。范仲淹当时在朝廷担任要职。他在镇守杭州之时，提拔了手下好多人。但是，苏麟时任巡检职务，常年在外；回府之后看到周围的人都受到了提拔，而自己还是原地踏步，于是写下这首诗送给范仲淹表明心迹。范仲淹一看就明白了。哈哈大笑之后，他对这两句诗赞赏有加，不久就提拔了苏麟。历经千年，这两句诗流传下来，不得不说明其本身的

生命力。而“近水楼台”这个词，今天多含贬义。

四、养生投资

诗歌有短小精练、朗朗上口、节奏感强、押韵等特点，古来便和健康教育结下不解之缘。医学、药学家将临床经验和常用药的性能编成韵文歌赋。

意大利的一些药房，药盒里不是药片或针剂，而是一首首印制精美的诗篇和一纸读诗治病、对症用“药”的说明。

读诗治病我国古代早已有之。周瑜在赤壁大战前口吐鲜血，不省人事。诸葛亮一首小诗使周郎“闻言大喜，矍然而起”，诗到病除：

欲破曹公，宜用火攻；
万事俱备，只欠东风。

1962年秋，郭沫若到佛教圣地普陀山游览，途中工作人员捡到一个笔记本，随手翻开一看，笔记本的扉页上写着一副对联：“年年失望年年望，处处难寻处处寻。”横批：“春在哪里。”再翻一页，还有一首绝命诗。原来，这是一位高考落榜的李姓姑娘，不仅连续两届高考失利，爱情生活也受到挫折，于是准备魂断普陀。郭老派人将笔记本送还给她，并将原来的对联改为：“年年失望年年望，事事难成事事成。”横批改为“春在心中”。同时，郭老还将蒲松龄落第后写的《自勉》联书赠姑娘：

有志者事竟成，破釜沉舟百二秦关终属楚
苦心人天不负，卧薪尝胆三千越甲可吞吴

姑娘看后，激动不已，重新扬起生命的风帆，开始新的生活。

为什么诗歌能治病呢？如前所述，诗歌有先天的音乐基因，而美好的音乐可以陶冶人的情操，净化人的心灵，给人以美妙的享受。音乐产生之初也是和治病有关的。这可以从药字的来源看出：繁体的药(藥)字是从乐(樂)字和“草”而来。繁体的“樂”中间是个白字，代表金属，五行中金对应白色。两边是丝弦，底下是木，架在木头架子上在演奏。那么这个东西当时造出来有什么用呢？就是为了招魂，为蚩尤士兵招魂。蚩尤的士兵都躺在地上，把士兵的魂治好，士兵就复活了。后来人们发现草(草药)也能治病，所以“樂”字上头加了一个草头，就成了“藥”。

所以说药的祖先是音乐，音乐最早的功能是治病，而诗歌有音乐基因！

第二章　中英诗歌的音乐美

第一节　中英诗歌音乐美的基本元素

一、中英诗歌音乐美的基本元素之一：音步节奏与轻重音

（一）两者显著的共相——鉴赏翻译的基础

英诗以音步（foot）、汉诗以音组（顿步，pause）为节奏（rhythm）的重要标志，两者类似，可通称为“节奏单位”。

节奏无处不在。心脏的收缩，潮水的涨落，四时的更迭，钟表的滴答……都是节奏的体现。节奏寓于音乐之中，被喻为音乐的骨骼。音乐之所以美妙，其核心在于音节的长短、强弱，以及音乐节拍有规律的交替变化，与人们内心深处固有的“琴弦”（审美功能）产生一种共鸣，让人进入音乐所描述的场景之中，并触景生情，为之陶醉。

如上所述，诗歌有天生的音乐基因，其音乐性由来已久。诗和歌最初是密不可分的。清人袁枚说得很清楚：“同一著述，文曰作，诗曰吟。”诗是吟出来的，诗要富有歌唱性。因此，节奏是诗歌形式中最重要的音素；诗歌可以没有脚韵，但不能没有节奏。

请赏析李白《黄鹤楼送孟浩然之广陵》的节奏：

故人/西辞/黄鹤楼，烟花/三月/下扬州。
孤帆/远影/碧空尽，唯见/长江/天际流。

☞ **译文：**

Seeing Meng Haoran
off at Yellow Crane Tower

By Li Bai

My friend has left the west where the Yellow Crane towers
For River Town veiled in green willows and red flowers.
His lessening sail is lost in the boundless blue sky,
Where I see but the endless River rolling by.

(许渊冲 译)

(二)两者显著的差异——鉴赏翻译需技巧

汉语诗歌的节奏靠平声和仄声的交替出现而形成；英语的节奏体现为重读音节和非重读音节组合有规律的重复。

1. 汉语特点

汉语是表意文字，一字一音；音调的平仄变化形成抑扬顿挫、对立统一的音乐节奏。古代汉语的声调有"平、上、去、入"四声，除了"平声"之外，"上、去、入"都是仄声。现代汉语的四声是"阴平、阳平、上声和去声"，分别是汉语拼音的第一声、第二声、第三声和第四声，而没有"入"声。由于语音的历史变迁，古汉语的"入声"分别到现代汉语的四个声调"阴平、阳平、上声和去声"去了。然而，我国幅员广阔，语音的变迁不可能同步进行，有不少地方的方言保留着一些汉字古音，仍有"入声"。这对研究古诗的声韵有所助益。

我们需要记住：汉语字音平仄，今人可用普通话，一二声(阴平、阳平)是"平"；三四声(上声、去声)是"仄"。诚如毛泽东所言，诗的语言要以现代大众语为主(臧云远《亲切的教诲》)。

能够记住一些有利于研究古诗的方言，也是"非徒无害，而又益之"的。例如：

粤语(广东话)有九声，平仄辨认很容易：一声和四声为“平”，其余为“仄”。其九声分别是：诗、史、试、时、市、是、色、锡、食。饶秉才编写的《广州话字典(普通话对照)》由广东人民出版社出版。下表是古代汉语保留在粤语里的入声转到现代普通话四个声调里去的一个例子：

普通话	阴平	阳平	上声		去声		阴平 阳平 上声 入声		
粤 语	阴平	阳平	阴上	阳上	阴去	阳去	上阴入	下阴入	阳入

汉语成语“侯门似海”源自唐代诗人崔郊的《赠婢》一诗：

公子王孙逐后尘，绿珠垂泪滴罗巾。
侯门一入深如海，从此萧郎是路人。

为何原诗的“侯门如海”，作成语时变作“侯门似海”呢？“侯门一入深如海”是“平平仄仄平平仄”，符合格律要求；缩为四字成语的“侯门如海”，就是“平平平仄”；改造成“侯门似海”，是“平平仄仄”，这是追求“平仄相对，音韵和谐”的缘故。

讲究格律的古诗，很注重平仄的“对”与“粘”。“对”者，对立差异也；“粘”，则为和谐统一。上面一二句为平仄相“对”。二三句为平仄相“粘”，三四句为平仄相“对”；简言之，联内两行诗平仄相对，联间两行诗平仄相粘。格律诗平仄对粘的规律，后再详述。

2. 英语特点

英语是表音文字，以音节为单位；轻重读音(不是拼写)的变化形成重轻交错的音乐节奏。以轻重音的特殊组合形成音步，每个音步需有一个重读音(Stress Theory)。这里以“下画线音节”表示重读，称“扬”；其余音节表示轻读，称“抑”。“抑扬格”即“轻重格”。“扬抑格”即“重轻格”，余类推。一首诗的“格”以其主旋律名之。

下面的诗行，主流格律是“扬抑格四音步”（每行四个音步，每个音步由一个重读音和一个轻读音组成扬抑格）或称“四音步扬抑格”。这四行诗就称为“扬抑格四音步诗”或“四音步扬抑格诗”：

Tiger, tiger, burning bright
In the forests of the night,
What immortal hand or eye
Could frame thy fearful symmetry?

（三）英诗句中的“重读”不全等同散文句中的“重音”

诗学的“重读”含主观因素，语言学的“重音”反映客观因素。

1. 散文不重读，诗歌有时重读

散文中一般不需重读的某些介词、副词、连词、代词，在诗中据格律节奏之需，有时要重读。

2. 散文重读，诗歌有时不重读

散文中常要重读的名词、动词、形容词等，在诗中据格律节奏之需，有时轻读。英诗节奏中重音的重读强度并不一致，要从诗句的韵律要求和思想感情出发来把握。

聂珍钊（2007：3）提出“要解决重音和重读的定义混乱或理解分歧的问题”；基于这个目的，他“根据语言学读音的客观性特点把语言学的重读音节称为重音，根据诗歌读音上的主观性特点把诗歌的重读音节称为重读”；“也就是说，重音是语言学中的术语，重读是诗学中的术语”，“这样就可以从理论上阐述重音和重读各自的特点和区别，解决诗学中对这两个概念的理解混乱”。

例如，下面第一行的 world 在散文中重读，在这行诗里则需轻读；in 在散文中轻读，在这行诗里则需重读：

And looks the whole world in the face,

(抑扬格四音步)

For he owes not any man.

(抑扬格三音步)

☞ 译文:

心坦自若无债务，时光悠悠度。

二、中英诗歌音乐美的基本元素之二：声韵

(一)何为声韵(Rhyme)?

The most familiar element of poetry is rhyme, which can be defined as the matching of final vowel and consonant sounds in two or more words. When the corresponding sounds occur at the ends of lines we have end rhyme(尾韵), when they occur within the lines we have internal rhyme(行中韵).

诗歌最为人所悉的元素就是声韵。两个或两个以上的词的结尾元音和辅音相同，就构成声韵。

(二)为何要韵?

这是一个要了解韵的作用的问题。吴翔林(1993：92)总结出，“韵的作用表现在三个方面：结构上、音响效果上、修辞上”。

结构上的作用：押尾韵的词最能体现其结构上的作用。尾韵在诗行之末，标志诗行的结束。整首诗由诗节构成，有的是单节诗，有的是两节或两节以上的诗。英语格律诗中，一个诗节有一定的押韵方式(简称韵式)，韵可以标志一节诗的结束，因而可以区分各个诗节。这样，一首诗各行、各节都由一个韵式规范着，所有诗行就有机地结合起来，形成结构上的完整。不同的韵式和不同的音步格式互相搭配，产生丰富多

彩的组合形式，使诗体变化多端、形象生动。

音响上的效果：这个很容易理解。押韵的词，前后呼应，声音回荡，产生和谐悦耳的效果，增加了诗歌基因成分的音乐性，耐人回味，容易传诵，有利于产生意会、神会的效果。而容易传诵，还会产生记忆提示作用。很多以韵语形式出现的民谣在文字出现之前就有了，口口相传下来。这就是千百年来这么多古典诗词得以传承下来的缘故，也是孩童时代的人乐于背诵的缘故。

在 1989 年的一次外事活动中，多国民间组织组团访华。在历史文化名城肇庆的一次招待会上，面对一百多人互相交谈、声音嘈杂的场面，市长称呼了“女士们，先生们!”之后，说了“有朋自远方来，不亦乐乎!”吴伟雄随即翻译为：How happy we are to meet friends from afar! 由于 are 和 afar 的声效洪亮，加上会场一流的音响设备，像一声号令似的，现场马上安静下来。同行们都觉得音响效果特别好，这个令人“喜闻乐见”的译文多年来一直为不少涉外活动人士所喜用。

修辞上的功效：押韵的词由于声音的重复或近似，音效得以加强，给人更深刻的印象和更丰富的感受。诗歌基因成分的思想感情由于押韵词的这种修辞效果，会产生高潮，丰富读诗赏诗的现场效果。

诗行末尾的词押韵叫作尾韵，诗行之内有符合押韵的词叫作行中韵。

1. 尾韵(end rhyme)及其韵式(rhyme scheme)

如上所述，诗行末尾的词押韵叫作尾韵。尾韵的韵式指诗行之间、各行末尾的词押韵的方式。

常用的韵式包括：aabb，联韵(coupling rhyme scheme)；abab，交韵(cross rhyme scheme)；abba，抱韵(enclosing rhyme scheme)；aaba，东方韵(oriental rhyme scheme)；abcb 或 abac，隔行韵(alternating rhyme scheme)；aaaa，一韵(same rhyme scheme)；aaab 韵式(三 A-B 或三 a-b 韵式，常见于同韵 aaa 加叠句用 b 韵)。

(1)aabb，联韵韵式(coupling rhyme scheme)

罗伯特·彭斯的诗 *My Heart is in the Highland* 之韵式就是联韵。诗的第一节如下：

My heart is in the Highland, my heart is not **here**;
My heart is in the Highland a-chasing the **deer**;
Chasing the wild deer, and following the roe—
My heart is in the Highland, wherever I go.

☞ 译文：

我的心呀在高原，我的心不在这儿，
我的心呀在高原，追逐着鹿儿。
追逐着鹿儿，跟踪着獐儿，
我的心呀在高原，不管我上哪儿。
（袁可嘉 译）

达西·温特沃斯·汤普森（D'Arcy Wentworth Thompson）写过一首短诗，描写一种世人心态：没有风险的时候，谁都愿意出头露面；一旦危险降临，谁都不那么热心了。诗曰：

When winds are steady and skies are **clear**,
Every hand the ship must **steer**;
But soon ever the wild winds blow,
Every hand would go below.

☞ 参考译文：

风和日丽少浪波，人人都会争掌舵。

一旦狂风逐浪起，人人跑到舱底躲。

（吴伟雄 译）

（2）abab，交韵韵式（cross rhyme scheme）

这是英语诗歌最常用的押韵格式，多用于四行诗节。而四行诗节又是英诗最普通的诗节。与其他押韵格式相比，“更能够在声音上产生出歌唱的效果，押 abab 韵的短诗行尤其如此”。（聂珍钊，2007：305）黄杲炘（2007：166）更认为这是“英语四行诗的标准韵式”。

请看英国诗人威廉·鲍迪伦的短诗 *The Night Has a Thousand Eyes*，其中的两节用的就是这种交韵：

The night has a thousand **eyes**,
And the day but <u>one</u>;
Yet the light of the bright world **dies**
With the dying <u>sun</u>.

The mind has a thousand **eyes**,
And the heart but <u>one</u>;
Yet the light of a whole life **dies**
When love is <u>done</u>.

☞ **译文：**

夜晚的眼睛成千上万，
白天的只有半双；
但辉煌的世界将一片黑，
当太阳灭了光芒。

脑海的眼睛成千上万，
心灵的只有半双；
但整个生活将一片黯淡，
当爱情熄了火光。
（黄杲炘 译，2007：67）

（3）abba，抱韵韵式（enclosing or envelop rhyme scheme），又称吻韵（kissing rhyme scheme）

请看爱尔兰诗人威廉·巴特勒·叶芝的 *When You Are Old* 的第一节，其韵式就是抱韵：

When you are old and grey and full of **sleep**,
And nodding by the fire, take down this book,
And slowly read, and dream of the soft look
Your eyes had once, and of their shadows **deep**;

☞ **译文：**

当你老了，头白了，睡意昏沉，
炉火旁打盹，请取下这部诗歌，
慢慢读，回想你过去眼神的柔和，
回想它们昔日浓重的阴影。
（袁可嘉 译）

（4）aaba，东方韵韵式（oriental rhyme scheme）

东方韵（暂名）据说源自唐诗绝句的韵式，传到古代波斯后，波斯诗人以此韵式，创作了《柔巴依集》（原译《鲁拜集》，每节四行的长诗），《柔巴依集》后来译成多种欧洲语言。

请看罗伯特·弗罗斯特的 *Stopping by Woods on a Snowy Evening*(《雪夜林边暂驻》)的第一节：

Whose woods these are I think I **know**.
His house is in the village **though**;
He will not see me stopping here
To watch his woods fill up with **snow**.

☞ **参考译文：**

这是谁的树林我想我明白，
虽然他的屋子在村子一带，
他不会看见我在这里停歇，
观赏他的树林为白雪覆盖。
(吴伟雄 译)

(5)abcb 或 abac，隔行韵韵式(alternating rhyme scheme)，也叫间韵(intermittent rhyme scheme)，以 abcb 为主

伊迪丝·托马斯(Edith M. Thomas)的 *The Deep-sea Pearl*(《深海下的珍珠》)，其韵式就是这种隔行韵的**abcb**：

The love of my life came not
As love unto others is cast;
For mine was a secret wound—
But the wound grew a pearl, at last

The divers may come and go,
The tides, they arise and fall

The pearl in its shell lies sealed
And the Deep Sea covers all

☞ **译文：**

生活中我爱情的来临
同人家的爱情都相殊；
我爱情是隐秘的创伤——
但最终却长出珍珠。

任采珠者来又去，
任潮汐涨起了又退掉；
这珍珠密封在壳里面，
而深海把一切都笼罩。
（齐晓燕 译，2008：257）

在使用这种韵式的英语诗歌中，如果奇行为抑扬格四音步，偶行为抑扬格三音步，则构成"民歌体"，这是英诗中用得最多的诗歌体裁之一。

(6) aaaa，一韵韵式(same rhyme scheme)

即在同一诗节中共用一个韵脚。一般来说，这种"同一诗节中共用一个韵脚"，是用在一首多节诗歌中其中一节上。如果同一首诗歌的多节都一韵到底，就会显得单调呆板，英语诗歌少见。这里，不用"同韵韵式"的表达，是避免和"全同韵"(又叫"同韵")的表达混淆。

请欣赏罗伯特·弗罗斯特《雪夜林边暂驻》第四节。该节用的就是这种一韵韵式：

The woods are lovely, dark and deep.

But I have promises to keep,
And miles to go before I sleep,
And miles to go before I sleep.

☞ **参考译文：**

林子真可爱，幽黑而深邃，
可是我还有诺言必须遵随，
还要走上好几里地才能睡，
还要走上好几里地才能睡。
（吴伟雄 译）

（7）aaab，三 A-B（或三 a-b）韵式（three-A & one-B rhyme scheme）

这种韵式也常见于英语诗歌之中，尤其是在多节诗歌中的同韵 aaa 加叠句用 b 韵，例如托马斯·纳什的三节诗 *Spring* 中，有两节诗用 aaab 韵式；珀西·比希·雪莱的三节诗 *The World's Wanderers* 中，三节诗都用 aaab 韵式。

托马斯·纳什的诗 *Spring*（《春》）中，有两节诗用 aaab 韵式。请看第一节：

Spring, the sweet Spring, is the year's pleasant king;
Then blooms each thing, then maids dance in a ring,
Cold doth not sting, the pretty birds do sing,
Cuckoo, jug-jug, pu-we, to-witta-woo!

☞ **译文：**

春，甜美之春，一年最美好的时光，

万物吐芳艳，姑娘们围舞心欢畅，
轻寒不袭人，小鸟把歌唱：
恰恰，咯咯，啾啾，哥哥插禾！
（何功杰 译，第二行末三字为笔者所改，以期依原诗韵式）

珀西·比希·雪莱的 *The World's Wanderers*（《世界流浪者》）中，三节诗的韵式都是 aaab 韵式：

Tell me, thou Star, whose wings of light
Speed thee in thy fiery flight,
In what cavern of the night
Will thy pinions close now?

Tell me, Moon, thou pale and grey
Pilgrim, of heaven's homeless way,
In what depth of night or day,
Sleekest thou repose now?

Weary wind, who wanderest
Like the world's rejected guest,
Hast thou still some secret nest
On the tree or billow?

☞ **译文：**

世界流浪者

告诉我，星星，你的光翼，
催动你迅猛向前飞去，

到什么样黑夜的穴洞，
才会把你的双翅合拢？

告诉我，月亮，面色灰白
天上无家可归的香客，
到昼夜什么样的地步
才会找到你安息之处？

疲倦的风，你漫游世界，
像个不受欢迎的来客
你还有没有秘密香巢，
它在浪尖还是在树梢？
（石璠 译，1987：59）

2. 完全韵(perfect rhyme)

在英语诗歌里，从位置上看，完全韵属于尾韵。什么是完全韵呢？完全韵的条件比较严格，要求"三同一不同"。现以 stating，mating 为例，简述如下：

一是重读的元音必须相同(如[ei])；

二是元音后面如有辅音，必须相同(如[t])；

三是元音前面如有辅音，必须不同(如[st]，[m])；

四是元音后如有轻读音节，也应相同(如[ing])。

押完全韵例词：kept，slept / flight，night / cheap，deep / be，sea / flower，tower/…

完全韵的条件，就是两句话：重读元音和其后的读音必须相同，而其前面的辅音必须不同。

例1　唐诗名句"欲穷千里目，更上一层楼"的译文尾韵是完全韵，体现了上述前三点：

For a grander sight,

To a greater height!

（吴伟雄 译）

押韵的两个单词 sight 和 height 都是单音节词，两个重读的元音[ai]相同，其后的辅音也相同，前面的辅音不同。这就是押了完全韵。

例 2　孙中山名句：

革命尚未成功，

同志仍须努力。

译文的尾韵是完全韵，体现了上述四点：

The revolution's not yet succeeded.

Our Comrades' efforts still are needed.

（吴伟雄 译）

押韵的两个单词 succeeded 和 needed 第二个音节重读，两个重读的元音[iː]相同，其后的辅音和轻读音节也相同，前面的辅音不同。这也是押了完全韵。

英语完全韵（又称全韵）有几种情况：单韵，双韵，三重韵，马赛克韵，减字韵。

(1)单韵(single rhyme)

又称阳韵或男韵(masculine rhyme)，指诗行结尾重读单音节之间形成的最普通的押韵。

单韵是指单音节押韵。

下面以美国诗人亨利·沃兹沃斯·朗费罗的诗 *Heights*(《高度》)为例，认识单韵(并结合复习诗歌重读音节、节奏分析和押韵方式)：

Heights

By Henry Wadsworth Longfellow

The heights/ by great/ men reached /and kept
Were not /attained /by sud/den flight,
But they, /while their /compan/ions slept,
Were toil/ing up/ward in /the night.

上述诗行中，下画线的音节重读，其他的轻读。这是扬抑格四音步诗。kept 和 slept 押韵，flight 和 night 押韵，均为单韵；韵式为 abab。

☞ 参考译文：

高度

[美]亨利·沃兹沃斯·朗弗罗

名人业绩似高山，一步登临实在难。
伙伴酣酣甜入梦，他们夜夜苦登攀。
(吴伟雄 译)

译诗中，下画线的字为平声，其他的为仄声，“山”“难”“攀”押韵，韵式为 aaba。

单韵并不要求押韵的音节是一个单音节的单词。如果押韵的单词是一个多音节词，单韵要求押韵的音节始终在单词的最后一个重读音节。

请欣赏俄罗斯著名文学家、诗人普希金 *I Loved You*(《我爱过你》)

的英译版(选自百度百科)：

I Loved You

By Alexander Pushkin

Tr. Max

I loved you; even now I may confess,
Some embers of my love their fire retain;
But do not let it cause you more distress,
I do not want to sadden you again.

Hopeless and tongue-tied, yet I loved you dearly
With pangs the jealous and the timid know;
So tenderly I loved you, so sincerely,
I pray God grant another love you so.

☞ **参考译文：**

我爱过您

［俄］亚历山大·普希金

（据 Max 英语翻译版）

我爱过您，至今我还说爱过，
爱的余烬，尚含可煨的爱火；
别因我的爱，让您徒受凄楚，
我真不忍心，您再遭受痛苦。

无望难言仍深爱，这种悲催，
患失又羞暗恋人，才能体会；

我曾爱您那么真，那么温柔，
别人爱您愿如此，上天保佑！
（吴伟雄 译）

第一节的韵式是 abab。第一行的 confess 和第三行的 distress 押韵，第二行的 retain 和第四行的 again 押韵。两对押的都是单韵，而所押的韵都是在双音节单词的最后一个重读音节。译文的韵式是 aabb。

而第二节第一行的 dearly 和第三行的 sincerely 押的是双韵。

（2）双韵（double rhyme）

又称阴韵或女韵（feminine rhyme），指诗行结尾单词最后两个音节押韵，其中倒数第二个音节是重读音节，而最后一个音节是非重读音节。双韵的读音是“重读+轻读”的结构，所以双韵又称扬抑格韵（trochaic rhyme）。同理，双韵并不要求押韵的两个音节是一个双音节的单词。如果押韵的单词不止两个音节，双韵要求押韵的两个音节始终在单词的最后两个重读音节（“重读+轻读”），就像上述诗行 So tenderly I loved you，so sincerely 中的 sincerely 一样。

下面的四行诗（威廉·华兹华斯的 *Written in March*）则全部押双韵：

The cock is crowing,
The stream is flowing,
The small birds twitter,
The lake doth glitter.

☞ **参考译文：**

雄鸡高唱，溪水流畅；
小鸟欢歌，湖闪清波。
（吴伟雄 译）

第一、二行的 crowing 和 flowing，第三、四行的 twitter 和 glitter，分别押双韵。

英语单词 crowing 和 flowing 押韵，不是因为都有-ing，而是因为这两个单词-ing 前的 crow 和 flow 音节重读，而元音相同，都是[ou]。

不少初学者，如隋刚(1998：149)所言，“的确是为押韵而押韵(如在每一个诗行末尾都用上-ing)”。这种勉强的押韵，初学者大多会经历过，不足为奇。这种押韵一是体现了对押韵的渴望和重视，二是体现了声韵功夫尚待加强，认识了这一点，也是有望加强的。

在欣赏英美诗人娴熟运用双韵写出的悦耳诗歌之余，也可以尝试着用双韵翻译一些名言佳句。例如，翻译《管子·形势解》中的以下名句：

海不辞水，
故能成其大；
山不辞土石，
故能成其高；
明主不厌人，
故能成其众；
士不厌学，
故能成其圣。

☞ 参考译文：

A sea never refuses water drop by drop,
So it becomes vast with surging voice;
A mountain rises in height, up and up,
Because it never refuses rocks and soils.

If a leader never tires of talents related,

He is wise and will win support popular;
A scholar never tires of being educated,
So he can make himself a saint singular.
(吴伟雄 译)

译文第一节四行诗，尾韵押的是单韵(阳韵)，韵式是 abab。第二节四行诗，尾韵押的是双韵(阴韵)：related 和 educated，是在行尾单词倒数第二个音节前面的辅音([l]和[k])不同而元音[ei]相同，后面的轻读音节[tid]相同；popular 和 singular 也是在行尾单词倒数第二个音节前面的辅音([p] 和[g])不同而元音[jʊ]相同，后面的轻读音节[lə]也相同，成为两组典型的双韵结构。

(3)三重韵(triple rhyme)

它在双韵的基础上多一个押韵的音节，是双韵的延长，其特点是在两行或两行以上的尾词中有三个连接的音节押韵；由于押三重韵的单词在构词形态上是扬抑抑格，故又可以称为扬抑抑格韵(dactylic rhyme)。

例如，beautiful 和 dutiful，greenery 和 scenery，这两对单词都是押三重韵。

三重韵有如下特征：

其一，押三重韵的英语单词大多由三个或三个以上音节的单词组成；因为说的是完全韵，在三个押韵的连续音节中，第一个音节是重读音节，后两个音节是轻读音节；如果押三重韵的单词超过三个音节，重读音节必须是倒数第三个。

例如：animosity 和 impetuosity 是一对押三重韵的单词，倒数第三个音节重读，后面两个音节轻读。

其二，英语中符合三重韵规则的单词不多，三重韵可以由两个以上的单词组成，这就是下面要说的马赛克韵了。

(4)马赛克韵(mosaic rhyme)

由两个或两个以上的单词组成的三重韵，就称为马赛克韵。这是一个形象的说法。

马赛克(mosaic)原义为镶嵌、镶嵌图案、镶嵌工艺，发源于古希腊。早期希腊人的大理石马赛克最常用黑色与白色来相互搭配。发展到晚期的希腊马赛克，艺术家为了更多元化地丰富作品，开始需要更小的碎石片，并自己切割小石头来完成一幅马赛克。后来，马赛克成为广为使用的一种图像(视频)处理手段，此手段将影像特定区域的色阶细节劣化并造成色块打乱的效果，因为这种模糊看上去有一个个的小格子，便形象地称这种画面为马赛克。其目的通常是使之无法辨认。

马赛克韵是由两个或两个以上的英语单词组合(镶嵌)而成的一种押韵形式。所以研究诗行押韵的形式，就不能只看诗行结尾的一个单词了。马赛克韵可以一方是两个或两个以上英语单词，另一方是一个单词；也可以双方都是两个或两个以上的英语单词。请看下面这首现代英语诗歌中的马赛克韵：

20 世纪 70 年代初期和中期，石油输出国组织(OPEC)为了抬高油价，几次限制石油的生产和输出，在西方世界引起能源危机。美国诗人和讽刺作家费利西娅·兰波特(1916—1999)写的 *Oil That Glitters* 说的就是这件事。这首诗发表在 1976 年 12 月号的《大西洋月刊》(*The Atlantic*, 1976)。(转引自吴翔林，1993：227)

Oil That Glitters

By Felicia Lamport

The sudden renewal
Of access to fuel
Sheds this instructive light：
The end of a <u>crisis</u>
Occurs when the <u>price</u> <u>is</u>
Jacked to the proper height.

这首小诗格律比较严谨：renewal 和 fuel 构成双韵，crisis[ˈkraisis]和两个单词 price is 连读[ˈprais iz]押的也可算是马赛克韵，light 和 height 是一对单韵；小诗韵式是 aabccb（一对联韵 aa 加上四行抱韵 bccb）。其中 Sheds an instructive light 意为“发出启示的光芒”。

现代诗歌的押韵，平仄通用：对韵脚的平仄，要求比较宽，即只要韵母相同，声调不同的字也可押韵。我们可以得出原诗韵式的译文：

闪光的石油

[美]费利西娅·兰波特

油市不再关停，
突然恢复供应，
启世之光，闪闪亮出——
危机结束之日，
就在这么一时：
油价升到，一定高度。
（吴伟雄 译）

（5）减字韵（diminishing rhyme）

减字韵是在一个单词的基础上通过减少字母的方式，使重读音节元音前面的辅音或使辅音组合变得不同，从而组成相押完全韵。如下面的三行诗：

The boy had to strain
To count the cars of train
As it passed through the pouring rain.

上述三行的英语单词通过减去重读元音前面辅音音素的办法，从

strain [streɪn]到 train [treɪn]，再到 rain [reɪn]，只有元音音素[eɪ]相同，其后的辅音音素[n]相同，其前的辅音音素不同，分别是[str]、[tr]和[r]，从而达到押完全韵的效果。翻译的时候，如有可能，不妨尽量做到押韵。参考译文：

火车在大雨中没有减速，
那男孩只得竭力地点数
那列火车的车厢数目。
(吴伟雄 译)

供减字用的第一个单词，诗学界称为母韵词，减少字母后出现的单词称为子韵词。因此，有人也称这种减字韵为母子韵。在英语词汇里，通过减少字母的方法从母韵词里得到两三个甚至更多子韵词的情况毕竟不多，因此这种减字韵的诗歌十分罕见。学习英语诗歌，我们首先要认识这种押韵方式，以便鉴赏和理解用这种方式押韵的诗歌，如有可能，也可以应用在诗词佳句的翻译中。

3. “完全韵”不同于“全同韵(又称‘同韵’，identical rhyme)”

英语的“完全韵”要求“三同一不同”：重读的元音音素，元音后面如有辅音(含零辅音)音素，元音后如有轻读音节，必须相同；元音前面如有辅音音素，必须不同。

上面说的元音前面如有辅音(含零辅音)相同，“则不构成‘完全韵’，只能算是‘全同韵’。在全同韵中，押韵的词或音节在发音上完全相同……全同韵超过了完全韵的要求，变成了声音的简单重复，因此在英诗中是尽量避免的，用得很少”(吴翔林，1993：123)。

必须注意的是：

①如果押韵的元音音素前面有两个辅音音素，只要其中一个不同，就算是押韵的。如：rest/crest，best/breast，great/grate，prate/crate，等等。

例如，许渊冲(1993：47)翻译毛泽东词《念奴娇·昆仑》下片的译文，有两处可以说明这一点。

原词下片：

而今我谓昆仑：不要这高，不要这多雪。
安得倚天抽宝剑，把汝裁为三截？
一截遗欧，一截赠美，一截还东国。
太平世界，环球同此凉热。

☞ **译文：**

Kunlun, I tell you now:
You need not be so high,
Nor need you so much snow.
Could I but lean against the sky
And draw my sword to cut you into three!
I would give to Europe your crest
And to America your breast
And leave in the Orient the rest.
In a peaceful world young and old
Might share alike your warmth and cold!
(许渊冲 译)

许老的译文，两处押韵的元音音素前面有两个辅音音素，只要其中一个不同，就算是押韵的：

其一，now 和snow，押了目韵(eye rhyme，也叫视韵 visual rhyme，下文将详述)。

其二，crest(山峰或顶部)，breast(山腰或中部)和 rest(山脚或余部)，押了完全韵。

②英语和汉语有明显的不同，汉语中声母和韵母相同的字可以构成韵脚。吴翔林(同上：104)在“韵脚”一节中指出了不同之处：

“押韵的词的重读元音音素之前的辅音音素应当不同，如果相同，则不算韵”“这一点是与汉语不同的，汉语中声母和韵母相同的字可以构成韵脚，例如‘肖’韵下的‘膏’‘高’二字声母韵母都相同(gao)，但仍构成韵脚”。

必须指出的是，之所以“汉语中声母和韵母相同的字可以构成韵脚”，是因为它们代表的汉字同音异义异形。英语中，同音异形异义或同音同形异义，也可构成一种韵，叫“富韵”(rich rhyme，下文将详述)。

4. 不完全韵(又称“非全韵”，imperfect rhyme)

(1)头韵

头韵(alliteration)又称首韵(head rhyme)或起始韵(initial rhyme)。

头韵是指一行诗或一个诗句中，相邻或较为相近的两个或两个以上的词的起首的元音或辅音(读音，不是字母)相同而产生的音韵。主要的诗歌都大量使用头韵，头韵比尾韵更普遍和稳定。如：

O look at all the fire-folk sitting in the air!
啊，看那些如火焰样的人们围坐在天空!

英语的头韵类似于汉语里的双声词，可汉译为双声词来表达。在威廉·布莱克的诗 *Tiger*(《老虎》)的第一节中，burning 和 bright 形成头韵，汉语译文“辉煌”以双声再创声韵效果。另外，原文 bright 和 night 构成完全尾韵，译文“煌”和“莽”押韵。

Tiger! Tiger! Burning bright
In the forest of the night.
What immortal hand or eye

Could frame thy fearful symmetry?

☞ **译文：**

老虎！老虎！火一样辉煌
烧穿了黑夜的深林和草莽。
什么非凡的手和眼睛，
能塑造你一身惊人的匀称？
（卞之琳 译）

诗人威廉·布莱克生活在18、19世纪之交，其时，“元音大变迁”的过程已经完成，eye的音素已由[iː]变成[ai]，因此，按18、19世纪和现代英语的读音它和symmetry是不押韵的，但按古音来说则是押韵的。（吴翔林，1993：115-116）

在罗伯特·弗罗斯特的四节诗*Stopping by Woods on a Snowy Evening*中，头韵对强化诗意的作用也非常明显。详见第二章第二节“一、英语诗歌的拟声效果与音韵意义”。

英语头韵与汉语双声的区别如下。

英语的头韵：单词开头读音的重复，尤其是辅音读音的重复；汉语的双声：两个连续词素组成的词声母的重复，如“泥泞”“仿佛”“坎坷”。

其一，英语的头韵不是用来构成一个词，它发生在同一个诗行若干词之间；汉语的双声是各构成一个词。

其二，英语词首元音、辅音或辅音连缀和音节相同或字母相同的两个或多个词用在一句话或一行诗中都可以构成头韵；现代汉语普通话的同一个字中只能有一个声母，没有声母连缀的现象。

其三，英语的头韵发生在同一个诗行若干词之间，不一定发生在连续单词上；现代汉语的双声是同声母的两个词素构成一个词，两个双声字不可分割。古汉语有例外：古汉语的“双声”与英语的头韵也有特别相似的地方，如可在一个句子或联句中有“隔字双声”的现象，也有因修辞需要而分开的情况。如毛泽东《七律·人民解放军占领南京》中的联句：

虎踞龙盘今胜昔，
天翻地覆慨而慷。

七言律诗是古体诗，是按古汉语方式来写的。“慨而慷”就是“隔字双声”的现象，“慨(kai)”和“慷(kang)”被“而”隔开了，是“隔字双声”的音韵。

头韵曾是古英语诗律的基础，是古英语的骄傲。汉译英时，不妨用古汉语的“古”的特点对应古英语头韵“古”的特点。请看翻译名家对上述联句的翻译：

The tiger girt with dragon outshines days gone by;
Heaven and earth o'erturned, our spirit ne'er so high.
（许渊冲译，下画线黑体标出的两对头韵对应古汉语“慨而慷”的双声）

Once a den of tiger and dragon, now a victorious town,
How excited we are, seeing heaven and earth upside-down!
（辜正坤译，下画线黑体标出的一对头韵对应古汉语“慨而慷”的双声）

(2)元韵(assonance)，又称“腹韵”

元韵有半谐音元韵和完全韵元韵；以位置分，又有行中元韵(行内元韵)和尾元韵；以押韵的音节数分，尾元韵分为单元韵和双元韵。

①以位置分的元韵。

A. 行中元韵。

a. 半谐音元韵也称元音叠韵或半谐音。相同或相似的元音在诗行中重复出现，就构成腹韵。例如，英国诗人迪伦·托马斯的 *Do Not Go Gentle into That Good Night* 一诗中的一节：

Do not go gentle into that good night
Old age should burn and rave at close of day
Rage, rage against the dying of the light.
Though wise men at their end know dark is right
Because their words had forked no lightning they
Do not go gentle into that good night

上面一节诗中，第二、三、四行分别都有两对谐腹韵，或并列，或交错，加上一些诗行的头韵，产生和谐悦耳的效果；另外，整节诗押了韵式为 abaaba 的尾韵，更有回环延绵的音乐美。第一行的 gentle 是形容词当副词作状语。请看译文：

不要温顺地走进那美妙的夜晚，
暮年在黄昏同样应该怒吼，燃烧；
反抗吧，反抗那光明的即将消散。
尽管智者终懂得黑暗难于避免，
但因为自己的语言不曾把闪电叉牢，
不要温顺地走进美的夜晚。
（刘象愚 译）

b. 完全韵元韵在诗行中以完全韵的形式构成。用这种完全韵腹韵写成的诗歌，在中世纪就很受欢迎。如在珀西·比希·雪莱的长诗 *Cloud*(《云》)的第二节中，除了半元音腹韵(下画线处)外，每一行都很有规律、很有技巧地出现一次完全韵腹韵。

I sift the snow on the mountains below,
And their great pines groan aghast;
And all the night'tis my pillow white,
While I sleep in the arms of the blast.

Sublime on the **towers** of my skiey **bowers**,
Lightning my pilot sits,
In a caver **under** is fretted the **thunder**,
It struggles and howls at fits;
Over earth and **ocean**, with gentle **motion**,
This pilot is guiding me,
Lured by the **love** of the genii that **move**
In the depths of the purple sea;
Over the **rills** , and the crags, and the **hills**,
Over the lakes and the plains,
Wherever he **dream**, under mountain or **stream**
The Spirit he loves remains;
And I all the **while** bask in heaven's blue **smile**,
Whilst he is dissolving in rains.

☞ **译文：**

我把雪筛落到一片山岭，
高大的松树骇然呻吟；
我整夜枕着洁白的枕头，
躺在暴风雪的臂弯里。
在我的空中楼阁，庄严肃穆地
坐着闪电，我的向导。
在下面的洞穴中，霹雷锁着脚镣，
挣扎着，发出阵阵嚎叫；
这位向导温文尔雅地引我走过
大地和海洋的上空，
他受到精灵鬼怪的爱情的诱惑
终日驰骋于紫色的海底；

他穿过溪流，越过悬崖和丘陵；
跨过湖泊，驶过平原，
无论他到哪里，在那山岳和溪流下面，
他所爱的精灵生命常在；
我沐浴在蓝天的微笑里，
而他则化作阵阵细雨。
（刘守兰 译）

c. 英语的元音叠韵和汉语的叠韵。英语的完全韵元韵又称“元音叠韵”，与汉语的叠韵颇为相似。汉语的叠韵是两个连续词素组成的词，即韵母的重复，如“从容”“依稀”“翩跹”“葱茏”“颠连”“仓皇”“沧桑”“烂漫”“逍遥”。

例如，毛泽东《七律·人民解放军占领南京》的尾联中的“沧桑”：

天若有情天亦老，
人间正道是**沧桑**。

“沧(cang)桑(sang)”是汉语叠韵。请看名家译文：

Were Nature sentimental, she would have a dying day,
The **change** of sea into lands is Man's world's true **way**!
（辜正坤译，除尾韵外，change 和 way 产生行中元音叠韵）

B. 尾元韵。

行尾单词最后一个音节元音押韵，而不管元音前后的辅音押韵与否。如：slop/road, slim/glitter, hate/sale, drive/higher。

②以押韵的音节数分的元韵。

A. 单元韵(masculine assonance)，又称阳元韵或元音男韵。

由单音节构成的元韵是单元韵。如艾米莉·迪金森(1830—1886)长诗 *Life* 中第 88 诗节中的八行诗——

Heaven

By Emily Dickinson

"Heaven"—is what I cannot reach!
The Apple on the Tree—
Provided it do hopeless—hang—
That—"Heaven" is—to Me!

The Color, on the Cruising Cloud—
The interdicted Land—
Behind the Hill—the House behind—
There—Paradise—is found!

上面第一节首行的 reach 和第二行的 tree 构成元韵(注意：第二行的 tree 和第四行的 me 又构成完全韵。在诗歌中，各种押韵形式常常是交叉使用的)。第二节第一行的 cloud 和第四行的 found 也构成元韵。

☞ 参考译文：

天堂

艾米莉·迪金森

"天堂"——我企不可及！
树上的苹果——

只要挂着——我就不可希冀——
对我——“天堂”——那就是！

色彩，在飘动的云朵上——
在隐蔽的地方——
在小山后——在房屋后——
在那儿——找到了天堂！
（吴伟雄 译）

其实，英译汉诗也用尾元韵。李赋宁(2006)为龚景浩所译《英译唐诗名作选》一书作序谈到近似韵时说：“李白的‘静夜思’，龚译为‘*Musings on a Quiet Night*’。译文为‘The bright moonlight near my cot/ Seemed to me like white ground frost. / I looked up to gaze at the moon; / I looked down to think of home.’多么平易、自然！虽未完全押韵，但采用英诗“近似韵”(assonance)，也能产生声音美。”译诗中，cot 和 frost 由于元音[ɒ]相同，押元韵；moon 和 home 押相近的近似韵。

李赋宁随后说：“孟浩然的‘春晓’，龚译为‘*Spring Morn*’。译文为‘Spring slumber goes on and on. / Everywhere you hear birds’ song. / Last night there was wind and rain. / How many flowers in mud have lain!’龚译‘不觉晓’采用意译‘goes on and on’，颇为传神，似乎是睡不醒的感觉。‘花落知多少’译为感叹句：‘How many flowers in mud have lain!’也颇具匠心。押韵很自然：rain—lain。”除了 rain 和 lain 押完全韵之外，on 和 song 也是由于[ɒ]相同而押尾元韵。

由此可知，这种汉诗英译中的押韵是得到著名英语教授的赞许的。

B. 双元韵(feminine assonance)，又称阴元韵或元音女韵。

双元韵是押韵的单词最后两个音节的元音相同，而元音前后的辅音不必相同，其结构为“第一个重读元音+第二个非重读元音”。

请看乔治·艾略特的诗 *The Spanish Gypsy* 中的下列四行诗：

Maiden crowned with glossy blackness,
Lithe as panther forest-roaming,
Long-armed naiad, when she dances,
On a stream of ether floating.

诗节第二行的 roaming 和第四行的 floating 中的 oa 和 i 的读音[əʊ]和[i]同时押韵，而且两个音节的元音押韵，因而是双元韵。

☞ 参考译文：

少女戴上黑色王冠晶莹闪亮，
如林中漫步的黑豹那般轻盈；
又如长臂小仙女曼舞的形象，
轻舒广袖，在漂浮的太空上。
（吴伟雄 译）

(3)和韵(consonance)，又称子韵或假韵

和韵是指两个或两个以上的词的辅音完全一致(尤指位于词尾的)，但其前面的元音不相同。在托马斯·哈代的 *The Darkling Thrush*(《黑暗中的鸫鸟》)一诗中，第一行的 once 和 voice 两个词的词尾辅音完全相同，其前面的元音不相同，形成了行中韵的假韵。而第二行和第四行的 overhead 和 illimited 也是词尾辅音完全相同，其前面的元音不相同，形成了尾韵的假韵：

At **once** a **voice** arose among
The bleak twigs <u>overhead</u>
In a full-hearted evensong,
Of joy <u>illimited</u>.

☞ **译文：**

霎那间，一个声音升起
从头顶萧瑟的细枝间
一曲忘情的黄昏之歌
唱出欣喜无限。
（罗良功 译）

（4）倒尾韵（reverse rhyme）

倒尾韵是指两个以上不同词的起首重读音节由相同的辅音和相同的元音组成而形成的一种音律现象。例如 great 和 grazed，great 和 grace，这几个词均以[grei]开头，但后面的辅音却不同，这两对词就押倒尾韵。以这种方式形成倒尾韵的词很多，如 student 和 studio 起首音节均为[stjuː]，soul 和 sold 起首音节均为[soul]，sell 和 send 的起首音节均为[se]，但后面的辅音不同，都各自押倒尾韵。美国诗人亨利·朗费罗的 *My Lost Youth*（《我失去的青春》）中有这样四行诗：

And a verse of a Lapland song
Is haunting my memory still:
"A boy's **will** is the **wind** 's **will**,
And the thoughts of youth are long, long thoughts."

上面第三行中的 will 和 wind 起首音节均为[wi]，只是后面的辅音不同，构成了倒尾韵。译文是：

一首拉普兰民歌里的诗句
一直在我记忆里回荡：

“孩子的愿望是风的愿望，
青春的遐想是悠长的遐想。”
(杨德豫 译)

(5)重轻音对韵(stressed-unstressed rhyme)

一对押韵词中，一个在重音元音(音节)上押韵，另一个在非重音元音(音节，这个音节要能承受格律重读音)上押韵。例如：flight/sunlight，spring/flying，river/stir，prettier/clear。如下例中的 talk 和 peacock 是一对重读音节和非重读音节相押的重轻音对韵，而 elder 和 proper 则是接着谈到的非重音押韵：

称尊长/ 勿呼名/ 对尊长/ 勿见能

☞ **译文：**

Addressing the elder,
Use titles proper.
With ’em in talk,
Don’t play th’ peacock.
(覃军 译)

(6)非重读音押韵(unaccented rhyme)，又称弱韵(weak rhyme)

即两个押韵词都在非重读音节上押韵，例如 working/saying，summer/winter，mother/neighbor，father/teacher。如下例中《弟子规》的四句译文，better 和 weather，greeting 和 evening 是两对非重读音押韵：

冬则温/ 夏则清/ 晨则省/ 昏则定

☞ **译文：**

Make beddings better
According to th' weather.
Give them greeting
At morning 'n evening.
(覃军 译)

又如赵翼的《论诗(四)》，吴伟雄参考用(重读音)完全韵(如参考译文1)，也用非重读音押韵(如参考译文2)：

论诗(四)
(清)赵翼

少时学语苦难圆，只道工夫半未全。
到老始知非力取，三分人事七分天。

On Poetry (Ⅳ)
By Zhao Yi

☞ **参考译文1：**

When young I learned to verse but not succeed;
I thought my efforts were not enough indeed.
When old I know that effort be decisive never,
For that to talent is three to seven forever.

☞ **参考译文 2：**

When young I learned to verse, but not succeed;
I thought my efforts were not enough indeed.
When old I know that effort isn't decisive even:
The ratio of hard-work to talent is three to seven.

(7) 近似韵(approximate rhyme)

近似韵分为音质近似韵(approximate rhyme in tone quality)和重读近似韵(approximate rhyme in accentuation)。

对于近似韵，鲁迅曾经说到，"新诗先要有节调，押大致相近的韵，给大家容易记，又顺口，唱得出来"。(《鲁迅书信集》，第 635 页)

a. 音质近似韵。在完全韵中，押韵音节的元音音素必须相同，而在近似韵中，元音音素不相同，只是相似。例如，珀西·比希·雪莱诗 *Song—To the Men of England* 的第一、三节：

Men of England, wherefore plough
For the lords who lay y low?
Wherefore weave with toil and care
The rich robes your tyrants wear?
…
Wherefore, Bees of England, forge
Many a weapon, chain, and scourge,
That these stingless drones may spoil
The forced produce of your toil?

第一节的 plough [plaʊ] 和 low [ləʊ]，第三节的 forge [fɔːdʒ] 和 scourge [skɜːdʒ]，元音音素不同，因而是近似韵(有时，有的近似韵元

音后面的音素也不同)。原诗的韵式可以算为 aabb 韵式，译诗也可以照此处理。请看译文：

英国的人民，为什么犁地
报答老爷们踩你们成泥？
为什么辛勤劳苦去织布，
让那些恶霸穿华丽衣服？
……
英国的蜜蜂，为什么打造
那么多武器、铁链和镣铐？
叫这些无螫的雄蜂来掠夺
你们辛劳生产的成果？
(卞之琳 译)

b. 重读近似韵。在完全韵中，重读音节与重读音节押韵。然而，如上所述，也有重轻音对韵(stressed-unstressed rhyme)：一对押韵词中，一个在重音元音(音节)上押韵，另一个在非重音元音(音节)上押韵。所以，有的近似韵也会以重读音节来跟非重读音节押韵，而这个音节要能承受格律重读音。如珀西·比希·雪莱诗 *Song—To the Men of England* 的最后一节：

With plough and spade, hoe and loom,
Trace your grave and build your tomb,
And weave your winding-sheet, till <u>fair</u>
England be your <u>sepulcher</u>.

诗人用 sepulcher [ˈsepəlkə] 的第三音节-cher [kə] 承受格律重读音来

和 fair [feə] 押韵，元音音质的区别较大。

☞ **译文：**

用犁头、锄头、铁锹和布机，
你们给自己构筑坟地，
你们给自己织造裹尸布，
等大好英国做你们的陵墓。
(卞之琳 译)

c. 重读方面不同的近似韵。吴翔林(1993：135)指出，重读方面不同的近似韵有两种常见的情况。这对我们鉴赏英语诗歌，尤其是一些著名诗人的作品确有很大的帮助。

其一，中古英语中，罗曼斯语词汇的派生词尾在法语中是重音之所在，故常用来与重读音节押韵。由于现代英语重音前移，这样的派生词尾只能构成阴性韵脚的非重读音节，而不能与重读音节押韵。但也有例外，例如，以-y，-ment，-ite 等结尾的罗曼斯语词汇可以承受格律重读音，从而与重读音节押韵。

以-y 结尾的词，在现代英语中，仍可与重读的 [iː] 或 [ai] 押韵。“这样的韵脚在英诗中已成了历来公认的门径，用得很多。”(吴翔林，同上)例如，威廉·布莱克的《老虎》一诗中的第三、四行，symmetry 和 eye 押韵：

Tiger! Tiger! Burning bright
In the forest of the night.
What immortal hand or <u>eye</u>
Could frame thy fearful symme<u>try</u>?

symmetry 的-try 承受格律重读音，而 eye 古音读 [iː]，现应按当前的[ai]音来读。译文前面已有，此处从略。

以-ment，-ite结尾的词举例如下：

例1　选自亨利·沃兹沃斯·朗费罗的诗*A Day of Sunshine*(《阳光灿烂的一天》)第三节：

I hear the wind among the trees
Playing celestial symphonies;
I see the branches downward bent,
Like keys of some great instrument.

☞ 参考译文：

我听见风在林中吹荡，
如天神的交响乐奏响；
我看到树枝朝下曲弯，
犹如大型乐器的琴键。
(吴伟雄 译)

例2　选自珀西·比希·雪莱的诗*Prometheus Unboand*(《解放了的普罗米修斯》)其中一节：

To suffer woes which Hope thinks infinite;
To forgive wrongs darker than death or night;
To defy Power, which seems omnipotent;
To love, and bear; to hope till Hope *creates*
From its own wreck the thing it *contemplates*;
Neither to change, nor falter, nor repent;
This, like thy glory, Titan, is to *be*

Good, great and joyous, beautiful and *free*;
This is alone Life, Joy, Empire, and *Victor*y!

上述诗节的原诗韵式是：aabccbddd。其中 infinite 和 night 押韵(a)，omnipotent 和 repent 押韵(b)，creates 和 contemplates 押韵(c)，be，free 和 victory 押韵(d)。多音节单词的末音节为格律重读音。

☞ **译文**：

忍受一切“希望”觉得是无穷的痛苦；
宽恕一切像“死”和“夜”一般黑暗的罪过；
打倒那种俨然是无所不能的“权威”。
全心地爱，别怕困难，不要放弃希望，
“希望”自会在艰难中实现它的梦想，
不要改变，不要灰心，也不要懊悔，
“提坦”呀，这才和你的光荣一般，完全是
善良、伟大和欢欣、自由和美丽；
这才可算得生命、快乐、统治和胜利。
(邵洵美 译)

其二，在中古英语中，日耳曼语词汇的派生词尾如-ing，-er，-ness，-ly等，发音比在现代英语中重，因此可以用来与重读音节押韵。“在现代英语中，这些词尾只能构成阴性韵脚的非重读音节，而不能与重读音节押韵，但有一个重要的例外，这就是词尾-ly。这个词尾仍可承受格律重(读)音而与重读音节押韵。”(吴翔林，1993：137)

以-ly结尾的词，以威廉·布莱克的诗 *Love's secret*(《爱情的秘密》)第一节为例：

Never seek to tell thy *love*,

Love that never told can be;
For the gentle wind doth *move*
Silently, invisibly.

第二行的 be 和第四行的 invisibly 押韵。其中，invisibly 的-ly 承受格律重读音，与 be 押韵，结合第一行的 love 和第三行的 move 所押的“目韵”，构成了这一诗节的 abab 韵式。

☞ **参考译文：**

不要试图说你的爱，
爱情从来无法说清。
因为微风轻轻吹来，
无声无息也无踪影。
（吴伟雄 译）

古代读音押韵而现代发音变化不押韵的情况，汉语也常有。为加深理解英汉语言在这方面的共性，并结合上述的“重轻音对韵”和下述的“富韵”，我们再看看唐代诗人江为的《临刑诗》（此诗很有名气，却一度被当成明初孙蕡的诗，字句也小有变动，后经清人赵翼指明，著作权实属江氏所有，诗见《全唐诗》第 741 卷）：

街鼓侵人急，西倾日欲斜。
黄泉无旅店，今夜宿谁家。

诗中“斜”和“家”，古代分别读作 xia 和 jia，是押韵的。现在当然要按当前的音来读，但鉴赏时要明白那是古音押韵的缘故。翻译时，可以照现代英语作押韵处理。译文中，killing word（行刑命令）的 word，以及 nether world（阴间，黄泉）中的 world 押富韵；对应“斜”和“家”押韵，译文以 twilight 和 tonight 押韵（重轻音对韵）。另外，twilight 也不妨按格律重读音方法处理，将重读音移到-light。参考译文：

The drum is beating fast as a killing word;
The sun is setting to the west in twilight.
As no hotel for me in the nether world,
Now where can I find a shelter tonight?
（吴伟雄 译）

5. 其他形式的非完全韵

（1）目韵，也叫视韵（eye rhyme，visual rhyme or sight rhyme）

这里指完全韵的变体，其拼写形式看起来好像押韵而读音不押韵的尾韵。诗与生俱来的特征是可唱的歌，口口相传，令人悦耳，所以有吟诗之说；随着时代的发展、印刷术的盛行，诗不仅仅可以口唱相传，而且可以看读，令人悦目。加上，"同其他语言相比，英语是缺乏押韵词语的语言，所以 Edward Bysshe 在 *Art of Poetry*（1702）中敢于说诗歌写作'很难找到押韵的词'"。（转引自聂珍钊，2007：248）

之所以说目韵是完全韵的变体，一是其拼写形式与完全韵完全相同但读音不同，二是有的目韵在古代传统的读音中是押韵的。

为了更好地理解英语诗歌的目韵，从而更好地鉴赏名诗名作，有必要对英国史上的"元音大变迁"的情况有一个大概的认识。

吴翔林（1993：115，118）在《英诗格律及自由诗》中指出，莎士比亚（1564—1616）在世时期的英国，处于"元音大变迁（Great Vowel Shift，between 1350 and the 1600s and 1700s）"的过程中，很多元音发生了变化。如，eye，sky，die 的元音由原来的[iː]变为[ai]。在蒲柏（1688—1744）的时代，"茶"的英语 tea 读如[tei]。原来，tea 一词是根据闽南话"茶"的读音（大致读如[tei]）音译为英语的。现在的闽南话说"喝茶"为"饮茶"，发音大致为[lim tei]。联想到历史上法语对英语的重大影响，笔者专门致邮《中国科技翻译》副主编、法语专家赵文利教授，请教法语“茶”的发音；他说“其发音近似于汉语拼音 dei，但 d 要读得轻一点”。这也印证了“茶”读出的元音确实和[ei]有关。

威廉·柯珀(William Cowper，1731-1800)在其 *God Moves in a Mysterious Way* 的第一节写道：

God moves in a mysterious way
His wonders to perform;
He plants His footsteps in the sea
And rides upon the storm.

聂珍钊(2007：248)指出，“诗的第一行的 way 和第三行的 sea 两个词过去读音相同现在却不同而且仍然押韵，因此称之为传统押韵……传统上诗歌的这类押韵不仅为人所接受，而且也被诗学家认同”。为了更好地鉴赏这首诗，可以把前两行换成散文形式：God moves in a mysterious way to perform His wonders. (大写 His)

☞ **译文：**

上主行事神奇，成就无数圣迹；
蹈海踏浪前进，驾御风暴飞驰。
(吴伟雄 译)

现在读起来不押韵的古人诗歌，也不是非押韵不可。在王佐良、李赋宁主编的《英国文学名篇选注》中，注明 wind 发[waind]音。(转引自吴翔林，1993：120)请看珀西·比希·雪莱《西风颂》的两行压卷名句：

The trumpet of a prophecy! O Wind,

If Winter comes, can Spring be far behind?

上述两行诗与其上一节诗是跨节诗的关系。丰华瞻(1997：45)根据上节末行的 Be through my lips to unawakened earth，按照承上接下之意，翻译为：

请把我的醒世预言，传播到地角天涯！
哦，西风啊，冬天来了，春天还会远吗？

丰华瞻用助语词“啊[a]”和疑问词“吗[ma]”，依照 wind 和 behind 的古音处理“传统韵”，翻译得好。另外，他根据汉语重隐性逻辑的特点，没有把英语的显性逻辑翻译出来，表面上没有“if(如果)”的形似，却把 If Winter comes, can Spring be far behind？这句警示名言的 10 个音节翻译成与之对应的 10 个汉字(实际上也是 10 个音节)“冬天来了，春天还会远吗”，不仅音节数相似，而且更加符合汉译的地道表达方式。

(2)富韵(rich rhyme)

押富韵的音节，除了元音押韵之外，该元音前后的辅音完全相同并押韵。但是，富韵和同韵(identical rhyme)并不相同。同韵是音、形、义完全相同；富韵则指在音、形、义三者中，有一同两异和两同一异现象。现分述如下：

①一同两异富韵：押韵的两个音节同音异形异义(homophones)。如：air(空气，天空) / heir(继承人)，night(夜晚)/ knight(骑士)，stare(注视)/ stair(阶梯)，to/ too/ two，great(大师，伟大的)/ grate(壁炉，磨擦)，reduce(减少)/ deduce(推论)，foul(犯规)/ fowl(家禽)，ring(戒子，铃声，环形)/ wring(拧，紧握)，write(写)/ right(正确，右方，右方的)，handle(把手，处理)/ panhandle(平锅柄，行乞)，flower(花，开花) / flour(面粉，粉状物质)，hall(会堂，门道) / haul

(拖，拉)，wait(等待)/ weight(重量，负担)，等等。

请看托马斯·怀特(Sir Thomas Wyatt)的 *Is it Possible* 这首诗的第六节：

All is possible
Whoso list believe.
Trust therefore first, and after prove,
As men wed ladies by licence and leave.
All is possible.

第二行的 believe[bɪˈliːv]和第四行的 leave [liːv]，就是同音异形异义的富韵。

☞ **参考译文：**

一切皆有可能，
登记了的人都相信不疑猜。
所以，先信任，而后求证，
因为男跟女成婚后就离开。
一切皆有可能。
(吴伟雄 译)

②两同一异富韵：押韵的两个音节同音同形异义(homonym)。如：want(需要)/ want(缺少)，port(港口)/ port(舷窗，枪眼，波特酒)，forge(前进)/ forge(伪造，锻造)，may(可能)/ May(五月)，staple(订书钉)/ staple(主食，主要产品，主要成分)。请参考王统照《小诗》的译文，译者就用了这种富韵：

小诗

王统照

多年的秋灯之前，
一夕的温软之语，
如今随著飞尘散去，
不知那时的余音，
又落在谁的心里？

A Verselet

By Wang Tongzhao

In the lamplight, years ago in fall,
Soft endearment, all night we talked.
Gone with flying dusts are the words in all.
How I wonder, those lingering sounds,
In whose heart they would fall.

（廖子鋆 译）

原诗不押韵，译文采用“隔行韵”(abaca)的押韵方式，五行诗中，第一、三、五行押韵(fall, all, fall)，增强了诗的音乐特性，浓化了诗意，突出了意境。首行和尾行押的行尾韵虽然都是 fall，但这不是简单的重复，两词同音同形异义(前一个 fall 是“秋天”，后一个 fall 是“落下”)。这就是英语诗歌中另有特色的富韵中的“两同一异富韵”。

(3)析韵(analyzed rhyme)

顾名思义，析韵与主观性分析有关。析韵是指两种以上不同押韵形式同时使用，其性质和特征是由分析韵律的人根据分析的方法而决定；因为分析之前悬而未决，故又叫悬韵(suspended rhyme)。

①元韵(assonance)与和韵(consonance)组合中的分类：

其一，元韵分类。如果四行诗的结尾词是 run，hunt，fin 和 splint，那么按照元韵的规则分类，因为 run 和 hunt 的元音 u 都读[ʌ]，fin 和 splint 的元音 i 都读[i]，所以其押韵形式是 aabb。

其二，和韵分类。同样四行诗的结尾词是 run，hunt，fin 和 splint，按照和韵的规则分类，因为 run 和 fin 的尾辅音都是[n]，hunt 和 splint 的尾辅音都是[t]，所以其押韵形式是 abab。

②实韵(true rhyme)与和韵(consonance)组合中的分类：

一般而言，大多数英语(多节)诗歌押韵格式基本上是固定的，析韵在押韵韵式的分类上，要服从全诗的押韵格式，使全诗保持一致。这是一个要遵循的“服从原则”。以结尾词是 clear，where，tear 和 air 的四行诗为例，其不同押韵格式的确定可作如下分类：

其一，实韵分类。如果全诗第一节的押韵格式是 abab，那么就按照实韵 clear［klɪə］和 tear［tɪə］押韵，where［weə］和 air［eə］押韵的实韵分类，取 abab 押韵形式。

其二，和韵分类。如果全诗第一节押韵格式是 aabb，那么就按照和韵分类，取 aabb 押韵形式。

(4)断韵(broken rhyme or split rhyme)

断韵，必有“断”的地方。断韵是韵的一种形式，是在诗的换行处把一个单词(须有两个以上的音节)分开，让留下来的音节与另一行的结尾词押韵。如，爱德华 · 李尔(Edward Lear)的谐趣诗 *How Pleasant to Know Mr. Lear* 的第六节(选自维基百科)：

When he walks in waterproof <u>white</u>,
The children run after him so!
Calling out, “He’s gone out in his <u>night-</u>
<u>Gown</u>, that crazy old Englishman, oh!”

诗中第三行末尾的 nightgown 在 night 和 gown 之间断开，好让 night 和第一行的 white 押上尾韵。译文可以取 abab 韵式，让第一行和第三行押韵，第二行和第四行押韵。汉语的韵脚只有一个不可断开的字（一个音节），不可断开；汉译时，可将第三行“这个疯癫的英国老头啊”的“啊”断出来，放到下一行，再形成“断”的风格。

☞ **参考译文：**

他穿着白色雨衣行行走走，
孩子们追着他，这样喊叫：
“这个疯癫癫的英国老头
啊，穿着睡衣就出去了！”
（吴伟雄 译）

有一位译友在群里曾提出如何翻译如下两行汉语的问题：

世界上最美的是月亮，
比月亮更美的是你！

正好可以用断韵来翻译，信息传真之余，音韵风格再建：

In the world the moon is the most beau-
tiful, but the better than that is you!
（吴伟雄 译）

（5）联韵（pararhyme），又称框架韵（frame rhyme）

联韵的特征是元音前后两个辅音音素相同而中间的元音音素不同。这种联韵是和韵的变种，所以也可以称为“双和韵（double consonance）”。这种押韵形式是英国诗人威尔弗雷德·欧文（Wilfred

Owen）发明的。他写的题为 *Strange Meeting*（《奇异的会见》）的诗前十行中，就有三对这种押韵形式：

It seemed that out of battle I **escaped**
Down some profound dull tunnel, long since **scooped**
Through granites which titanic wars had groined.
Yet also there encumbered sleepers groaned,
Too fast in thought or death to be ***bestirred***.
Then, as I probed them, one sprang up, and ***stared***
With piteous recognition in fixed eyes,
Lifting distressful hands, as if to bless.
And by his smile, I knew that sullen *hall*, —
By his dead smile I knew we stood in *Hell*.

第一、二行的 escaped [ɪˈskeɪpt] 和 scooped [skuːp]，第三、四行的 groined [grɒɪn] 和 groaned [grəʊn]，第五、六行的 bestirred [biˈstəːd] 和 stared [stɛərd]，以及第九、十行的 hall [hɔːl] 和 hell [hel]，都是重读音节中的元音音素不同而元音音素前后的辅音音素是相同的，所以组成了联韵。

☞ 参考译文：

我似乎脱离战斗，逃进了
花岗岩下一条沉闷的大坑道，
惊天动地的战争早把岩石挖通，
那里挤满了呻吟着睡觉的人，
有的苦思，有的已死，都不动弹，
等到我试着一碰，有一位跳起紧看
呆板的眼光像是认识我又怜悯我

他凄然举起手向我祝福；
我看他的笑，知道这是在阴森的土地，
他的笑是死的，我知道我们站在地狱里。
(王佐良 译)

根据维基百科的介绍，《奇异的会见》是威尔弗雷德·欧文写的一首诗，写的是第一次世界大战时的情形，他于1918年写成，这首诗却在1919年他去世后才发表。全诗由一个士兵讲述：他去地下世界逃离了地狱般的战场，在那里他遇到了他前一天杀死的敌军士兵。(*Strange Meeting* is a poem by Wilfred Owen. It deals with the atrocities of World War I. The poem was written sometime in 1918 and was published in 1919 after Owen's death. The poem is narrated by a soldier who goes to the underworld to escape the hell of the battlefield and there he meets the enemy soldier he killed the day before.)

这种联韵因为和辅音尾韵相似，又称类尾韵。由于较相邻的两个或两个以上的词起首和词尾辅音(或辅音连缀)相同时，虽然两个词的元音不同，但仍能产生一定的音韵，所以有不少诗人乐而为之。

(6)省略韵(apocopated rhyme)

省略韵的特征有二：其一是押韵的两个单词，一个是重读单音节单词，另一个是第一个音节重读的双音节单词；其二是两个单词的重读音节相互押韵。例如：

The water rushed over the spillway
And through the deep channel toward the mill.

第一行的spillway和第二行的mill押韵，其中mill省去一个轻读音节。当然，这两行诗也可以用上文所述的断韵处理：

The water rushed over the spill-
Way and through the deep channel toward the mill.

☞ **参考译文：**

大水冲过溢洪道，
流经深沟到磨坊。
（吴伟雄 译）

原文的spillway和mill通过省去一个轻读音节，以“省略韵”的方式押韵，译文以“道”和“到磨坊”，通过“到”省两个字(音节)，也产生一定的音韵效果。

(7)连接韵(linked rhyme)，又称熔合韵(fused rhyme)

这种押韵形式的特征是：一行诗的最后一个音节和紧接着的下一行诗的第一个音节押韵。由于相似于我们熟知的“顶真”(Anadiplosis is the repetition of the last word of a preceding clause; the word is used at the end of a sentence and then used again at the beginning of the next sentence)，笔者认为不妨称之为顶真韵(anadiplosis rhyme)。

请看杰拉德·曼利·霍普金斯(Gerard Manley Hopkins)的*Spring*伊始的几行诗：

Nothing is so beautiful as Spring—
When weeds, in wheels, shoot long and lovely and lush;
Thrush's eggs look little low heavens, and thrush
Through the echoing timber does so rinse and wring
The ear, it strikes like lightnings to hear him sing;
The glassy peartree leaves and blooms, they brush
The descending blue; that blue is all in a rush

With richness; the racing lambs too have fair their fling.

从杰拉德·曼利·霍普金斯上述第二行末的 lush [lʌʃ] 和第三行第一个音节 Thrush [θrʌʃ] 符合押完全韵的要求，有适合“连接韵”的条件，确实有类似“顶真”的特点。

☞ 译文：

任什么也没有春天这样美丽——
摇曳的草蹿得又高又美又茂盛
画眉蛋像低小天穹，画眉的歌声
透过回响的林木把耳朵清洗，
听它唱，那感觉有如闪电轰击；
梨树的花朵和叶片光洁而晶莹，
刷着下垂的蓝天；那个蓝真热情
真富丽；小羊也不免奔跑嬉戏。
(黄杲炘 译)

(8)连续韵(close rhyme)

连续韵不同于连接韵。连接韵是一行诗的最后一个音节和紧接着的下一行诗的第一个音节押韵；而连续韵是行中韵的一种，是一行诗中押韵的单词和前面紧靠的单词押韵，不能分开，有点类似于汉语的元音叠韵。

下述诗行中，bye-bye，mai tai 和 tie-dye 读音相同，属于连续韵。

Give grandma a kiss and wave bye-bye,
And thank her again for the mai tai,
And the weed that she shared;
Let's just hope she's not snared

'For she visits again in her tie-dye.

(9)反韵(reverse rhyme 或 inverse rhyme)

反韵的特征是：音节前两个部分即音节的起始辅音及辅音后的元音押韵，而元音后面的辅音不押韵。有人说，这是英语诗歌中很少见的押韵形式，还有人认为，在诗行结尾的这种结构形式不算押韵。其实，这也是类似元韵的一种韵。元韵的“基本特征是诗行中的元音相同而押韵，而元音前后的辅音则不必押韵”(聂珍钊，2007：219，270)，而这个反韵，音节的起始辅音和其后的元音押韵，只是元音后面的辅音不押韵，音韵效果还是很明显的。例如，bat/back，great/grace，plague/plane 可以用于押反韵。

第二节　英语诗歌音乐美的鉴赏与翻译

一、英语诗歌的拟声效果与音韵意义

(一)领略英语诗歌的拟声效果与音韵意义

我们以罗伯特·弗罗斯特(Robert Frost)的 *Stopping by Woods on a Snowy Evening* 为例，领略英语诗歌的拟声效果与音韵意义。

Stopping by Woods on a Snowy Evening

By Robert Frost

Whose woods these are I think I know.
His house is in the village though;
He will not see me stopping here
To watch his woods fill up with snow.

My little horse must think it queer
To stop without a farmhouse near
Between the woods and frozen lake
The darkest evening of the year.

He gives his harness bells a shake
To ask if there is some mistake.
The only other sound's the sweep
Of easy wind and downy flake.

The woods are lovely, dark and deep.
But I have promises to keep,
And miles to go before I sleep,
And miles to go before I sleep.

①该诗几处头韵的意义赏识：

Line 3：He will not see me stopping here 与 Line 9：He gives his harness bells a shake 都含有头韵[h]这个清辅音(此音在诗中也多次出现)。[h]发音时声带不振动，送气很大，像一个气喘吁吁的人在喘气，也有点像冬天寒冷天气时哈气，故称“大口喘气音”。寓意在雪夜林边的寒风中，诗中小马在喘气，诗中主人在哈气。

Line 4：To watch his woods fill up with snow 含有头韵[w]，寓意下文“呜呜”的风声。

Line 11：The only other sound's the sweep 含有头韵[o]和[s]，加强风雨声，寓意风吹树林的“嗖嗖”声和大雪飘落的“簌簌”声。

Line 13：The woods are lovely, dark and deep 含有头韵[d]，加重林子的幽深。

②其他以辅音开头的单词具有独特的意义：

通篇很多[s]开头的单词，模拟风吹雪落的“嘶嘶”流音。

不少以[w]开头的词，令人联想起“呜呜”风鸣；以[t]结尾和[d]开头的词，好像是马蹄踏冰的“啼嗒”声。

③诗中长元音或双元音显示的意义：

全诗27个单词中，15个有长元音或双元音，且/i：/，/p/重复4次，显示深长平缓与松弛单调的音响效果，给人以“路漫漫，人困倦”的感觉。

④出色音韵和格律的声韵效果：

该诗用连锁环抱韵aaba，第三行改韵与下一节同韵，每诗节之间的声音与意义相互勾连，又在末节诗采用单韵aaaa，产生无比和谐的声韵。全是严格遵守抑扬格四音步，堪称英语格律诗之典范。而末节“一韵到底”的单韵aaaa，则寓意还有promises to keep，责任重大，必须坚持下去，绝不可变。

☞ **译文：**

雪夜林边小驻

罗伯特·弗罗斯特

林子属谁我知晓，
他在村头那条道；
不见我在林边逗，
只因赏雪把路绕。

马儿疑惑忙回眸，
前无炊烟却停留，
雪林茫茫湖冻着，
寒风瑟瑟夜里头。

铃儿当当马儿萧，

似问是否迷路了。
林间寂寂无声息，
微风习习雪花飘。

林深幽暗人入迷，
却因诺言不得已，
睡前得走好多里，
睡前得走好多里。
(张琼 译)

(二)领略英语诗歌声韵与意义的巧妙结合

我们以莎士比亚十四行诗第 29 首为例，领略英语诗歌声韵与意义的巧妙结合。

Sonnet 29

By Shakespeare

When, in disgrace with fortune and men's eyes,
I all alone beweep my outcast state
And trouble deaf heaven with my bootless cries
And look upon myself and curse my fate,
Wishing me like to one more rich in hope,
Featur'd like him, like him with friends possess'd,
Desiring this man's art and that man's scope,
With what I most enjoy contented least;
Yet in these thoughts myself almost despising,
Haply I think on thee, and then my state,
Like to the lark at break of day arising

From sullen earth, sings hymns at heaven's gate;
For thy sweet love remember'd such wealth brings
That then I scorn to change my state with kings.

全诗总体是五音步抑扬格。

Line 11 的 Like to the lark at break of day arising 中的最后一个双音节单词 arising，与 Line 9 的 Yet in these thoughts myself almost despising 中的最后一个双音节单词 despising 押阴性韵，即押韵的重读音节后还有一个相同的轻读音节-sing。两行都在最后一个音步多一个轻读音节，成为抑扬抑。这一对阴性韵，从 despising 到 arising，显示先抑（把自己看轻）后扬（腾空而起），符合诗中 speaker（说话人）感情变化的状态。此为声韵与意义的巧妙结合。

请再鉴赏 Line 11：Like to the lark at break of day arising，此行在全诗是五音步抑扬格的主流格律中，轻读和重读音节安排有变化，第一个音步变为扬抑格（Like to），从而使前两个音步（Like to / the lark）构成“扬—抑—抑—扬”的模式，把两个轻音节连在一起，给人以云雀飞翔的迅速感。而最后的 arising 又构成“抑—扬—抑”的模式，给人以云雀在空中上下飞翔的升降感。这行诗被誉为声韵与意义的巧妙结合的成功范例。

☞ **译文：**

当我受尽命运的浩劫和世人的白眼，
独自哀伤这飘零的身世，
徒用无益的呼吁惊动那耳聋的苍天，
顾影自怜，诅咒自己的命运，
却羡慕他人前程似锦。
想有他的仪表堂堂，想有他的交友宽广，
美这人才华横溢，慕那人文采飞扬，

独独自己一无所长；
思来想去几欲把自己看轻，
却猛然间想起来你，
就像破晓时的云雀，从阴霾的大地腾空而起，
展开羽翼高歌于浩瀚的天宇；
思卿至爱，心中便生财富无限，
纵帝王屈尊就我，不与换江山。
（艾梅 译）

（三）单音节词相呼应、全诗唯一韵脚的寓意特色

我们以埃德加·爱伦·坡（Edgar Allan Poe）的名诗 *Annabel Lee* 为例，领略单音节词相呼应、全诗唯一韵脚的寓意特色。

Annabel Lee

By Edgar Allan Poe

It was many and many a year ago,
In a kingdom by the sea,
That a maiden there lived whom you may know
By the name of ANNABEL LEE;
And this maiden she lived with no other thought
Than to love and be loved by me.

She was a child and I was a child,
In this kingdom by the sea;
But we loved with a love that was more than love—
I and my Annabel Lee—
With a love that the winged seraphs of heaven
Coveted her and me.

And this was the reason that, long ago,
In this kingdom by the sea,
A wind blew out of a cloud, by night
Chilling and killing my Annabel Lee;
So that her highborn kinsmen came
And bore her away from me,
To shut her up in a sepulcher
In this kingdom by the sea.

The angels, not half so happy in heaven,
Went envying her and me—
Yes! that was the reason(as all men know,
In this kingdom by the sea)
That the wind came out of the cloud, chilling
And killing my Annabel Lee.

But our love it was stronger by far than the love
Of those who were older than we—
Of many far wiser than we—
And neither the angels in heaven above,
Nor the demons down under the sea,
Can ever dissever my soul from the soul
Of the beautiful Annabel Lee.

For the moon never beams without bringing me dreams
Of the beautiful Annabel Lee;
And the stars never rise but I see the bright eyes

Of the beautiful Annabel Lee;
And so, all the night-tide, I lie down by the side
Of my darling—my darling—my life and my bride,
In the sepulcher there by the sea,
In her tomb by the side of the sea.

诗中 Annabel Lee 共出现七次，它悠扬如歌的音律同 sea，we，me 等单音节词相呼应，构成本诗唯一的韵脚[iː]。

Annabel Lee 和 we，me 在音韵上的重复呼应萦回缭绕、不绝于耳，还有行中韵的 she，将 Lee 和 me 融为一体，又营造出一种悲怆、荒凉的海边气氛，而低回往复的单一尾音，寓意诗人失去爱情永恒的、始终唯一的心上人。

全诗无矫饰之情，无故作之态，情真意切，缠绵悱恻，意味隽永，催人泪下。

☞ **译文：**

安娜贝尔·李

埃德加·爱伦·坡

很久很久以前，
在一个滨海的国度里，
住着一位少女你或许认得，
她的芳名叫安娜贝尔·李；
这少女活着没有别的愿望，
只为和我两情相许

那会儿我还是个孩子，她也未脱稚气，
在这个滨海的国度里；
可我们的爱超越一切，无人能及——

我和我的安娜贝尔·李;
我们爱得那样深,连天上的六翼天使
也把我和她妒嫉。

这就是那不幸的根源,很久以前
在这个滨海的国度里,
夜里一阵寒风从白云端吹起,冻僵了
我的安娜贝尔·李;
于是她那些高贵的亲戚来到凡间
把她从我的身边夺去,
将她关进一座坟墓
在这个滨海的国度里。

这些天使们在天上,不及我们一半快活,
于是他们把我和她妒嫉——
对——就是这个缘故(谁不晓得呢,
在这个滨海的国度里)
云端刮起了寒风,
冻僵并带走了我的安娜贝尔·李。

可我们的爱情远远地胜过
那些年纪长于我们的人——
那些智慧胜于我们的人——
无论是天上的天使,
还是海底的恶魔,
都不能将我们的灵魂分离,
我和我美丽的安娜贝尔·李。

因为月亮的每一丝清辉都勾起我的回忆
梦里那美丽的安娜贝尔·李
群星的每一次升空都令我觉得秋波在闪动
那是我美丽的安娜贝尔·李
就这样，伴着潮水，我整夜躺在她身旁
我亲爱的——我亲爱的——我的生命，我的新娘，
在海边那座坟茔里，
在大海边她的墓穴里。
（曹明伦 译）

（四）节奏整齐、韵律优美的诗中强化音的意义强化作用

这里，我们以托马斯·纳什（Thomas Nashe）的 *Spring* 为例，领略节奏整齐、韵律优美的诗中强化音的意义强化作用。

Spring

By Thomas Nashe

Spring, the sweet Spring, is the year's pleasant king;
Then blooms each thing, then maids dance in a ring,
Cold doth not sting, the pretty birds do sing,
Cuckoo, jug-jug, pu-we, to-witta-woo!

The palm and may make country houses gay,
Lambs frisk and play, the shepherds pipe all day,
And we hear aye birds tune this merry lay,
Cuckoo, jug-jug, pu-we, to-witta-woo!

The fields breathe sweet, the daisies kiss our feet,

Young love meet, old wives a-sunning sit,
In every street these tunes our ears do greet,
Cuckoo, jug-jug, pu-we, to-witta-woo!
Spring, the sweet Spring!

这首诗有整齐的节奏和韵律。除第三节末尾增加了"Spring, the sweet spring"一行四个音节以外，其余每节都是四行，每行五音步(十个音节)，基本节奏是五步抑扬格(iambic pentameter)，韵脚是 aaab，每节最后一行是模仿鸟鸣(布谷鸟、夜莺、田凫和猫头鹰)的象声词，一共重复三次。这种整饬的节奏和韵律，以及重复运用的象声词，增加了诗歌的节奏感和音乐感，同时也增强了诗歌所要表达的欢快气氛。

诗中有许多"强化音"。所谓"强化音"(phonetic intensives)，就是指那些用以帮助强化诗意的音，这些音流畅、圆润、响亮。例如，英语中的元音和辅音由于发音部位和发音长短的不同，不同的音具有不同的音质。诗人往往根据诗意的需要，有意选择某些具有特殊音质的音来加强诗意。例如，元音响亮，清晰，尤其是长元音(包括一些双元音)更加绵长悠扬。

全诗一共有 95 个单词，其中 54 个单词含有长元音(包括双元音)，如 sweet, bloom, maids, dance, birds, palm, may, make, gay, play, all, day, aye, tune, lay, fields, breathe, daisies, feet, meet, street, greet, 等等。诗人在这首诗里运用了大量的含有长元音的单词，从而表达和加强了舒缓、轻松、悠扬、开阔的感情。

同样，辅音也可根据其各自不同的音质，产生不同的感情效果。例如，英语中的 [f], [l], [m], [n], [p], [r], [s], [v], [θ] 等音，传统上都与风吹、水流、平滑、流畅、轻柔相联系。*Spring* 这首诗中运用了大量的上述辅音，从而也加强了诗的表现力。总之，全诗轻快的音韵悠扬飘逸，增强了这首诗欢快而温馨的气氛，形成春意盎然、回环不绝的气息。

☞ **译文：**

春

托马斯·纳什

春，甜美之春，一年最美好的时光，
万物吐芳艳，姑娘们围着舞翩跹，
轻寒不袭人，小鸟把歌唱：
恰恰，咯咯，啾啾，哥哥插禾！

棕榈山楂漫山野，村村舍舍生气盎，
羊羔欢跃喜洋洋，牧童整天笛声扬，
百鸟欢歌总在耳边响：
恰恰，咯咯，啾啾，哥哥插禾！

田野飘馨香，雏菊吻脚上，
情人双双来相会，老妇憩坐沐阳光，
条条路上都有歌声在荡漾：
恰恰，咯咯，啾啾，哥哥插禾！
春！甜美之春！

（何功杰 译）

（下画线为本书作者所加，便于下文探讨）

安徽大学教授何功杰曾觉得郭沫若对这首诗的译文读来与原诗流畅悠扬的音韵不符，于是在郭译基础上重译，特别注意语言的上口流畅。1988 年何教授的这首译诗也被王佐良教授收进他主编的《英国诗选》。这是一个搭在前人肩上提高一步的范例。何教授的改译很好，但还有两处似可商榷。尽管是小问题，但也应精益求精。故分析如下：

其一，原诗中，shepherds 的翻译如何？Shepherds(牧羊人)代表放牧羊群的人，而译文中的“牧童”代表放牧的儿童(不包括成年人)。比较原文与译文，可发现原文“放牧羊群的成年人”译成“放牧的儿童”，这是文化误译的一种。

其二，“春，甜美之春，一年最美好的时光，/万物吐芳艳，姑娘们围着舞翩跹，/轻寒不袭人，小鸟把歌唱”中，“翩跹”(pianxian)和前句的“时光”(shiguang)以及后句的“歌唱”(gechang)，押韵未够工整，与原诗三句流畅悠扬的音韵(aaa 韵式)不符。将后一句对照原文“Then blooms each thing, then maids dance in a ring”，如何改译？似可译为：“姑娘们围舞心花放(fang)”或者“姑娘们围舞心欢畅(chang)”。

(五)女教授吟诗好节奏，名乐家配曲成大歌

美国常唱的三大爱国歌曲分别是《星条旗》《美丽的阿美利加》和《天佑阿美利加》。《美丽的阿美利加》的歌词作者是凯瑟琳·贝茨(1859—1929)。她原来是维尔斯里大学的英语系主任。

凯瑟琳·贝茨所写的诗 *America The Beautiful*(《美丽的阿美利加》)有着非常美妙的节奏韵律，以及很适合歌颂母亲的赞歌旋律。塞缪尔·沃德把 *America The Beautiful* 配上赞美诗的曲调后，这首歌曲就成了美国人一直唱的一首爱国歌曲。每次总统举行就职仪式时，或者在重大纪念活动时，这首歌曲一定会上演。请鉴赏这首歌的歌词：

O beautiful for spacious skies,

啊，多美丽！天空辽阔，

For amber waves of grain,

麦浪金黄灿灿，

For purple mountain majesties

绚丽山峦雄伟壮观，

Above the fruited plain!

俯瞰富饶平原。

America! America!

阿美利加！阿美利加！

God shed his grace on thee

你蒙上苍恩典，

And crown thy good with brotherhood

最可贵是从东到西

From sea to shining sea!

处处人情温暖！

O beautiful for heroes proved

啊，多美丽，争取自由，

In liberating strife.

英雄久经考验，

Who more than self their country loved

热爱祖国胜过自身，

And mercy more than life!

为仁义身可献。

America! America!

阿美利加！阿美利加！

May God thy gold re fine,

愿神将你锤炼，

Till all suc cess be noble ness,

精益求精，尽美尽善，

And every gain divine.

直到成就非凡！

O beautiful for patriot dream
啊，多美丽！爱国胸怀
That sees beyond the year
美好远景梦见，
Thine alabaster cities gleam,
城市辉煌，晶莹明亮，
Un dimmed by human tears.
透过泪眼闪现。
America! America!
阿美利加！阿美利加！
God shed his grace on thee
你蒙上苍恩典，
And crown thy good with brother hood
最可贵是从东到西，
From sea to shining sea!!
处处人情温暖！
(安安-阿发 译)

二、如何处理译文韵式以体现音乐之美？

(一)英诗韵式的汉译处理

英诗汉译应该采取什么韵式？译者在翻译的时候，一般有三种情况，姑且称作“三化”。一是异化，移植原诗的韵式；二是归化，按汉语诗的韵律；三是自由化，不在乎什么韵式，或者根本不押韵。

下面将以美国诗人亨利·沃兹沃斯·朗费罗的短诗《高度》(*Heights*)为例讨论这一问题。

Heights

By Henry Wadsworth Longfellow

The heights by great men reached and kept
Were not attained by sudden flight,
But they, while their companions slept,
Were toiling upward in the night.

1. 按目的语的韵式，归化处理

北京大学辜正坤教授(2008：4)在“略论”莎士比亚十四行诗的翻译时指出，“由于诗歌的音美在大多数情况下属于不可译因素，所以我以为也可以不照原诗的韵式，而不放在讲明原诗韵式的情况下，用中国诗的韵式来创造一种音乐美，力求译诗音美效果的强烈程度能和原诗接近”。

然而，美国翻译理论家伯·拉夫尔却强烈地认为，“因为两种语言的韵律不同，无法在一种语言的文学作品中重现另一种语言的文学作品的韵律”“唯一的办法是按照目的语的韵律来译诗”(转引自郭建中，2000：216)

亨利·沃兹沃斯·朗费罗这首短诗按目的语韵式的译文如下：

伟人业绩似高山，
一步登临实在难。
伙伴酣酣甜入梦，
他们夜夜苦登攀。
(吴伟雄 译1)

2. 移植原诗的韵式，异化处理

“唯一的办法是按照目的语的韵律来译诗”？杨全红教授(2005)曾

说，外国名人的话也未必要“照单全收”。著名英诗汉译家黄杲炘(1999：序言3)宣告：“译诗时注意移植原作的格律形式不仅是合理而可行的，有时甚至是必要的。”谈到韵式的处理，他(2007：103)指出：“一般说来，翻译由于其规定性，要按原作的韵式押韵，通常会比创作中的押韵困难一些，但由于汉语的灵活和词汇丰富，韵部较宽而同音字较多，往往有可能反映原作的韵式。”亨利·沃兹沃斯·朗费罗这首短诗移植原诗韵式的译文如下：

伟人业绩似高山，
一步登临不可能！
伙伴甜甜入梦酣，
他们夜夜苦登程。
(吴伟雄 译2)

3. 韵式自由化处理

这是第三种韵式处理，其实是没有韵式，虽然“音美”不足，但是如果处理得好，其“意美”犹存。请看：

高山仰止伟人业，
不是一步就登天。
同伴酣入梦乡时，
他们深夜苦登攀。
(虞建华 译，2001：47)

究竟用什么韵式好呢？根据不同的翻译目的，可以采取不同的翻译策略。辜正坤曾用大篇幅论述了目的语韵式和原诗韵式的利弊，认为两者“可以互补生辉，而不必独尊一家一法”；对于韵式自由化处理，他认为，“由于不受韵律的限制，在遣词造句方面可以自由些，故在内容方面较其他两派更容易近似于原作，其弊在于缺乏音美”(辜正坤，2008：7)。但笔者认为辜教授的译诗是走韵译之路的，有时用移植源语的韵式，但似乎更钟情于目的语的韵式。

(二)英诗音步的汉译处理

著名的英诗汉译家黄杲炘(1999：xi)在“要为译诗找到可以与原作格律相对应的某种模式”时，指出“英诗汉译百年来的尝试与实践证明，现在汉语诗歌中的字和‘顿’，与英语诗歌中的音节和‘音步’有着大致相近的‘意义容量’，这就为建立相应的模式提供了基础”。那么，不仅移植原诗的韵式“合理而可行”，连音步、音节数也可以参照处理，实行“以顿代步”，即原诗有多少个音步，译诗就有多少个顿步(或说音组)也是可以的。

音步的处理一般实行“以顿代步”。

英语诗歌中，音节不同的一个音组可以形成一个音步，一定数量的音步组成诗行；汉语诗歌中，字数不同的一个音组可以形成一个顿步(简称顿)，一定数量的顿步组成诗行。

“三九年春风雨急，工农红军进柳溪”如何分音组?

三九/ 年春/ 风雨急，工农/ 红军/ 进柳溪。

诗行长短计量单位：音步(顿)，非音节(字数)

“以顿代步”：将英诗的一个音步翻译成汉语译文的一个顿步，以此来欣赏诗中的节奏和韵律的音乐美。

以威廉·巴特勒·叶芝(Willian Butler Yeats)的 *When You Are Old*(《当你老了》)原文的“步”和译文的“顿”为例，可以体会“以顿代步”的翻译风格，欣赏诗中的节奏和韵律的音乐美。全诗主旋律是抑扬格五音步(有很少数变格，变格在英诗中不仅允许，而且常见，重要的是主流旋律不改变，即格和步数保持绝对优势就行)，如首行：When you/ are old/ and grey/ and full/ of sleep(下画线音节重读，为“扬”，余为“抑”)。抑扬格是英语口语的自然节奏，通常有一种沉思之感，正好体现诗人沉思怀旧之情。吴伟雄的译文用“以顿代步”的方法，用每行五个顿步对应原诗主流的五个音步，如首行对应译为：当你/老了/，满头/花白/睡意沉。原诗每节均用通称抱韵又名吻韵的 abba 韵式。其浪漫韵名也正好寓意诗人对其初恋情人岗的眷恋不变之情。译文顿步和韵式结合，希望尽量体现原诗节奏和韵律的音乐美。

When you are old and grey and full of sleep,
And nodding by the fire, take down this book,
And slowly read, and dream of the soft look
Your eyes had once, and of their shadows deep;
当你/老了/，满头/花白/睡意沉，
炉旁/打盹/，就取下/这本/诗集，
慢读/回想/：你的/眼神/在昔日，
何等/温存/，瞳影/又何等/幽深；
How many loved your moments of glad grace,
And loved your beauty with love false or true,
But one man loved the pilgrim soul in you,
And loved the sorrows of your changing face;
曾有/多人/，爱你/欢乐的/模样，
慕你/靓相/，有假意/也有/真情。
只有/一人/，爱你/圣洁的/魂灵，
爱你/脸上/，逐渐/衰老的/忧伤；
And bending down beside the glowing bars,
Murmur, a little sadly, how love fled
And paced upon the mountains overhead
And hid his face amid a crowd of stars.
他在/炉旁/，俯视/炉栅的/红光，

忧伤/低语/，诉说/爱情的/消无：
爱神/曾在/，头顶的/山上/踱步，
后入/群星/，藏匿着/他的/脸庞。
（吴伟雄 译）

在实际的翻译操作上，“以顿代步”有宽松和严格两种。

1. 严格的“以顿代步”

亨利·沃兹沃斯·朗费罗的名诗 *The Arrow and the Song*，原诗四音步，可译为四个顿步。

The Arrow and the Song

By Henry Wadsworth Longfellow

（aabb 韵）

（斜画线部分表示：一个单词可能在不同音步）

I shot/ an ar / row in / to the air, (a)
It fell/ to earth, / I know/ not where; (a)
For, /so swift / ly it flew, / the sight (b)
Could not/ follow/ it in/ its flight. (b)
我射/一箭/入/云天，
箭落/何处/看/不见；
只因/其速/快/如风，
双目/难寻/其/影踪。
（吴伟雄 译）

I breath/ a song/ into/ the air,
It fell/ to earth/ I know/ not where;
For who/ has sight/ so keen/ and strong,

That it/ can follow/ the flight/ of song?

我放/一歌/入/云天，

不知/歌落/在/哪边；

何人/双目/锐/又强，

能随/歌声/共/飞扬？

（同上）

Long，/ long/ afterwards/ in an oak，

I found/ the ar / row，still/ unbroke；

And the song，/ from begin/ning to end，

I found/ again/ in the heart/ of a friend.

（unbroke 是诗人从 unbroken 变体而来，现被确认）

此箭/复得/又/多年，

橡树/之上/仍/保全；

从头/到尾/又/闻歌，

朋友/心中/乐/呵呵！

（同上）

2. 宽松的“以顿代步”

莎士比亚悲剧《李尔王》片段：

Hear，nature，hear；dear goddess，hear!

Suspend thy purpose，if thou didst intend

To make this creature fruitful!

Into her womb convey sterility!

Dry up in her the organs of increase；

And from her derogate body never spring

A babe to honour her! If she must teem，

Create her child of spleen；that it may live，

And be a thwart disnatured torment to her!

孙大雨当时把题目翻译为《琅琊王》，对于以下译文，黄杲炘认为“孙先生把五音步诗行的无韵诗(“素体诗”，blank verse)译成音组数为五而字面数不拘的无韵诗。这里划分‘音组’的竖线是他在文章中有的，划法与现在的常见的略有不同，但基本一致”。

听啊，	造化，	亲爱	的女神，	请你听！
要是你	原想	叫这	东西	有子息，
请拨转	念头，	使她	永不能	生产；
毁坏她	孕育	的器官，	别让这	逆天
背理	的贱身	生一个	孩儿	增光彩！
如果她	务必要	藩滋，	就赐她	个孩儿
要怨毒	作心肠，	等日后	对她	成一个
暴戾	乖张，	不近情	的心头	奇痛。
(黄杲炘 译)

3. 一首英语，多种“顿”译

我们再来看看英国诗人弗朗西斯科·威廉·鲍迪伦(F. W. 鲍迪伦)的短诗 *The Night Has a Thousand Eyes*，不同译者对“顿”的处理不同：

原诗的音步划分：

The Night Has a Thousand Eyes

By F. W. Bourdillon

The night / has a thou / sand eyes,
And the day / but one;
Yet the light / of a bright / world dies

With the dy / ing sun.

The mind / has a thou / sand eyes,
And the heart / but one;
Yet the light / of a whole / life dies
When love / is done.

夜晚的/眼睛/成千/上万,
白天的/只有/半双;
但辉煌的/世界/将一片/黑暗,
当大阳/灭了/光芒。

脑海的/眼睛/成千/上万,
心灵的/只有/半双;
但整个/生活/将一片/黯淡,
当爱情/熄了/火光。
(黄杲炘 译, 2007: 67)

原诗单行3个音步(有人把第一行都分为4个音步), 双行2个音步。但翻译起来, 不能准数地以顿代步。黄杲炘上译单行4顿, 双行3顿。译文流畅, 适于吟诵。

后来, 笔者研读黄杲炘的《英诗汉译学》, 发现他改译为汉诗常用的"三字尾"格式:

夜晚的/眼睛/千千万,
白天的/只半双;
但辉煌的/世界/将黑暗,
当大阳/灭了光。

脑海的/眼睛/千千万，

心灵的/只半双；

但整个儿/生活/将黯淡，

当爱情/已死亡。

（黄杲炘 译，2007：133）

第三章　英语诗歌的基本格律与基本结构

第一节　英诗的格律

英诗主要有四种基本格律。一首诗叫什么格什么音步诗，依其主旋律而定。这四种基本格律如下：

①抑扬格(iambi iambus；the iambic foot)：音步由一个非重读音节加一个重读音节组成。

请参照后文罗伯特·弗罗斯特(Robert Frost)的《牧场》(*The Pasture*)。

②扬抑格(trochee；the trochaic foot)：音步由一个重读音节加一个非重读音节组成。

请参照后文 *Song of Four Seasons*。

③扬抑抑格(dactyl)：音步由一个重读音节加两个非重读音节组成。

请参照后文 *Beautiful*。

④抑抑扬格(anapaest；the anapaestic foot)：音步由两个非重读音节加一个重读音节组成。

请参照后文 *Annabel Lee* 的最后一个诗节。

一、抑扬格

顾名思义，抑扬格就是轻重格。

读音思义，抑扬格(iamb)读作“I am.”也可明白 iamb 是轻重格。

抑扬格是英语口语的自然节奏，简单而富于变化。有人统计，90%的英文诗用抑扬格写成。

He travels widely, here and there,
And feels at home no matter where.

上面两行诗每行四个音步，每个音步由一个非重读音节加一个重读音节组成，故称抑扬格四音步诗。可译为：他八方游历，/四海为家。

下面这首诗《牧场》则是抑扬格五音步诗：

The Pasture

By Robert Frost

I'm going out to clean the pasture spring;
I'll only stop to rake the leaves away
(And wait to watch the water clear, I may):
I shan't be gone long. —You come too.

I'm going out to fetch the little calf
That's standing by the mother. It's so young,
It totters when she licks it with her tongue.
I shan't be gone long. —You come too.

☞ 译文：

我要去清一清牧场泉水；
只消耙去落叶
(也许还等水清澈)；

不会太久——你也来吧！

我要去抱回小牛犊，
站在母牛身边，它太弱小啦，
母牛舌头一舔，它身子便一晃；
不会太久——你也来吧！
（张琼 译）

二、扬抑格

音步由一个重读音节加一个非重读音节组成。

请欣赏 *Song of Four Seasons*：

Spring is gay with flower and song;
Summer is hot and the days are long,
Autumn is rich with fruit and grain,
Winter brings snow and the new year again.

译文 1（aaba 韵式）：
春乐花香歌悠扬，夏热白昼时间长，
秋天果粮收成好，冬雪辞旧迎新忙。

译文 2（aabb 韵式）：
春乐花香歌悠扬，夏热白昼时间长，
秋天果粮好收成，冬雪又把新岁迎。
（吴伟雄 译）

三、扬抑抑格

扬抑抑格音步由一个重读音节加两个非重读音节组成。

主流格律为扬抑抑格的诗例如下：

Beautiful

By W. A. Bixler

Beautiful sun that giveth us light,
Beautiful moon that shineth by night,
Beautiful planets in the heaven so far,
Beautiful twinkle of each little star.

美丽的太阳普照人间，
美丽的月亮夜空高悬。
美丽的行星远巡天庭，
美丽的小星闪亮晶晶。

Beautiful waters so blue and so clear,
Beautiful sound of the surges we hear,
Beautiful brooklet, its ripples so sweet,
Beautiful flowers that bloom at our feet.

美丽的海洋湛蓝碧透，
美丽的涛声耳际轻柔，
美丽的小溪水波荡漾，
美丽的鲜花脚下绽放。

Beautiful springtime when all is delight;
Beautiful summer, so warm and so bright;
Beautiful autumn, with fruits and with grain;
Beautiful winter, with snowflakes again.

美丽的春天人欢无比，
美丽的夏天和暖明丽。

美丽的秋天一派丰饶，
美丽的冬天雪花又飘。
(吴伟雄 译)

这首诗有三个诗节，每节四行，每行四个音步，主旋律是扬抑抑格，可称“扬抑抑格四音步诗”。

四、抑抑扬格

抑抑扬格音步由两个非重读音节加一个重读音节组成。例如 *Annabel Lee* 这首诗的最后一个诗节：

For the moon never beams without bringing me dreams
Of the beautiful Annabel Lee;
And the stars never rise but I see the bright eyes
Of the beautiful Annabel Lee;
And so all the night-tide, I lie down by the side
Of my darling— my darling— my life and my bride,
In the sepulchre there by the sea,
In her tomb by the side of the sea.

(曹明伦 译，见第二章第二节)

第二节　四种基本格律的基本功能

不同的基本格律具有不同的诗学功能，以下分别述之。

一、抑扬格(iamb；iambus；the iambic foot)的基本功能

抑扬格的音步由一个非重读音节加一个重读音节组成，是上升的节

奏，如罗伯特·弗罗斯特(Robert Frost)的《牧场》(*The Pasture*)的主流格律。

自古以来，人们就认为抑扬格是最接近说话的节奏，即英语口语的自然节奏，一种简单而富于变化的节奏。(聂珍钊，2007：121)

因此，大多数英语格律诗歌采用抑扬格写作。有人粗略统计过，英语诗歌有六分之五(有人说五分之四)是用这种节奏写的。为什么呢?

吴翔林(1993：60)指出："英语中的诗行往往以词组(phrase)开始的，而英语中的词组往往以冠词、前置词、代词或连接词开始的，而这些词通常都不重读，因此英诗诗行自然就以上升的节奏占极大优势。虽然英语大多数双音节词(特别是名词和形容词)的重音在第一音节，是下降的节奏，但用在词组中则往往构成上升节奏的一部分……由于英语中单音节词和双音节词在常用词汇中占很大比重，又由于多音节词除重音外还常常有次重音或可以有"格律重音"(通常以一轻一重相间的方式排列)，因此在上升的节奏中抑扬格又远比抑抑扬格为多。这一切就确立了抑扬格在英诗中的极大优势地位。"

吴翔林的论述对英语格律诗的写作和翻译很有启发意义。请看莎士比亚十四行诗第十八首的前四行，理解"多音节词除重音外还常常有次重音或可以有"格律重音"(通常以一轻一重相间的方式排列)"在英诗鉴赏中的应用：

Shall I compare thee to a summer's day?
Thou art more lovely and more temperate.
Rough winds do shake the darling buds of May,
And summer's lease hath all too short a date.

如果认为第二行的 temperate 不完全合韵合格，显然是没有领会到吴翔林所说的"格律重音"的论述。

例如，就曾有人指出：第二行的 temperate 与第四行的 date 押韵，但两个词的重音位置却不同，这一韵既非阳韵(masculine rhyme)也非阴韵(feminine rhyme)，显得不伦不类，与其他严整的韵对比，这一韵读起来令人颇感突兀，破坏了诗歌的音韵美。

其实，在诗学上，-rate 可作“格律重音”处理，这个单词可以读作temperate。另外，有人在《英语诗歌基本知识》中指出，temperate 来自拉丁文 temperātus，读时为符合押韵规则，可将重音放后。

也有人认为，第二行“Thou art more lovely and more temperate”中的两个 more 是强调，要念重音，因此这一行的韵格就不是抑扬格了。其实，语音学的重音和诗学的重读有所不同，聂珍钊(2007：17，18)从诗学的角度分析得比较清晰：“诗歌的重音同语音学上的重音还是有所区别的，这就是诗歌的重音有其主观性……例如诗歌在某些元音的读音上重读而形成的重音，就有可能出现有悖于语音学意义上的读音，即语音规则上不属于重音的但有可能在诗歌的朗诵中成为重读。这种在诗歌朗读中作为重读出现的不合语音规则的重音是诗歌朗读中的艺术特点，也正是这个特点决定了诗歌的重音不同于语音学的重音。”他根据语音学读音的客观性把语音学上的重读音节称为重音(语音学术语)，根据适合读音上的主观性把诗歌的重读音节称为重读(诗学术语)。另外，有些在语音学上的重音，有时在诗歌朗读中也有可能不作重读。

齐晓燕(2008：36)认为，“抑扬格通常有一种沉思之感，因为它是由带有不确定意义的非重读音节向具有肯定意义的重读音节的过渡”。

My Love Is Like a Red Red Rose

By Robert Burns

Oh, my love is like a red, red rose,
That's newly sprung in June.
Oh, my love is like a melody,
That's sweetly played in tune.

As fair as you, my bonnie lass,
So deep in love am I;
And I will love you still, my dear,
Till all the seas gone dry.

Till all the seas gone dry, my dear,
And the rocks melt with the sun;
I will love you till, my dear,
While the sands of life shall run.

And fare you well, my only love!
And fare you well, a while!
And I will come again, my love,
Though it were ten thousand mile.

这是一首优美动人的爱情诗歌，借助红玫瑰的纯洁浪漫，歌颂了忠贞美丽的爱情，表达了人们对美好爱情的不懈追求。语言清新美丽，给人一波未平一波又起的情感波澜，优雅不失大气，非常扣人心弦。该诗除活用了反复、比喻、夸张的修辞手法，表达了对爱情以及美好感情的追求与期望之外，其主流旋律——抑扬格也令人反复吟咏，联想不断，感悟出美之、求之的丰富意蕴。欣赏译文，也会引起沉思之感：

我的爱人像朵红红的玫瑰

罗伯特·彭斯

呵，我的爱人像朵红红的玫瑰
六月里迎风初开；
呵，我的爱人像支甜甜的曲子，

奏得合拍又和谐。

我的好姑娘，多么美丽的人儿！
请看我，多么深挚的爱情！
亲爱的，我永远爱你，
纵使大海干涸水流尽。

纵使大海干涸水流尽，
太阳将岩石烧作灰尘，
亲爱的，我永远爱你，
只要我一息犹存。

珍重吧，我唯一的爱人，
珍重吧，让我们暂时别离，
但我定要回来，
哪怕千里万里！
(王佐良 译)

二、扬抑格(trochee; the trochaic foot)的基本功能

扬抑格的音步由一个重读音节加一个非重读音节组成，如上述 *Song of Four Seasons* 的主流格律。

相对于抑扬格，扬抑格在英诗中用得较少，很少见于长篇巨制，多用于短小的诗中。“通常，扬抑格的运用可以产生确定感。”(齐晓燕，2008：37)

如莫扎特的 *Twinkle*, *Twinkle*, *Little Star* 第一节：

Twinkle, twinkle, little star,

How I wonder what you are.
Up above the world so high,
Like a diamond in the sky.
Twinkle, twinkle, little star,
How I wonder what you are.

这6行诗，每行7个音节，聂珍钊(2007：124)分为4个扬抑格音步，其中第4个音步为“行末缺音节”，缺一个轻读音节，有的书用缺音符“^”表示。当然，读者或学者理解不同，分的音步也会不同。李云启(2007：32)就把每行最后一个音节作轻读音节处理，分为3个音步，最后音步为扬抑抑格。笔者觉得，把每行最后音节作轻读处理，有点勉强；作重读处理，可以加强确定感。

三、扬抑抑格(dactyl)的基本功能

扬抑抑格的音步由一个重读音节加两个非重读音节组成，如*Beautiful*的主流格律。“扬抑抑格通常产生悲伤感，重读因节后的两个非重读音节产生一种下落感，远离肯定。”(李云启，同上)

笔者在Arthur Quiller-Couch编的《牛津英国诗歌选：1250—1900》一书中见到英国著名诗人托马斯·胡德(Thomas Hood，1799—1845)写过一首题为《叹息桥》(*The Bridge of Sighs*)的诗歌，而且该诗恰好是献给一个投河自尽的女子的。这首诗是书中的第654首。诗中有两节这样写道：

ONE more unfortunate,
Weary of breath,
Rashly importunate,
Gone to her death!

Take her up tenderly
Lift her with care;
Fashion'd so slenderly,
Young, and so fare!

诗中的主旋律扬抑抑格确实传达出一种悲伤感，而作者对“她”的轻生既感到可惜，又觉得轻率莽撞不应该(远离肯定)。参考译文如下：

又有人不幸啊！她厌倦了呼吸。
真轻率莽撞啊，这就撒手人世！

轻轻抱起她吧，小心地抬起她：
身材那么苗条，那么年轻美貌！
(吴伟雄 译)

四、抑抑扬格(anapaest; the anapaestic foot)的基本功能

抑抑扬格的音步由两个非重读音节加一个重读音节组成，是一种上升的三音节节奏。抑抑扬格在 *Annabel Lee* 中“营造出一种哀婉回环的旋律”(罗良功，2002：18)。如：

For the moon never beams without bringing me dreams
Of the beautiful Annabel Lee;
And the stars never rise but I see the bright eyes
Of the beautiful Annabel Lee;
And so all the night-tide, I lie down by the side
Of my darling— my darling— my life and my bride,

In the sepulcher there by the sea,
In her tomb by the side of the sea.
(译文见上)

抑抑扬格通常也产生一种紧张感(齐晓燕，2008：37)，请看这首乔治·戈登·拜伦的四行诗 *The Destruction of Sennacherib*：

The Assyrian came down like the wolf on the fold,
And his cohorts were gleaming in purple and gold;
And the sheen of their spears was like stars on the sea,
When the blue wave rolls nightly on deep Galilee.

这首四行诗选自《西拿基立的覆亡》的第一节，是标准的抑抑扬格，每行12个音节，分为4个音步，顺数下去，每个音步就是抑抑扬格。

诗中的抑抑扬格营造了十分紧张的气氛：大敌来了，突袭如狼，大军闪光，矛戟闪烁，波涛翻腾！

译文如下：

亚述王来了，像突袭羊群的一只狼，
他的大军闪着紫色和金色的光，
他们矛戟的闪烁像是海上的星星，
当加利利的蓝色的波涛在夜里翻腾。
(查良铮 译)

第三节　英诗的基本结构

英诗的基本结构(structure of a poem) 包括诗篇、诗节、诗行、诗句。

诗篇(verse)：完整的一首诗。

诗节(stanza)：一首诗可能只有一节，可能有多节。多节诗的每节之间空隔一行。

诗行(line of poetry)：是诗的韵律结构单位(诗学术语)。

诗句(line)：诗的语法结构及语篇单位(语法术语)。

①跨行句(run-on line)：诗中由跨行(又称"连续行)组成语法意义完整的一个句子。反过来，这些诗行又叫跨行或连续行。稍后以 *The Echoing Green* 为例进行说明。

②结行句(end-stopped line)：一行诗是完整的诗句。这一行也叫结句行。

③跨节句(across-stanza line)：诗中由上一节部分和下一节部分组成语法意义完整的一个句子。稍后以 *We Real Cool* 为例进行说明。

The Echoing Green

①The Sun does arise
②And make happy the skies;
③The merry bells ring
④To welcome the spring;
⑤The skylark and thrush,
⑥The birds of the bush,
⑦Sing louder around
⑧To the bells' cheerful sound,
⑨While our sports shall be seen
⑩On the echoing Green.
(thrush 和 bush 押的是视韵)

(英语原文下画线处是相应跨行句的结句处。)

译文如下：

交响的绿草坪	The Echoing Green
太阳露出笑笑脸，	The Sun does arise
带来一派艳阳天；	And make happy the skies;
声声钟鸣唱得欢，	The merry bells ring
欢迎阳春到人间；	To welcome the spring;
画眉鸟，与百灵，	The skylark and thrush,
林中鸟禽齐唱鸣；	The birds of the bush,
处处高扬鸟语声，	Sing louder around
乐和钟声相呼应；	To the bells' cheerful sound,
咱显身手来竞技，	While our sports shall be seen
在这交响的绿草坪！	On the echoing Green.

（吴伟雄 译）

一、全诗四行的跨行句

唐人金昌绪的《春怨》全诗四行四句：

打起黄莺儿，莫教枝上啼。
啼时惊妾梦，不得到辽西。

许渊冲的英译全诗四行，仅为一句：

Drive orioles off the tree
For their songs awake me

From dreaming of my dear
Far off on the frontier.

这四行跨行句简直就是Drive orioles off the tree for their songs awake me from dreaming of my dear far off on the frontier这个句子的顺序分行排列。

所以，英语诗的最小组成部分称作诗行最为适宜。

二、参考跨行句和跨节句在 *We Real Cool* 中的使用

格温多林·布鲁克斯（Gwendolyn Brooks）是20世纪美国诗坛中最受瞩目、最具影响力、最受欢迎的诗人之一。*We Real Cool* 是她着意用跨行句和跨节句写的一首短诗。（珀西·比希·雪莱的《西风颂》的跨节句参见第五章第二节。）

We Real Cool

By Gwendolyn Brooks

The Pool Players. Seven at the Golden Shovel.
We real cool. We
Left school. We

Lurk late. We
Strike straight. We

Sing sin. We
Thin gin. We

Jazz June. We
Die Soon.

作者故意使用变异的笔法，其实际语序既不跨行，也不跨节，其诗可以是这样的：

We real cool.
We left school.

We lurk late.
We strike straight.

We sing sin.
We thin gin.

We Jazz June.
We die Soon.

这首短诗描写黑人孩子逃学胡混拉帮结伙干坏事。诗人用包括跨行、跨节诗句的变异笔法，勾画其关心向学的内心世界。

①语法变异：省去 will，are，勾画标新立异的心态。

②排列变异：We 置于行尾很显眼，暗示拉帮结伙，相互壮胆，装出凶相的心态。

③书写变异：Soon 的大写、强调，突出惴惴不安的心态，自知多干坏事必自毙。

这些变异笔法既表现这些孩子矛盾的心情，也反映诗人对此既憎恨又痛惜的矛盾心情。读出最后一句，会让人心头一颤。读到 die 这个词，有何感想？

☞ **译文：**

我们真酷

格温多林·布鲁克斯

台球玩家。七点钟在金沙佛。
我们真酷。我们
逃学不读。我们

夜出昼伏。我们
球技突出。我们

歌唱犯罪。我们
劣酒买醉。我们

纵情声色。我们
快进坟舍。

（吴伟雄 译）

三、跨行句在 *The Night Has a thousand Eyes* 中的使用

The Night Has a Thousand Eyes

［英］By F. W. Bourdillon

The night / has a thou / sand eyes,
And the day / but one;
Yet the light / of a bright / world dies

With the dy / ing sun.

The mind / has a thou / sand eyes,
And the heart / but one;
Yet the light / of a whole / life dies
When love / is done.

上面这首诗分两节，每节四行，都是每两行构成语法意义完整的跨行句。每节的一、二两行是一个并列句，用 and 连接(第一行可用逗号，也可不用标点符号)。前一节三、四两行诗是意思紧密的简单句，第三行不用标点符号。后一节的三、四两行是复合句，第三行不用标点符号。这两节诗的前两行和后两行呈现的是一种并列关系，所以第二行用分号。

第四章　中华诗歌发展沿革

诗有旧体诗和新体诗之分，它包括诗、词、曲。

①旧体诗。分为古体诗和近体诗，这是唐朝人的区分说法。

a. 古体诗包括原始型二言诗、《诗经》、《楚辞》、乐府、古诗（古风、古绝、古律）。

b. 近体诗分律诗（律诗有五律、七律和排律）和绝句（五绝和七绝）。

②新体诗。指五四运动以后的新诗。

如图：

诗 (1)旧体中的古体和近体是唐朝人起的名称；(2)新体旧体的区分是“五四”时期人们的说法。此说法沿用至今。	旧体诗	古体诗	原始型二言诗，诗经	
			楚辞	
			乐府	
			古诗	古风
				古绝
				古律
		近体诗	律诗	五律
				七律
				排律
			绝句	五绝
				七绝
	新体诗			

第一节　旧体诗(古体诗部分)

古体诗包括原始型二言诗、《诗经》、《楚辞》、乐府和古诗(古风、古绝、古律)。

一、原始型二言诗

在《诗经》以前，人类的祖先在劳动中为减少疲劳、步调一致，会哼起“航哟、航哟”一类的号子。古书里有一首《弹歌》：

断竹
续竹
飞土
逐肉

☞ 现代汉语译文：

砍断青竹，续成弓弩；
飞跑扬土，追逐猎物。

☞ 英语译文：

Let’s cut a bamboo
For a crossbow to
Gallop in dust soil
After the aim animal.
(吴伟雄 译)

二、《诗经》

《诗经》概览：《诗经》是中国古代第一部诗歌总集，也是全世界最早的一部诗歌总集。《诗经》里包含西周初年到春秋中叶500多年的作品。普遍使用赋、比、兴的艺术手法，语言朴实优美，音韵自然和谐，写景抒情生动真挚，有极强的艺术感染力。其现实主义的创作方法奠定了我国文学如实反映社会生活的优良传统。《诗经》收录的诗歌大部分是四言体，故又叫四言诗。

《诗经》类别：风、雅、颂。

风指国风，是民间歌谣，"分为十五国风，容易看出是风土乐调的地域分划""十五国风的全部地域，约当今陕西、山西、河南、河北、山东及湖北北部一带"(葛培岭，1998：3)。

简言之，风是各地民歌。

雅"意思是正。其诗多为贵族所作。这些贵族住在西周的京城镐京(今陕西省西安市西南)，其乐调是当时的'中原正音'，故称雅。雅又有大、小之分，可能是由于使用场合的不同，大雅用于国家的大典仪式，小雅用于一般的朝廷宴会"(同上)。

简言之，雅是宫廷乐歌。

颂即歌颂、赞美。为王侯祭祀时所用。"颂又分周颂、鲁颂、商颂。周颂是周王的祭歌，鲁颂是鲁侯的颂歌，商颂是殷商后代王公的颂歌。"(同上)

简言之，颂是王侯颂歌。

《诗经》特点：①基本上两字一节奏，每句两节奏。②每篇不受句数和章数限制，一篇可多章，每章可以数句或百句以上。③押韵方式灵活多样，每篇可句句押韵，可隔句押韵，可每两句一韵，还可以半途换韵。可押仄声韵，也可押平声韵。

《诗经》笔法：赋、比、兴。

赋即记载与描写，就是直叙其事，是诗的最基本的手法。《诗经》

中赋体佳作数量很多，其中，“昔我往矣，杨柳依依；今我来思，雨雪霏霏”是一佳例。又如，《豳风·七月》集中运用了赋的手法，按照季节物候变化的顺序，铺叙了农家一年四季的生活。

比即比喻、比拟，就是以物喻人，是诗歌大量运用、最重要的艺术方法。如《硕人》连用了六个比喻来夸写女子的美貌：手如柔荑，肤如凝脂，领如蝤蛴，齿如瓠犀，螓首蛾眉。巧笑倩兮，美目盼兮。

兴是见景生情、见物兴感，如《关雎》见雎鸠思淑女。根据葛培岭的解释，其基本的意思是“起”是“启发”，因而也称“起兴”。“比、兴的基本区别是明喻、隐喻之分，‘比显而兴隐’。因为二者义近，所以后人又常常比兴并称。”(刘勰《文心雕龙：比兴》)

“风雅颂赋比兴”合称诗的“六艺”，前三者是诗的类别，后三者是诗的艺术。

例1　《诗经》首篇《诗经·关雎》原文：

关关雎鸠，在河之洲。窈窕淑女，君子好逑。
参差荇菜，左右流之。窈窕淑女，寤寐求之。
求之不得，寤寐思服。悠哉悠哉，辗转反侧。
参差荇菜，左右采之。窈窕淑女，琴瑟友之。
参差荇菜，左右芼之。窈窕淑女，钟鼓乐之。

据《诗经鉴赏集》所述意境而译：“《关雎》第一段写水鸟叫春，男子求爱；第二、三段写夏天荇菜浮出水面，男子热恋；第四段写秋天收获荇菜，男女订婚；第五段写冬天使用荇菜，男女结合。”原诗的双声、叠韵、重复修辞法统率全诗意境，译诗以头韵、行中韵和重复修辞法再造声韵；译诗前三节用交叉尾韵体现情歌互唱的情景；后两节以抱韵(吻韵)再现爱情得正果、圆满喜洋洋的气氛。

诗无达诂。现在普遍认为《诗经·关雎》是男女言情之作。“君子，对男子的尊称”(刘加云，2008：3)，此诗是写一个劳动场面中，男子对女子爱的追求。其声、情、文、义俱佳，足以为《风》之始，三百篇之冠。孔子说："《关雎》乐而不淫，哀而不伤。"(《论语·八佾》)然而，也有人认为《诗经·关雎》写的不是劳动人民的爱情之颂，而是周王求偶之歌。如葛培岭(1998：2)认为，"君子：贵族男子的通称。这里指周王"。

笔者认为，如果不是专注于考古，翻译诗歌，重要的是译出意境。

☞ **英语译文：**

Cooing and Wooing

From *Book of Songs*

Cooing, cooing, on a mid-river isle,
A pair of turtle doves sing cheerful. ①
The very maiden of fair, virtue style
A young man woos by song hopeful. ②

She collects in river left and right
The water cress, short and long.
He longs for the girl day and night
Who is so nice in the dialog song.

Not winning her hand in the song,
He still misses her night and day.
Longing, longing for her so strong,
The man could not sleep in dismay.

She gathers gently left and right
The water cress, long and short.

In string music for her to court, ③
She is bride to be in spirit bright.

The girl pulls out, left and right,
The water cress, short and long.
Bells and drums, bong and dong;
The bride is cheered in delight.

(吴伟雄 译)

译注：① 按“诗法”，形容词 cheerful 和 hopeful 替代副词作状语；译文有的冠词省略了。② 此跨行句中 woos 的宾语 The very maiden of fair, virtue style 前置。③ In string music for her to court 是 In string music to court for her 的语序调整。

例 2　《诗经·郑风·风雨》原文：

风雨凄凄，鸡鸣喈喈，既见君子。云胡不夷！
风雨潇潇，鸡鸣胶胶。既见君子，云胡不瘳！
风雨如晦，鸡鸣不已。既见君子，云胡不喜！

☞ **英语译文：**

Wind and Rain

From *Book of Songs*

The wind and rain are chill;
The crow of cocks is shrill.
When I've seen my man best
Should I not feel at rest?

The wind whistles with showers;
The cocks crow dreary hours.
When I've seen my dear one,
With my ill could I not have done?
Gloomy wind and rain blend,
The cocks crow without end.
When I have seen my dear,
How full I feel of cheer!

Note：This describes the joy of a lonely wife on seeing her husband return on a night of wind and rain.

（许渊冲 译）

三、《楚辞》

《楚辞》概览：《楚辞》是继《诗经》后的另一部重要诗歌集，源于战国时期的楚国，是屈原在楚国诗歌的基础上创造的新诗体，以屈原的《离骚》为代表，故也叫“骚体”。其浪漫主义的表现手法，与《诗经》的现实主义手法，成为中华诗歌的两大源头。《离骚》共373句，2490字。

《楚辞》特点：①突破了《诗经》以四言为主的传统形式，创造了译六言为主、间以杂言的新诗体。②其篇幅和文句较长，大量夹用助语词“兮”来加强语气。③ 押韵比较自由。④抒情浓郁，语言瑰丽，比兴新奇。⑤采用浪漫主义的表现手法。

屈原《九歌》中的《湘君》选段：

君不行兮夷犹，蹇谁留兮中洲？
美要眇兮宜修，沛吾乘兮桂舟。
令沅湘兮无波，使江水兮安流！
望夫君兮未来，吹参差兮谁思？

☞ **英语译文：**

Why don't you come, oh! still hesitating?
For whom on midway isle, oh! are you waiting?
Duly adorned, oh! and fair, I float
On rapid stream, oh! my cassia boat.
I bid the waves, oh! more slowly go
And the river, oh! tranquilly flow.
I wait for you, oh! who has not come;
Playing my flute, oh! with grief I'm numb.

（许渊冲 译）

鉴赏中华诗歌，不可不读《沧浪诗话》。其名“沧浪”，源于屈原在《楚辞》中的《渔父》的诗句：

沧浪之水清兮，可以濯吾缨；
沧浪之水浊兮，可以濯吾足。

什么是沧浪？①指“青色的波浪”。②江河名称，指汉水支流沧浪江，古代以水清澈闻名。

《沧浪诗话》作者自号“沧浪逋客”。“逋客”者，“隐士”也。

☞ **英语译文：**

When the river is clear, oh!
I'll wash my headdress here.
When the river is not neat, oh!
I'll wash here my feet.

（许渊冲 译）

四、乐府

乐府概览： 乐府本来是汉武帝设立的官方音乐机关。其职责是指定乐谱，训练乐工，搜集歌辞，将从民间搜集来的民歌和文人创作的诗歌配上乐曲，在宗庙祭祀和宫廷宴乐时演奏。后来，人们把乐府采集的诗歌称为“乐府诗”，乐府也变成一种诗的名称了。

乐府特点： ① 继承了《诗经》的人民性和现实主义的传统，思想内容丰富。②在表现形式上不讲究平仄，押韵比较自由，且不受句数限制。③突破了《诗经》四言为主的形式，又融入《楚辞》句法的特点，虽间有七言、杂言，但以五言为主。

后人写不谱曲入乐的五言诗不是乐府，叫五言古风。

汉乐府《长歌行》选段：

青青园中葵，朝露待日晞。
阳春布德泽，万物生光辉。
常恐秋节至，焜黄华叶衰。
百川东到海，何时复西归？
少壮不努力，老大徒伤悲。

这首诗借“百川归海、一去不回”来比喻韶光易逝，感慨“少壮不努力，老大徒伤悲”，劝世人珍惜光阴，有所作为。全诗从青葵起兴，联想到四季变化，又以江河作比，得出应当抓紧时间奋发努力的结论，其比兴手法是很明显的。采用赋、比、兴、互文、反复歌咏的修饰手法及铺陈、对比、烘托等技巧状物抒情。

☞ **英语译文：**

A Long Song in the Music Bureau

Sunflowers in the garden green in hue,

Wait for the sun to dry the morning dew.
The radiant spring spreads its nourishing light
And everything becomes then fresh and bright.
I dread the coming of the autumn drear
When leaves turn yellow and red flowers sear.
Hundreds of streams flow eastwards to the sea.
When to return westwards can they be free?
If one does not make the most of his youth,
In vain will he pass his old age in ruth.

(许渊冲 译)

《长歌行》后四句，尤其是后两句，简明悦耳，通俗易懂，家喻户晓，常在当今各种场合引用：

百川东到海，何时复西归？
少壮不努力，老大徒伤悲。

☞ **英语译文：**

A Long Song in the Music Bureau

(Excerpt)

When the rivers flow to the east ocean water,
They could never return westwards forever.
If the young do not work hard in proper ways,
They will only regret in vain in their aged days.

(吴伟雄 译)

汉乐府《上邪》：

上邪

上邪！我欲与君相知，长命无绝衰。
山无陵，江水为竭，
冬雷震震，夏雨雪，
天地合，乃敢与君绝！

鉴赏：

本篇是汉乐府《铙歌》中的一首情歌，全诗以第一人称的口吻呼天为誓，直抒胸臆，表达了一个女子对爱情的热烈追求和执著坚定。

① 抒情风格，真挚浓郁，直述胸臆。

② “山无陵”起六句，突出了女主人公对爱情的忠贞。因为这些自然现象绝不会出现，故以此作为“与君绝”的先决条件，体现了她对爱情的忠贞。

③ 语言形式的显著特点：这首诗采用杂言体，从二言到六言，错落相间，显得活泼奔放，用语朴实，口语色彩浓厚。言语夸张却无造作之嫌，感情细腻却又大气磅礴。

④ 写作特点：想象丰富，构思奇特，直笔曲笔，兼用得体。

前三句指天发誓，用的是直笔。

后六句则用曲笔。假设手法，体现曲笔。以五种不可能出现的自然现象，作为“与君绝”的先决条件，使末句包含的实际语义与字面显示的语义正好相反，有力地体现了主人公“与君相知，长命无绝衰”的愿望，及其对爱情的执著、坚定、永不变心的坚强性格。

女主人公使用假设，说只有江河干枯，冬天打雷，夏天下雪，天地恢复到混沌未开的状态才敢与情人分手。而这都是不可能发生的，一件比一件荒谬，一件比一件离奇。由此可见女主人公对爱情忠贞的态度。《还珠格格》里夏紫薇就和福尔康说过类似的话。这是古今中外均用的

"海枯石烂式"的发誓。

☞ **英语译文(韵式：aaba baaa)：**

Oh Heaven

Oh Heaven high!
I will love him forever till I die,
Till mountains crumble,
Rivers run dry,
In winter thunder rumble,
In summer snow fall far and nigh,
And the earth mingle with the sky,
Not till then will my love die.
(许渊冲 译)

乐府《游子吟》：

游子吟

(唐)孟郊

慈母手中线，游子身上衣。
临行密密缝，意恐迟迟归。
谁言寸草心，报得三春晖。

鉴赏：

《游子吟》前四句采用白描直笔手法。头两句"慈母手中线，游子身上衣"用"线"与"衣"两件极常见的东西将"慈母"与"游子"紧紧联系在一起，写出母子相依为命的骨肉感情。三、四句通过慈母为游子赶制出门衣服的动作和心理的刻画，深化这种骨肉之情。母亲"密密缝"是怕儿子“迟迟”难归。伟大的母爱正是通过日常生活中的细节自然地流露出来。

后两句“谁言寸草心，报得三春晖”是作者直抒胸臆，对母爱作尽情的讴歌，是曲笔写法。这两句采用传统的比兴手法：儿女像区区小草，母爱如春天阳光。儿女怎能报答母爱于万一呢？悬绝的对比，形象的比喻，寄托着赤子对慈母发自肺腑的爱。这首诗艺术地再现了人所共感的平凡而又伟大的人性美，所以千百年来赢得了无数读者强烈的共鸣。

☞ **英语译文（抑扬格四音步，韵式：aabbbb）**

Song of the Parting Son

By Meng Jiao

A garment is nearly being done

By Mother for parting Son.

Sewing stitch by stitch today,

She fears and fears his return delay.

Could the tender grass e'er pay

The kindly Sun for Springtime ray?

（吴伟雄 译）

五、古诗

（一）古风

古风概览：古诗作为一种诗歌体裁，指的是与近体诗相对的古体诗，又称古风、往体诗。它包括唐律形成以前所有体式的诗，也包括唐朝及唐朝以后仍按古式创作的诗。以唐朝为界限，从《诗经》到南北朝的唐前诗歌均为古体诗；其后，古体诗渐渐式微，逐渐消亡。

古风特点：

与古绝相似的特点：①首句可押韵，也可不押韵，双句押韵。②不讲求平仄，不要求对仗。

与古绝不同的特点：①在句数上，古绝限定四句，而古风句数不限，可只有三句，也可长达百句以上。②在用韵上，一首古绝只能用一个韵，古风允许中间换韵，可用两个以上的韵，可逢双句用韵，也可对句与出句相互押韵。③在每句字数上，古绝规定严格，古风在五、七言的基础上，允许中间有三、四、六、八甚至九字的杂言。

古风名称：古风分为五言古风和七言古风。没有杂言古风的分类，凡六字以上的古风，均叫“七言古风”。

请鉴赏李白的五言古风(五言古诗)《月下独酌》：

花间一壶酒，独酌无相亲。
举杯邀明月，对影成三人。
月既不解饮，影徒随我身。
暂伴月将影，行乐须及春。
我歌月徘徊，我舞影零乱。
醒时同交欢，醉后各分散。
永结无情游，相期邈云汉。

全诗十四句，隔句押韵，中间换韵；前八句用一个韵，后六句用另一个韵。月下独酌，十分孤独。突发奇想，邀月对饮。表面自乐，内心凄凉。诗人运用丰富的想象，表现出由孤独到不孤独，由不孤独到孤独，再由孤独到不孤独的一种复杂感情。实际上是表现了诗人怀才不遇的寂寞和孤傲，也表现了他放浪形骸、狂放不羁的性格。邀月对影，千古佳句！表面上似乎自得其乐，实际上却是极度凄凉。

Drinking Alone Under the Moon

By Li Bai

Amid the flowers, from a pot of wine
I drink without a companion of mine.
I raise my cup to invite the Moon who blends
Her light with my Shadow and we're three friends.
The Moon does not know how to drink her share;
In vain my Shadow follows me here and there.
Together with them for the time I stay,
And make merry before spring's spent away.
I sing and the Moon lingers to hear my song
My Shadow's a mess while I dance along
Sober, we three remain cheerful and gay;
Drunken, we part and each may go his way.
Our friendship will outshine all earthly love;
Next time we'll meet beyond the stars above.

(许渊冲 译)

(二)古绝

古绝概览：古绝是东汉时期发展起来的诗体。五言古绝，4句20字；七言古绝，4句28字。

古绝特点：①只要求押韵顺口，平仄通押，既可押平声韵，也可押仄声韵，只押一个韵。②不用遵循平仄格式，比较自由。③不计较个别的重复用字。

古绝举例：

五言古绝(例1)

静夜思

(唐)李白

床前明月光，疑是地上霜。

举头望明月，低头思故乡。

鉴赏：

《静夜思》反映了中国文化：天上月圆，地上家人团圆；见月而思家，“月是故乡圆”。可西方只有“团聚(get together)”，没有“团圆”的观念，所以他们大体不会见月思家。这是中西文化的隔阂。所以，许渊冲用译入语的表达方法，将“明月光”译为“a pool of light”，pool 有圆池之意，使人想到圆月，又把光比作水(汉语有“月光如水”的说法，英语有 in the moonlight 的表达，这样比较可帮助记忆“在月光下”的英文译法)。他把“思故乡”译成“浸在乡愁中(drowned in homesickness)”，把明月和思乡都用水而不是用“圆”联系起来。

但是，文化交流应是双向的。“千里共婵娟”，让西方人知道这点中国文化并不难，让他们明白“见月思家”的道理有何不可？故有以下抑扬格五音步译文(有一音步变格为抑抑扬，不影响主流格律；此乃英诗允许而常见)：

☞ **英语译文：**

Before my bed the moon projects her light,
That seems to be the frost aground so bright.
I see the very moon when raising my head,
When bowing, I miss my native living site.

(吴伟雄 译)

五言古绝(例2)：

悯农二首

(唐)李绅

其一

春种一粒粟，秋收万颗子。
四海无闲田，农夫犹饿死。

其二

锄禾日当午，汗滴禾下土。
谁知盘中餐，粒粒皆辛苦。

这是千古传诵的两首名诗。

第一首用对比反衬的手法写出农民丰收年景的苦难。第二首塑造了农民辛苦劳作的形象。都押仄声韵，不是近体诗要求的平声韵；平仄也不合近体诗的律。所以，这是两首古绝。

☞ **英语译文**：

The Peasants

By Li Shen

I

Each seed we sow in spring,
Will make autumn yields high.
What will fertile fields bring?
Peasants of hunger die.

Ⅱ

At noon they weed with hoes;
Their sweat drips on the soil.

Each bowl of rice, who knows?

Is the fruit of hard toil?

(许渊冲 译)

七言古绝(例1):

江楼感旧

(唐)赵嘏

独上江楼思渺然，月光如水水如天。

同来望月人何处？风景依稀似去年。

鉴赏:

这是一首情味隽永、淡雅洗练的诗。清凉寂静夜，独上江边楼。只见清澈如水的月光倾泻在波光荡漾的江面上。去年同样的良夜，同来赏月的好友漂泊在何方？人事蹉跎。今日只得独自登楼。

月光如水的中国文学形象在朱自清的《荷塘月色》中也有体现："月光如流水一般，静静地泻在这一片叶子和花上。"(Moonlight cascaded like water over the lotus leaves and flowers.)

诗中没有明言，登楼在去年春季还是秋季，"望月人"是何许人，"同来"者有何感概。这一切都让读者展开想象的翅膀，在广阔天空里自由飞翔，领略这首诗的幽韵和醇美。

☞ **英语译文:**

On the Riverside Tower

By Zhao Jia

Alone I mount the Riverside Tower and sigh

To see the moonbeams blend with waves and waves with the sky.

Last year I came to view the moon with my compeers.

But where are they, now that the scene is like last year's?

（许渊冲 译）

七言古绝(例2):

黄鹤楼送孟浩然之广陵

（唐）李白

故人西辞黄鹤楼，烟花三月下扬州。
孤帆远影碧空尽，唯见长江天际流。

鉴赏:

这首诗描述的是李白送友人去广陵的情景。友人是在春光明媚的繁花季节扬帆东去的，去的是江南名城扬州，那是诗人心之所向。因此诗中既有依依不舍的情义又有愉快畅想的气氛。

全诗以景见情，寓情于景，思想感情的表达含蓄深厚，充分体现了李白七言绝句的艺术特色。前两句轻快流畅，意境优美。后两句情景交融，显示作者对友人的深情厚意。这首诗是千古传唱的名作，表达了诗人与老朋友依依惜别之情。

尤其精彩之处，是巧妙地体现了诗歌的意象和意境。意象是表意的典型物象，是可以感知的、具体的；意境是一种境界和情调，是要体悟的、抽象的。

诗中一个个具体的意象——黄鹤楼、烟花、孤帆、碧空、长江组合成一个整体、抽象的意境。

诗文虽不言情，但情含景中。没有直抒对挚友依依不舍之情，却通过孤帆消失、江水悠悠和久伫江畔、若有所失的诗人形象，更显情深意浓。文不说“情”而“深情”自现，是最高明的手法。意象离不开意境，“孤帆”脱离了原诗的意境，则与依依惜别之情无关。

☞ **英语译文：**

Seeing Meng Haoran Off at Yellow Crane Tower

By Li Bai

My friend bids farewell at Yellow Crane Tower
To Yangzhou in green willows and red flowers.
In the blue blankness disappears the lone boat;
I can only see the rolling River to horizon flow.

(张琼 译)

下面，将以一些实例分析古绝特点。

2012年5月3日，第四轮中美战略与经济对话(The Four Round U. S. -China Strategic and Economic Dialogue)在北京开幕。胡锦涛主席在致辞时，特意向在场的人介绍开幕式所在的地方叫芳菲苑。他指出，中国唐代诗人韩愈有两句诗："草木知春不久归，百般红紫斗芳菲。"意思是时不我待，应奋发进取，而中美关系当时正面临进一步发展的机遇，同时也面临着新的挑战。

草木知春不久归，百般红紫斗芳菲。
Knowing the spring will go away in a short time,
Vying with each other floras bloom in their prime.

(吴伟雄 译，下同)

这两句诗出自韩愈的四句诗《晚春》，另外两句是：

杨花榆荚无才思，唯解漫天作雪飞。
Willow down and elm pods, with no color to show,
Fly like snowflakes, whirling about high and low.

（古诗中杨花非杨树之花 poplar blossom，而是柳絮）

先看看格律平仄规律和原则：句中平仄相间，句间讲究对黏；韵句(押韵的首句和偶句)末音为平，奇句尾字仄声。标准格式如下：

仄仄平平仄仄平，平平仄仄仄平平
平平仄仄平平仄，仄仄平平仄仄平

韩愈原诗《晚春》这首诗：

草木知春不久归，(仄仄平平仄仄平)合律
百般红紫斗芳菲。(仄平平仄仄平平)拗救
杨花榆荚无才思，(平平平平平平平)全平
唯解漫天作雪飞。(平仄仄平仄仄平)拗救

因此，韩愈的这首诗是古绝，不是律绝。律绝下面另述。

(三)古律

古律概览：古律即古体律诗，大抵是在近体诗形成的过程中，格律尚未完备时衍生的一种诗体。唐人多写之；后世有，不多。苏轼偶一为之，鲁迅也写过。五言古律，8 句 40 字；七言古律，8 句 56 字。

古律特点：

①古律只要求押韵顺口，既可押平声韵，也可押仄声韵，只押一个韵。

②不用遵循平仄格式，比较自由。

③不计较个别的重复用字。

如崔颢的《黄鹤楼》：

昔人已乘黄鹤去，此地空余黄鹤楼。

黄鹤一去不复返，白云千载空悠悠。

晴川历历汉阳树，芳草萋萋鹦鹉洲。

日暮乡关何处是，烟波江上使人愁。

很多文人说，这是一首“亦古亦律”的七言诗。宋人严羽的《沧浪诗话》称“唐人七言律诗，当以崔颢《黄鹤楼》为第一”；清人孙洙在《唐诗三百首》中将这首诗列为“七律之冠”。

为何历代诗评家将它列入“七言律诗”之首呢？

说它是“古”，是因为：① 首联两处重字，违背了近体律诗的格律要求。② 前两联的平仄声不合“近体律诗”之“律”，类似古体律诗。③ 第3句6个字都是仄声字，第4句末尾连用三个平声字。

说它是“律”，是因为：① 后两联经权威专家研判，分别是经“拗救，是浑然天成律句”和“标准的律体”，即近体律诗。②以“一三五不论，二四六分明”论之，第二联出句“二四六”三字是“平仄平”，对句“二四六”三字是“仄平仄”，正好相对；颔联的“黄鹤”和“白云”相对；奇数句末字为仄，偶数句末字为平，也符合近体律诗的要求。那么，全诗就有一半以上“合律”，形成七律的主流格律。

根据英诗理论，英语格律诗只要主流格律不变，变格不仅允许，而且常见。假如一首诗的主流格律是“抑扬格五音步”，它就是“抑扬格五音步诗”了。那么，洋为中用，把崔颢的《黄鹤楼》列为“七言律诗”也是可以的。

其实，好诗不一定非要哪种诗体不可。君不见，历史上那些千古流传的名诗呈现出的诗体多样化？君不见，连诗仙李白赏读这首诗后，也兴叹不已？

相传后来李白来到黄鹤楼，当地人见诗仙来此，十分高兴，纷纷要求李白为黄鹤楼写一首诗，为黄鹤楼传名。李白也认为黄鹤楼故事奇特风景美，诗兴大发欲题诗。当人们准备好笔墨纸砚，李白饱蘸浓墨，凝神屏气，提笔欲写，可就在这时，他一抬头，看到了墙上崔颢的诗，当场愣住，摇摇头，搁笔不写。围观的人们纷纷询问何故。李白叹了口气，吟出一首打油诗：

一拳捶碎黄鹤楼，一脚踢翻鹦鹉洲。
眼前有景道不得，崔颢题诗在上头。

李白吟完，搁笔而去。当地又有了搁笔亭这一大景点。

崔颢的《黄鹤楼》鉴赏：

第一联，讲“乘鹤登仙”故事，直入神话世界。接着笔锋一转，回到“空余黄鹤楼”的现实世界。叹息“逝者如斯”“昔者难追”。

第二联，感叹时光“一去不复返”，故乡难归，故友难逢，化作伤情愁绪，只有化作悠悠然飘浮不定的白云。为何而愁？诗人仍未点破，暗中又拓开一笔。

转入第三联，写眼前景物是一幅优美的风景画，使人感到诗人眼界远大。

第四联，点名题旨：眼前景物虽好，毕竟不是自己的故乡！面对江水，只有将无尽的愁绪留在心中。

想象与现实，过去和现在，写景与抒情，巧妙地结合，令人浮想联翩，回味无穷。

☞ **英语译文（韵式：ababcdcd）：**

Yellow Crane Tower

By Cui Hao

The sage on yellow crane was gone amid clouds white.
To what avail is Yellow Crane Tower left here?
Once gone, the yellow crane will ne'er on earth alight;
Only white clouds still float in vain from year to year.

By sunlit river trees can be count'd one by one;
On Parrot Islet sweet green grass grows fast and thick.
Where is my native land beyond the setting sun?
The mist-veiled waves of River Han make me homesick.

(许渊冲 译)

第二节　旧体诗(近体诗部分)

前面说过，古体诗和近体诗是唐朝人对诗歌的名称分类，大体上是以唐朝为分界线的。

近体诗起于初唐而定型于盛唐，近体诗迎来了我国诗歌的黄金时代。近体诗分律诗和绝句。律诗有五律、七律、排律，绝句有五绝、七绝。

旧体诗之近体诗研究			
• 所谓古体诗和近体诗是什么意思？ • 是唐朝人对诗歌的名称分类，大体上是以唐朝为分界线的。 • 近体诗分律诗和绝句，如右表所示。	近体诗	律诗	1 五律
			2 七律
			3 排律
		绝句	4 五绝
			5 七绝

近体诗是我国古代诗歌发展到完全成熟的标志。近体诗或称格律诗，唐朝人也叫“今体诗”，这个名称对我们现代人来说可能不大适合。所以，我们站在现代人的立场上，分出旧体诗和新体诗(新诗)，而旧体诗，如前所述，再分为古体诗和近体诗。

近体诗格律严格，体现为对字数、句数、押韵、平仄和对仗的严格规定。有人说写近体诗是“戴着镣铐跳舞”；但如能跳得灵活自如，即就是有本事(skill，ability，capability；skillful，able，capable)。钱锺书致许渊冲的英语信中，赞赏许老“戴着镣铐跳舞”，跳得灵活自如：

I have just finished reading it(your highly accomplished translation) and marvel at the supple ease in which you dance in the clogs and fetters of rhyme and meter.

许老的汉语译文：

我刚读完你成就很高的译文。你戴着音韵和节奏的镣铐跳舞，灵活自如，令人惊奇。

近体诗的“镣铐”，其实是如下的具体规定：

①字数：只有五言和七言，不能有杂言。

②句数：每首四句(绝句)，或八句(律诗)，或十句(含)以上按双句增加(排律)。

③押韵只押平声韵，一韵到底不换韵；逢双句押韵，首句可押可不押韵；三、五、七句不能押韵，尾字只能用仄声字；相同的字不能押韵。

④句中平仄相间。句子之间第一二句平仄相反，称之“相对”，二三句平仄相近，称之“相粘”(nian)。三四句相对，四五句相粘，五六句相对，六七句相粘，七八句相对。(专有名词可以不计平仄、重出。)

⑤律诗中间两联须对仗，排律字三四句起至倒数三四句止，均须对仗。

⑥一首诗中最好避免重复字，有意为之者例外。

如图：

格律诗“粘”“对”示意图

（右侧格内，字母相同表示“粘”，字母不同表示“对”）

<table>
<tr><td>仄</td><td>仄</td><td>平</td><td>平</td><td>仄</td><td>仄</td><td>平</td><td rowspan="2">对</td><td></td><td>1A</td></tr>
<tr><td>平</td><td>平</td><td>仄</td><td>仄</td><td>仄</td><td>平</td><td>平</td><td rowspan="2">粘</td><td>2B</td></tr>
<tr><td>平</td><td>平</td><td>仄</td><td>仄</td><td>平</td><td>平</td><td>仄</td><td rowspan="2">对</td><td>3B</td></tr>
<tr><td>仄</td><td>仄</td><td>平</td><td>平</td><td>仄</td><td>仄</td><td>平</td><td rowspan="2">粘</td><td>4A</td></tr>
<tr><td>仄</td><td>仄</td><td>平</td><td>平</td><td>平</td><td>仄</td><td>仄</td><td rowspan="2">对</td><td>5A</td></tr>
<tr><td>平</td><td>平</td><td>仄</td><td>仄</td><td>仄</td><td>平</td><td>平</td><td rowspan="2">粘</td><td>6B</td></tr>
<tr><td>平</td><td>平</td><td>仄</td><td>仄</td><td>平</td><td>平</td><td>仄</td><td rowspan="2">对</td><td>7B</td></tr>
<tr><td>仄</td><td>仄</td><td>平</td><td>平</td><td>仄</td><td>仄</td><td>平</td><td></td><td>8A</td></tr>
</table>

格律诗为何要粘对呢？

对的功用：是为了体现统一整体中有对立变化，和中不同，抑扬顿挫，克服呆板，声韵悦耳的需要。

粘的功用：① 把整首诗联与联之间紧密地连接在一起，使两个同中略异的律联特定连接，形成一个有机的整体。有对立，有差异，有和谐，有统一。这好比一把折扇，收放自如。② 使第一联到第二联的转折不再生硬，流畅自然。③ 首尾相接，回环往复，首句是A，尾句又是A，形成一个首尾圆合的环形，达到圆满。

一、律诗

律诗有五言律诗(五律)和七言律诗(七律)。

律诗的“联”：每两句为一“联”；奇数句是出句，偶数句叫对句。

第一联：首联(又称起联)

第二联：颔联(必须对仗)

第三联：颈联(必须对仗)

第四联：尾联(又称落联)

律诗的平仄格式：有四种平仄格式，每种格式八句，句子排列词序各不相同，变化多端。

首先，要学习律诗的四原则：

①平仄要求：句中平仄要相间，句间相对或相粘。

②对粘原则：一二句间平仄反，联中平仄要相对，二三句间平仄近，联间平仄须相粘；依次原则余类推。

③句尾规定：偶句尾押平声韵，首句可押可不押；三五七句不押韵，尾字只用仄声字。

④七律变则：五律句前加两字，即加平平或仄仄。

（在避免“孤平”“三平调”和尽量避免“三仄尾”的情况下，可以“一三五不论”。但是，“二四六分明”！）

记住上述四原则，可灵活掌握五律的四种平仄句型，可变五律句型为七律句型，各种格式都可以推导出来。

五律的各种格式：

①从五律基本式（仄起首句不入韵）推导五律非基本式（平起首句入韵）：

仄起首句不入韵	平起首句入韵
1 五律基本式	2 五律非基本式
仄仄平平仄（A）	平平仄仄平（B）
平平仄仄平（B）	仄仄仄平平（D）
平平平仄仄（C）	仄仄平平仄（A）
仄仄仄平平（D）	平平仄仄平（B）
仄仄平平仄（A）	平平平仄仄（C）
平平仄仄平（B）	仄仄仄平平（D）
平平平仄仄（C）	仄仄平平仄（A）
仄仄仄平平（D）	平平仄仄平（B）

（下画线处可平可仄，下同。）

②从五律基本式（仄起首句不入韵）推导五律非基本式（平起首句不入韵）：

仄起首句不入韵	平起首句不入韵
1 五律基本式	3 五律非基本式
仄仄平平仄（A）	平平平仄仄（C）
平平仄仄平（B）	仄仄仄平平（D）
平平平仄仄（C）	仄仄平平仄（A）
仄仄仄平平（D）	平平仄仄平（B）
仄仄平平仄（A）	平平平仄仄（C）
平平仄仄平（B）	仄仄仄平平（D）
平平平仄仄（C）	仄仄平平仄（A）
仄仄仄平平（D）	平平仄仄平（B）

③从五律基本式(仄起首句不入韵)推导五律非基本式(仄起首句入韵)：

仄起首句不入韵	仄起首句入韵
1 五律基本式	4 五律非基本式
仄仄平平仄（A）	仄仄仄平平（D）
平平仄仄平（B）	平平仄仄平（B）
平平平仄仄（C）	平平平仄仄（C）
仄仄仄平平（D）	仄仄仄平平（D）
仄仄平平仄（A）	仄仄平平仄（A）
平平仄仄平（B）	平平仄仄平（B）
平平平仄仄（C）	平平平仄仄（C）
仄仄仄平平（D）	仄仄仄平平（D）

五律例诗：

送杜少府之任蜀州

(唐)王勃

城阙辅三秦，风烟望五津。
与君离别意，同是宦游人。
海内存知己，天涯若比邻。
无为在歧路，儿女共沾巾。

五律实例平仄分析：

送杜少府之任蜀州	仄起首句入韵
（唐）王勃	4 五律非基本式
城阙辅三秦，	仄仄仄平平（D）
风烟望五津。	平平仄仄平（B）
与君离别意，	平平平仄仄（C）
同是宦游人。	仄仄仄平平（D）
海内存知己，	仄仄平平仄（A）
天涯若比邻。	平平仄仄平（B）
无为在岐路，	平平平仄仄（C）
儿女共沾巾。	仄仄仄平平（D）
（第七句三、四字是拗救）	（第四字“拗”第三字“救”）

鉴赏：

这是一首送别名诗。第一联严整对仗，第二联以散调相承，以实转虚，文情跌宕。第三联“海内存知己，天涯若比邻”，奇峰突起，高度地概括了“友情深厚，江山难阻”的情景，是家喻户晓，历代传诵的名言佳句。

点题的第四联是“拗救”技巧的体现。出句“无为在岐路”的第四字本应用仄声，却用了平声的“岐”，出现了诗学上的“拗”(律诗中违反常格的字)，所以，诗人在本应用平声的地方用了仄声的“在”，实施了“救”。这就是“拗救”。写诗有拗就要有救，才不为病。

全诗开合顿挫，气脉流通，意境旷达，音调明快爽朗，语言清新高远，内容独树碑石。诗人在惜别之余，体现出高远的志向、豁达的情趣和旷达的胸怀。

☞ **英语译文：**

Farewell to Prefect Du

By Wang Bo

You’ll leave the town walled far and wide

For mist-veiled land by riverside.
We feel on parting sad and drear
For both of us are strangers here.
If you've a friend who knows your heart,
Distance can't keep you two apart.
At crossroads where we bid adieu,
Do not shed tears as women do!
(许渊冲 译)

可从五言律诗“格”，推导七言律诗“律”。

• 仄仄平平仄（A）	• 平平仄仄平平仄（A）
• 平平仄仄平（B）	• 仄仄平平仄仄平（B）
• 平平平仄仄（C）	• 仄仄平平平仄仄（C）
• 仄仄仄平平（D）	• 平平仄仄仄平平（D）

记住四原则，灵活推导七律各种格式，如：

五律平起首句入韵	七律仄起首句入韵
五律非基本式	1 七律基本式
平平仄仄平（B）	仄仄+平平仄仄平（B）
仄仄仄平平（D）	平平+仄仄仄平平（D）
仄仄平平仄（A）	平平+仄仄平平仄（A）
平平仄仄平（B）	仄仄+平平仄仄平（B）
平平平仄仄（C）	仄仄+平平平仄仄（C）
仄仄仄平平（D）	平平+仄仄仄平平（D）
仄仄平平仄（A）	平平+仄仄平平仄（A）
平平仄仄平（B）	仄仄+平平仄仄平（B）

(下画线处可平可仄，下同)

记住第1格式，只变首句就得七律第3格式：

七律仄起首句入韵 1 七律基本式	七律仄起首句不入韵 3 七律非基本式
仄仄平平仄仄平（B）	仄仄平平平仄仄（C）
平平仄仄仄平平（D）	平平仄仄仄平平（D）
平平仄仄平平仄（A）	平平仄仄平平仄（A）
仄仄平平仄仄平（B）	仄仄平平仄仄平（B）
仄仄平平平仄仄（C）	仄仄平平平仄仄（C）
平平仄仄仄平平（D）	平平仄仄仄平平（D）
平平仄仄平平仄（A）	平平仄仄平平仄（A）
仄仄平平仄仄平（B）	仄仄平平仄仄平（B）

记住第2格式，只变首句就得七律第4格式：

七律平起首句入韵 2 七律非基本式	七律平起首句不入韵 4 七律非基本式
平平仄仄仄平平（D）	平平仄仄平平仄（A）
仄仄平平仄仄平（B）	仄仄平平仄仄平（B）
仄仄平平平仄仄（C）	仄仄平平平仄仄（C）
平平仄仄仄平平（D）	平平仄仄仄平平（D）
平平仄仄平平仄（A）	平平仄仄平平仄（A）
仄仄平平仄仄平（B）	仄仄平平仄仄平（B）
仄仄平平平仄仄（C）	仄仄平平平仄仄（C）
平平仄仄仄平平（D）	平平仄仄仄平平（D）

各句尾字平仄在，句间对粘有安排，
律诗首句确定后，格律信手可拈来。

七律平起(五律仄起)首句入韵格式：

平	平	仄	仄	仄	平	平	对		1A
仄	仄	平	平	仄	仄	平		粘	2B
仄	仄	平	平	平	仄	仄	对		3B
平	平	仄	仄	仄	平	平		粘	4A
平	平	仄	仄	平	平	仄	对		5A
仄	仄	平	平	仄	仄	平		粘	6B
仄	仄	平	平	平	仄	仄	对		7B
平	平	仄	仄	仄	平	平			8A

七律仄起(五律平起)首句不入韵格式：

仄	仄	平	平	平	仄	仄	对		1 A
平	平	仄	仄	仄	平	平		粘	2 B
平	平	仄	仄	平	平	仄	对		3 B
仄	仄	平	平	仄	仄	平		粘	4 A
仄	仄	平	平	平	仄	仄	对		5 A
平	平	仄	仄	仄	平	平		粘	6 B
平	平	仄	仄	平	平	仄	对		7 B
仄	仄	平	平	仄	仄	平			8 A

七言律诗举例：

七律仄起首句入韵	• 七律·无题
1 七律基本式	•(唐)李商隐
仄仄平平仄仄平（B）	相见时难别亦难，
平平仄仄仄平平（D）	• 东风无力百花残。
平平仄仄平平仄（A）	春蚕到死丝方尽，
仄仄平平仄仄平（B）	• 蜡炬成灰泪始干。
仄仄平平平仄仄（C）	晓镜但愁云鬓改，
平平仄仄仄平平（D）	• 夜吟应觉月光寒。
平平仄仄平平仄（A）	蓬山此去无多路，
仄仄平平仄仄平（B）	• 青鸟殷勤为探看。
	（看，读kan的第一声）

第一联“相见时难别亦难，东风无力百花残”是极度相思的深沉感叹，聚散两依依中突出别离苦痛。首句两个“难”字包含了不同的意义，前一个“难”是写当初两人相聚的不易，有过多少思念追求；后一个“难”字则写出离别时的难舍难分和离别后的情感煎熬，可见这对恋人爱情生活的艰难和辛酸。第二句则写伤别之人偏逢暮春。百花盛开凭借的春风已经无力，群芳凋逝。花尚如此，人又能怎样呢？

第二联“春蚕到死丝方尽，蜡炬成灰泪始干”，诗人以象征的手法写出自己的痴情苦意以及九死而不悔的爱情追求。上句以丝尽而死的春蚕，表达自己情丝(思)之缠绵不尽，到死方休；下句则以泪尽而灭的蜡烛，象征自己相会无期的悲哀之泪和对爱情的终生不渝。

第三联“晓镜但愁云鬓改，夜吟应觉月光寒”从诗人体贴关切的角度推测想象出对方的相思之苦。上句写出了年轻女子“晓妆对镜，抚鬓自伤”的形象，从中暗示出女方的思念和忧愁。下句则直接写出年轻女子寒夜相思的悲凉情境，深夜沉吟，孤寂无伴，会感觉月光的刺骨清寒。细腻地描写对方的愁苦，可见诗人对爱人的体贴入微，也就更加表现出诗人感情的深挚。

第四联“蓬山此去无多路，青鸟殷勤为探看”，诗人运用了“蓬山”“青鸟”的神话传说，寄托自己对爱人的抚慰和深长情意。尽管爱情之路困难重重，相爱的人相距遥远，诗人仍然相信他们的坚贞爱情将产生一种神奇的力量，一定会有人像殷勤传书的“青鸟”一样，为他们传递讯息，使他们情意绵延，永无尽期。

原诗与许渊冲的译文如下：

七律·无题

(唐)李商隐

相见时难别亦难，东风无力百花残。
春蚕到死丝方尽，蜡炬成灰泪始干。
晓镜但愁云鬓改，夜吟应觉月光寒。
蓬山此去无多路，青鸟殷勤为探看。

To One Unnamed

It’s difficult for us to meet and hard to part;
The east wind is too weak to revive flowers dead.
Spring silkworm till its death spins silk from lovesick heart;

A candle but when burned up has no tears to shed.
At dawn I'm grieved to think your mirrored hair turns grey;
At night you would feel cold while I croon by moonlight.
To the three fairy mountains it's not a long way,
Would the blue bird oft fly to see you on the height!

(许渊冲 译)

二、绝句

近体诗绝句每首四句，分五言绝句和七言绝句，简称五绝(二十字)和七绝(二十八字)。绝句的押韵、平仄和粘对格律与律诗相同，所以也称律绝。

有人说，"绝句"是"绝取律诗之半"。此话对不对?

形式上，就字数、句数和韵律而言，绝句真是绝取了律诗的一半。故有人称之为"截句"。但此言不精确！律诗为近体诗，而唐朝以前的古体诗中已经有绝句即古绝啦!

赵执信在《声调谱》上说："两句为联，四句为绝，始于六朝，原非近体。后人误以为绝句为截律诗，故致多此一问。"

当然，我们不必过多研究这个类似"现有鸡还是先有蛋"的问题。从形式上，不妨就把绝句看成"截取"律诗的一半，这样就可以明白绝句的格律了。

①截取律诗的一二联，即前四句，成绝句后，后两句对仗。

②截取律诗的三四联，即后四句，成绝句后，前两句对仗。

③截取律诗的二三联，即中四句，成绝句后，前后各两句对仗。

④截取律诗的一四联，即首尾各两句，成绝句后，不须对仗。此式不受限制，应用最广。因此，不必对仗，称为绝句通例。

山行

(唐)杜牧

远上寒山石径斜，白云生处有人家。

停车坐爱枫林晚，霜叶红于二月花。

Going Uphill

I go by slanting stony path to the cold hill;

Where rise white clouds, there a sequestered cottage towers,

I stop my cab in maple woods to gaze my fill,

Frost-bitten leaves look redder than early spring flowers.

(许渊冲 译)

山行

(唐)杜牧

远上寒山石径斜，白云生处有人家。

(仄仄平平仄仄平，平平仄仄仄平平。)

停车坐爱枫林晚，霜叶红于二月花。

(平平仄仄平平仄，平仄平平仄仄平。)

石：古语有平、上、去、入四声。山是入声，仄声。

普通话的入声分别变为现代语的1~4声。山现在虽为第1声，但声韵从古，还算仄声。

粤语保存入声，第1声、第4声为平声，山是第6声，仄声。

《山行》是七言绝句：仄起式，首句押韵。韵律如下(带括号的表示可平可仄)：

仄仄平平仄仄平，
平平仄仄仄平平。
平平仄仄平平仄，
仄仄平平仄仄平。

这首诗第三句的“晚”字透露出诗人已经赶了一天路，该找个“人家”休息了。如今正“远上寒山”，在倾斜的石径上行进。顺着石径向高处远远望去，忽见“白云生处有人家”，不仅风光很美，而且赶到那里还可以歇脚了。

天色已“晚”，“人家”尚远，为什么突然“停车”？

原来他发现路边有一片“枫林”，由于“爱”那片夕阳斜照下的“枫林”，因而“停车”观赏。“停车”突出“爱”字，“爱”字引出结句——“霜叶红于二月花”。

歌咏红叶的诗人很多，唯杜牧诗专赏其色之艳，谓胜于春花。当风劲霜严之际，独绚秋光的枫叶，红黄绀紫，诸色咸备，笼山络野，春花无此大观。不错，笼山络野的枫林红叶的确美艳绝伦，但被“悲秋意识”笼罩的封建文人却很难产生美感。用一个大书特书的“爱”字领起，满心欢喜地赞美枫叶“红于二月花”，不仅写景如画，而且表现了诗人豪爽乐观的精神风貌。

“霜叶红于二月花”还被后人诸多解释演绎，说诗人触景而生之情超过了“红花虽好也要绿叶扶持”的境界，而深情歌颂了专事辅助别人或默默贡献的无名英雄。

近试上张水部

(唐)朱庆馀

洞房昨夜停红烛，待晓堂前拜舅姑。
妆罢低声问夫婿，画眉深浅入时无？

这首诗表面意思是写一个新娘在新婚后第一天早起梳洗打扮，因为按照习俗早晨要去给公公婆婆请安，心里很紧张。收拾完毕后悄悄地问丈夫："我这样的化妆合适吗？眉毛画的颜色深浅合不合时尚？"原来诗人以"新妇"自比，以"舅姑"比主考官，以"画眉"比自己的诗文。

诗人是问当时诗文颇有名气又乐于提拔后进的前辈张籍，自己的文章是否能入考官的眼，能否中举。巧妙地表达了一名应试举子在面临关系到自己仕途的一场考试前那种特有的不安和期待心情。

To an Examiner on the Eve of Examination

By Zhu Qingyu

Last night red candles burned bright in the bridal room;
At dawn the bride will bow to new parents with the groom.
She whispers to him after touching up her face:
"Have I painted my brows with fashionable grace?"

(许渊冲 译)

张籍不是无情之辈，和了一首诗安慰朱庆馀：

酬朱庆馀

(唐)张籍

越女新妆出镜心，自知明艳更沉吟。
齐纨未足时人贵，一曲菱歌敌万金。

张籍的诗中同样以"明艳""越女"比籍贯为越州(今浙江绍兴)的朱庆馀，以出自镜湖(今浙江镜湖)湖心的美女的歌喉抵得一万金，比喻朱庆馀的诗文功夫，以此打消他的"入时无"的顾虑。

如何赏析这首诗？以西施为代表的"越女"是美女的代名词，何况还是“新妆”的，更有清澈的湖水映照，更美了。

“自知明艳更沉吟”。意为明知自己美丽了，还在沉吟，拿不定主意。你大可不必太不自信。

“齐纨未足人间贵”。齐地产的丝织品异常精美，自古有名。这句表面是说，尽管有许多别的姑娘身上穿着齐地出产的精美绸缎做成的衣服，却并不值得世人看重。“齐纨”在这里比喻表面的、花哨的东西。整句是说，表面的华而不实的东西并不值得看重，言外之意是，朱庆馀并不是 一个华而不实、徒有其表的人。便自然引出最后一句——“一曲菱歌敌万金”。你虽然没有穿着艳丽的“齐纨”，也已经非常了得，你的一首诗歌就抵得过一万金了。

一唱一和的这两首诗用的是比喻和兴寄的手法，可谓珠联璧合。

A Response to Zhu Qingyu

By Zhang Ji

A beauty newly adorned from the Area Lake of Mirror,
Though pretty, she is still not so sure.
Dressing in costly silks is not really valuable,
Your verses are not just good but wonderful.

(许渊冲 译)

请看朱庆馀与张籍吟对五绝的格律情况：

洞房昨夜停红烛，	平平仄仄平平仄（A）
待晓堂前拜舅姑。	仄仄平平仄仄平（B）
妆罢低声问夫婿，	仄仄平平平仄仄（C）
画眉深浅入时无？	平平仄仄仄平平（D）
越女新妆出镜心，	仄仄平平仄仄平（B）
自知明艳更沉吟。	平平仄仄仄平平（D）
齐纨未足时人贵，	平平仄仄平平仄（A）
一曲菱歌敌万金。	仄仄平平仄仄平（B）
(下画线处表示平声)	(下画线处可平可仄)

格律诗的对仗

此“对”是“对仗”，又称“对偶”，像对联一样；不同于彼“对”，那是要求平仄相对。格律诗里，首联和尾联可以不对仗，但是中间两联必须对仗。

“对仗”是格律诗的一个基本要素。

1. 对仗规定

出句和对句，必须：

① 字数相同。② 词性相同。③ 结构对称。④ 意思相并列——相对或相反。

2. 对仗的主要种类

(1)工对

词性、结构、字意相同或并列、相对。如：

五岭逶迤腾巨浪，
乌蒙磅礴走泥丸。
金沙水拍云崖暖，
大渡桥横铁索寒。

五岭对乌蒙(山名)，逶迤对磅礴(形容山岭的形状、气势)，金沙对大渡(江河名)，暖对寒(气温)。

(2)宽对

较多律诗的对仗只是词性、结构相同，而所写具体事物及其细类(如地名对地名)并不相称，这种对仗叫“宽对”。有少数律诗连词性也不同，只是大体对仗，那就更宽了。如刘禹锡《酬乐天扬州初逢席上见赠》：

巴山楚水凄凉地，二十三年弃置身。
怀旧空吟闻笛赋，到乡翻似烂柯人。

沉舟侧畔千帆过，病树前头万木春。

今日听君歌一曲，暂凭杯酒长精神。

这是宽对，因为对等都不是细类；而且，颔联的“旧”和“乡”、“空”和“翻”，颈联的“过”和“春”，词性都不同，但却是一首名篇。其中，“沉舟侧畔千帆过，病树前头万木春”这一联更是千古流传。

这是刘禹锡酬答白居易赠诗而写的诗。

“巴山楚水凄凉地，二十三年弃置身。”意为自己谪居在巴山楚水这荒凉地已二十三年了。

“怀旧空吟闻笛赋，到乡翻似烂柯人。”意为自己从外地回来，许多老友已故，只能徒然地吟诵“闻笛赋”以悼念了。恍如隔世，人事全非，不再是旧日光景了。用晋人王质上山打柴观仙下棋烂柯的典故，既表示自己贬谪时间之长，又表示世态变迁之大，及回乡后生疏怅惘之情，含义丰富。

“沉舟侧畔千帆过，病树前头万木春。”刘禹锡以沉舟、病树喻己，固感惆怅，又相当达观。沉舟侧畔，千帆竞发；病树前头，万木皆春。

“今日听君歌一曲，暂凭杯酒长精神。”此句点明了酬答的题意。意为听了你的诗歌不胜感慨，且借酒振奋精神吧！

(3)流水对

有些对仗，出句的意思没有说完，从语法意思上还不能算是独立的句子，需要和对句合在一起，才能表达完整的意思，语流像流水一样自上而下。如名诗的流水对：

欲穷千里目，更上一层楼。

与君离别意，同是宦游人。

即从巴峡穿巫峡，便下襄阳向洛阳。

集句组成的流水对：

劝君更尽一杯酒，与尔同销万古愁。

吴伟雄将其译为五音步抑扬格的英语流水对句：

O would you drink a cup of wine again?
Then let us drown our age-old grief and pain.

(4)借义对

一个词有两个以上意义，诗中用其一义，而表现的实为另一义。

马骄珠汗落，胡舞白蹄斜。

借音：借“珠玉”之“朱”音，对颜色词“白”。

酒债寻常行处有，人生七十古来稀。

借义：古代八尺为“寻”，十六尺为“常”，“寻常”借此义变数词，对“七十”。

(5)无情对

只讲究上下联字词相对，至于内容则各不相干，使人产生奇味不尽的妙趣。这就是所谓的“无情对”。

鸡冠花未放，狗尾草先生。

有姓叶的先生出联：“鸡冠花未放。”有人对：“狗尾草先生。”字词相对，而意则各不相干。前句本为主谓句，表意为鸡冠花尚未开放，而对句成了偏正结构句，“狗尾草”成了“先生”的定语，嘲讽了叶先生。

民国初年，一酒家出上联，曰：“公门桃李争荣日。”众人纷对，未获首肯。当时，年轻的郭沫若对了，对绝了：

公门桃李争荣日，法国荷兰比利时。

杜甫的《登高》全篇对仗。

登　高

风急天高猿啸哀，渚清沙白鸟飞回。
无边落木萧萧下，不尽长江滚滚来。
万里悲秋常作客，百年多病独登台。
艰难苦恨繁霜鬓，潦倒新停浊酒杯。

风急天高猿啸哀：秋风劲疾，天朗气清；哀惨猿啼传来声声。写耳闻。

渚清沙白鸟飞回：渚，水中小块沙滩陆地。江边沙滩，历历在目，空中飞鸟，往复盘旋。写眼见。

无边落木萧萧下：承上耳闻，周围秋山重叠，无边无际的树木，落叶飘零，如细雨般沙沙作响。

不尽长江滚滚来：承上目睹，万里长江，奔腾澎湃，滚滚东流。

这一对绝了。木，萧萧，同属草木；江，滚滚，皆有水声。

前四句诗把登高所见所闻联系在一起，有声有色地描绘出一派深秋的大自然景象。由于这些自然景物是通过视觉和听觉表现出来的，所以画面上就出现了诗人的形象：

秋风萧索，落叶飘零，在那依山临水的高台上，一位白发苍苍的老诗人在举目远眺，在倾耳聆听。

万里悲秋常作客，百年多病独登台：这一联是全诗的中心。含义层层深入，十四个字表达了八层意思。

出句：①“悲秋”是这一联的核心，各层意思围绕着“悲秋”展开。②“作客”他乡的悲秋，意思深了一层。③常年他乡作客的悲秋，意思又深了一层。④离家“万里”、远客他乡的悲秋，意思更深了一层。

对句：①“登台”看到满眼秋景的悲秋。②一个人“独登台”的悲秋。③一身“多病”的悲秋。④一生(百年)总在病中的悲秋。意思一层一层地深入，“悲秋”的感情表达得十分强烈深沉，也就反映出在那个动乱的时代各阶层人民的痛苦。

尾联把上一联的“悲秋”又有所深化和加强。

艰难苦恨繁霜鬓：“繁霜鬓”是形容白发很多，像枯草上结着很厚的霜。全句的意思是：生活的艰难，心情的抑郁，使两鬓的白头发越来越多了。这是接前一联的“万里悲秋”说的。

潦倒新停浊酒杯：“潦倒”既指身体有病，更寓生活贫困。“停杯”即不再喝酒。“浊酒”即质量差的酒。这是接前一联的“登台”说的。九九重阳登高，喝一点菊花酒，本可借酒浇愁。这首诗却说，生活贫困潦倒，最近酒也不能再喝了，更加引起他乡作客的悲秋伤感。

通过后四句，这位登上高台的老诗人在聆听到一派秋声，眺望到一片秋色后，他的心情、他的感慨就表现得更充分了。

☞ **参考译文：**

On the Heights

The wind so swift and sky so wide, apes wail and cry;
Water so clear and beach so white, birds wheel and fly.
The boundless forest sheds its leaves shower by shower;
The endless river rolls its waves hour after hour.
A thousand miles from home in autumn, I'm grieved at autumn's plight;
Ill now and then for years, alone I'm on this height.
Living in times so hard, at frosted hair I pine;

Cast down by poverty, I have to give up wine.

(许渊冲 译)

三、词

(一)词的兴起与繁荣

词是诗的新形式，起于唐而盛于宋。其实，词在唐朝前面100多年，即6世纪南北朝的梁初，就有《江南弄》七曲，词的句子长短参差不齐，可配乐歌舞，可视为词的萌芽。

(二)词的别名

①曲子词。

②诗余。

③长短句。

(三)词的分类

① 小令：≤58字。

中调：59~90字。

长调：≥91字。

② 单调：只1段。

双调：分2段。分上片(半/阕)、下片(半/阕)。

三叠：分3段。

四叠：分4段。

③常用领字格。如“望长城内外”的“望”。

(四)词的韵式

词的韵式分为平韵式、仄韵式、平仄两用式、平仄韵转换式、平仄韵交错押式。

(五)词的平仄

凡七字句和五字句(平韵或仄韵)都是律句。

对偶的句子平仄相对。

也有拗句(不合平仄)，有的地方还规定用拗句。

(六)词的对仗

按词谱的规定，凡对仗的字数相等，领字格字除外。

(七)有格律诗体痕迹的词作

有人认为，词的创作一来可能是乐府诗发展而来的必然结果，二来也由于一些文人出入歌坊的需要。

但这些诗人去尝试填词时，一开始又不可能完全脱离诗体规则，便有了格律诗体与词体形式之间的一种传承性。可以说，前期的相当一部分词作都明显具有格律诗体的痕迹。

近体诗的形式要求显得过于紧迫，文人在作诗的同时，有可能感觉拓宽不开，在声律上不能更好地突破，于是就开始填词，是在情理之中的。何况当时的诗作也时常在歌坊之间传唱，因此也就有了高适、王昌龄、王之涣三位诗人“旗亭画壁”的趣事(详见第一章第一节“三、旗亭画壁唱诗会”)。

对仗诗句与折腰体：指诗的首联能守平仄之规，但第二联却不能守平仄相粘之律，仍依首联的平起或仄起，于是形成两联之间失粘而上下两联偶字平仄相同的情形。这种体式首见于绝句。因为绝句只有两联，如果上下两联不粘，如同中腰折断一般，故有此名。

仄仄平平平仄仄
平平仄仄仄平平

平平仄仄平平仄
仄仄平平仄仄平

仄仄平平平仄仄
平平仄仄仄平平

平平仄仄平平仄
仄仄平平仄仄平

如出自五代的《望江南·天上月》：

天上月，遥望似一团银。
夜久更阑风渐紧，为奴吹散月边云。
照见负心人。

这首敦煌曲子词形式上是折腰体七绝的删节版：

仄仄平平平仄仄，平平仄仄仄平平。
仄仄平平平仄仄，平平仄仄仄平平。

这一调是把折腰体七绝的首句的前两个音步共计四字(下画线处，下同)删减，又减去了第二句的第一字，整首结束后，又重复了末句的后五字，以示余韵。

这一调式在后来也作为正格，如白居易同调填词云：

江南好，风景旧曾谙。
日出江花红胜火，春来江水绿如蓝。
能不忆江南?

苏轼名篇《定风波》：

莫听穿林打叶声，
何妨吟啸且徐行。
竹杖芒鞋轻胜马，

谁怕？
一蓑烟雨任平生。

料峭春风吹酒醒，
微冷，
山头斜照却相迎。
回首向来萧瑟处，
归去，
也无风雨也无晴。

词前小序云：“三月七日，沙湖道中遇雨，雨具先去，同行皆狼狈，余独不觉。已而遂晴，故作此。”全词紧扣途中遇雨这样一件生活中的小事，来写自己当时的内心感受。篇中的“竹杖芒鞋”“烟雨”“斜照”等词语既是眼前景物的实写，又不乏比兴象征的意味，是词人的人生境遇和情感体验的外化。全篇即景抒情，语言自然流畅，蕴涵人生哲理，体现了东坡词独特的审美风格。

这首词表面上写的是日常生活中的风雨阴晴，但实际上却在写诗人所遭遇到的政治上的磨难，并从中寄寓着深刻的人生哲理：人生历程中总会遇上坎坎坷坷，遭遇些挫折与磨难，但只要能够坦然面对，保持乐观的情绪，就没有过不去的难关。

请看名家的译文：

Tune: Calming Wind and Wave

By Su Shi

Listen not the rain beating against the trees,
Why don't you slowly walk and chat with ease?
Better than saddled horse I like sandals and cane.

Oh, I would fain,

In a straw cloak, spend my life in mist and rain.

Drunk, I am sobered by vernal wind shrill

And rather chill.

In front I see the slanting sun atop the hill;

Turning my head, I find the dreary beaten track.

Let me go back!

Impervious to wind, rain or shine, I'll have my will.

(许渊冲 译)

请看苏轼词作名篇《念奴娇·赤壁怀古》:

念奴娇·赤壁怀古

(宋)苏轼

大江东去，浪淘尽，千古风流人物。

故垒西边，人道是，三国周郎赤壁。

乱石穿空，惊涛拍岸，卷起千堆雪。

江山如画，一时多少豪杰.

遥想公瑾当年，小乔初嫁了，雄姿英发。

羽扇纶巾，谈笑间、樯橹灰飞烟灭。

故国神游，多情应笑我，早生华发。

人生如梦，一尊还酹江月。

释义：长江朝东流去，千百年来，所有才华横溢的英雄豪杰都被长江滚滚的波浪冲洗掉了。那旧营垒的西边，人们说：那是三国时周郎大破曹兵的赤壁。陡峭不平的石壁插入天空，惊人的巨浪拍打着江岸，卷起千堆雪似的层层浪花。祖国的江山啊，那一时期该有多少英雄豪杰！

遥想当年周公瑾，小乔刚刚嫁了过来，周公瑾姿态雄俊。手里拿着羽毛扇，头上戴着青丝帛的头巾，谈笑之间，曹操的无数战船在浓烟烈火中烧成灰烬。神游于故国(三国)战场，该笑我太多愁伤感了，以致过早地生出白发。人的一生就像做了一场大梦，还是把一杯酒献给江上的明月，和我同饮共醉吧！

☞ 参考译文：

Memories of the Past at Red Cliff

Turn：Charm of a Maiden Singer

By Su Shi

The Yangtze River eastward flows,
Its waves are gone with all of those
Heroes in ancient times everyone knows.
Red Cliff, west of the old fortress, is said the battlefield's name,
Where Marshal Zhou Yu won his early fame,
When the Three Kingdoms in battle flame.
Jagged rocks strike the sky in a random mode,
Stormy waves beat the shore to and fro,
Rolling up a thousand heaps of snow.
Oh, the land is like a picture fair,
Bringing up so many heroes then and there!

I dream of Marshal Zhou at the height
Of his success, so brave and so bright,
When Lord Qiao's younger girl became his bride.
He laughed and jested, free from care,

With a feather fan and silk scarf so fair,
While the enemy ships were burned to ashes in the air.
Now I visit the site of old in fancy today,
I'm so sentimental that, funny to say,
At my early age my hair is gray.
Oh, life is like a dream!
I'd drink to the moon on the stream.
(吴伟雄 译)

请看下面这首词：

水调歌头·明月几时有

(宋)苏轼

丙辰中秋，欢饮达旦，大醉，作此篇，兼怀子由。

明月几时有？把酒问青天。
不知天上宫阙，今夕是何年。
我欲乘风归去，又恐琼楼玉宇，
高处不胜寒。
起舞弄清影，何似在人间。

转朱阁，低绮户，照无眠。
不应有恨，何事长向别时圆？
人有悲欢离合，月有阴晴圆缺，
此事古难全。
但愿人长久，千里共婵娟。

本词是中秋望月怀人之作，表达了对胞弟苏辙的无限怀念。词人运用形象描绘手法，勾勒出一种皓月当空、孤高旷远的境界和氛围，在月的阴晴圆缺当中渗进浓厚的哲学意味，可以说是一首将自然和社会高度契合的感喟作品。

词的上片写望月奇思，幻想游仙于月宫。下片写赏月后的体会与希望。

词人视月为有生命、有情感之友伴，既可感客观存在自然之美，亦可领略人情之爱，达到物我交感、人月融一的境界，体现了极富人情味的美好愿望。从月亮的转移变化、盈亏圆缺，联想到人生的悲欢离合，从而得出不应事事都求完美无缺的结论。

全词构思奇幻、豪放隽秀，以咏月为中心表达了游仙“归去”与直舞“人间”、离欲与入世的矛盾和困惑，以及旷达自适、人生长久的乐观态度和美好愿望，极富哲理与人情。立意高远，构思新颖，意境清新如画。最后以旷达情怀收束，是词人情怀的自然流露。情韵兼胜，境界壮美，具有很高的审美价值。

此词全篇皆是佳句，因其意境优美、富于哲理、情感动人而绝唱至今。

小序说：“丙辰中秋，欢饮达旦，大醉，作此篇，兼怀子由。”丙辰是北宋神宗熙宁九年(1076年)。当时苏轼任密州(今山东诸城)太守，中秋之夜他边赏月边饮酒，直到天亮，于是作了这首《水调歌头·明月几时有》：

《水调歌头》词谱	⊙处平可仄，⊙处仄可平
• ⊙仄仄平仄	• 明月几时有？
⊙仄仄平平	• 把酒问青天。
⊙平⊙仄平⊙	• 不知天上宫阙，
⊙仄仄平平	• 今夕是何年。
⊙仄平平⊙仄	• 我欲乘风归去，
⊙仄平平⊙仄	• 又恐琼楼玉宇，
⊙仄仄平平	• 高处不胜寒。
⊙仄⊙平仄	• 起舞弄清影，
• ⊙仄仄平平	• 何似在人间。

• ⊙⊙⊙	• 转朱阁,
⊙⊙仄	• 低绮户,
仄平平	• 照无眠。
⊙平⊙仄	• 不应有恨,
平⊙平仄仄平平	• 何事长向别时圆?
• ⊙仄平平⊙仄	• 人有悲欢离合,
⊙仄平平⊙仄	• 月有阴晴圆缺,
⊙仄仄平平	• 此事古难全。
⊙仄⊙平仄	• 但愿人长久,
⊙仄仄平平	• 千里共婵娟。

☞ 参考译文:

The Mid-Autumn Festival

Tune: Prelude to Water Melody

By Su Shi

How long will the full moon appear?
Wine cup in hand, I ask the sky.
I do not know what time of year
It would be tonight in the palace on high.
Riding the wind, there I would fly,
Yet I'm afraid the crystalline palace would be
Too high and cold for me.
I rise and dance, with shadow I play.
On high as on earth, would it be as gay?

The moon goes round the mansions red
Through gauze-draped windows soft to shed

Her light upon the sleepless bed
Against man she should have no spite.
Why then when people part, is she often full and bright?
Men have sorrows and joy; they part or meet again;
The moon is bright or dim and she may wax and wane.
There has been nothing perfect since the older days.
So let us wish that man
Will live long as he can!
Though miles apart, we'll share the beauty she displays.
(许渊冲 译)

再看下面这首词：

沁园春·雪

毛泽东

北国风光，千里冰封，万里雪飘。
望长城内外，惟余莽莽；
大河上下，顿失滔滔。
山舞银蛇，原驰蜡象，欲与天公试比高。
须晴日，看红装素裹，分外妖娆。

江山如此多娇，引无数英雄竞折腰。
惜秦皇汉武，略输文采；
唐宗宋祖，稍逊风骚；
一代天骄，成吉思汗，只识弯弓射大雕。
俱往矣，数风流人物，还看今朝。

1000多年前的唐朝诗人柳宗元也曾描写过浑莽雪飞的大世界:“千山鸟飞绝,万径人踪灭,孤舟蓑笠翁,独钓寒江雪。”那是一个孤寂而了无生气的世界。但在毛泽东的笔下,被冰雪覆盖的世界不仅没有沉寂,相反,诗人之心激活了历史的灵魂,让世界呈现出生机勃勃的景象。如此多娇的江山,上演过多少惊心动魄的历史壮剧啊!

诗人的视线穿过偶尔挣出覆雪的高原黄土,融入深藏地下那鲜活生动的历史长河,感受着地火的熏烤。在白雪的衬托下,那点点黄土又好像是祖先的眼睛,深情地注视着这位20世纪中国的骄子。

诗人视野向历史、向充满生机的民族大舞台走去。于是,曾风云一世的英雄们一个个出现了:

扫六合,并诸侯,完成统一大业的秦始皇来了。

北控朔漠、西征匈奴,命张骞出使西域,令名将飞渡关山的汉武帝来了。

南征北战,使江山复归统一,并创造了巍巍大唐盛世的唐太宗来了。

在多国并存之中再度统一华夏,成功后以“杯酒释兵权”被记入历史的宋太祖来了。

还有那个长于盘马弯弓、纵横驰骋的成吉思汗也来了。

一个个中华民族历史上的骄子仿佛都从古老的黄土地里破土而出,穿透厚厚的冰雪,带着自己的业绩和个性来了,近了。

正是他们,面对“分外妖娆”的华夏江山,竞相折腰,进而把中华民族的历史演绎得烟波浩渺。

在爱国主义的河床上回荡着不甘沉沦的呐喊,奔涌着重铸辉煌的浪涛。

毛泽东请出历史人物,不是为了回到历史,而是在历史的比较中,更坚信正在开拓的民族振兴之路。走在这条路上的先锋人群是那些只有武治功业,却缺少文采风骚的历史人物不能相比的。于是,《沁园春·雪》的点睛之笔出现了:“俱往矣,数风流人物,还看今朝。”

在毛泽东的眼里,“今朝”的红军,“今朝”的中国共产党,无疑将超越历史。两年的长征已经证明了一个中国人刻骨铭心的道理:命运永远掌握在自己的手里。中国共产党人最关心中华民族的命运。

- ⊙仄平平
- ⊙仄平平
- 仄仄仄平
  仄⊙平⊙仄
- ⊙平⊙仄
- ⊙平⊙仄
  ⊙仄平平
- ⊙仄平平
- ⊙平⊙仄
- ⊙仄平平⊙仄平
- 平⊙仄
- 仄⊙平⊙仄
- ⊙仄平平

- 北国风光，
- 千里冰封，
- 万里雪飘。
  望长城内外，
- 惟余莽莽；
  大河上下，
- 顿失滔滔。
  山舞银蛇，
- 原驰蜡象，
- 欲与天公试比高。
  须晴日，
- 看红装素裹，
- 分外妖娆。

- 平平⊙仄平平
- 仄⊙仄平平⊙仄平
- 仄⊙平⊙仄
- ⊙平⊙仄
- ⊙平⊙仄
- ⊙仄平平
- ⊙仄平平
- ⊙平⊙仄
- ⊙仄平平⊙仄平
- 平⊙仄
- 仄⊙平⊙仄
- ⊙仄平平

- 江山如此多娇，
- 引无数英雄竞折腰。
  惜秦皇汉武，
- 略输文采；
  唐宗宋祖，
- 稍逊风骚；
  一代天骄，
- 成吉思汗，
- 只识弯弓射大雕。
  俱往矣，
- 数风流人物，
- 还看今朝。

☞ 参考译文：

Snow

Tune：Spring in a Pleasure Garden

By Mao Zedong

See what the northern countries show：

Hundreds of leagues ice-bound go；

Thousands of leagues flies snow.
Behold! Within and without the Great Wall
The boundless land is clad in white,
And up and down the Yellow River, all
The endless waves are lost to sight.
Mountains like silver serpents dancing,
Highlands like waxy elephants advancing,
All try to match the sky in height.
Wait till the day is fine
And see the fair bask in sparkling sunshine,
What an enchanting sight!

Our motherland so rich in beauty
Has made countless heroes vie to pay her their duty.
But alas! Qin Huang and Han Wu
In culture not well bred,
And Tang Zong and Song Zu
In letters not wide read.
And Genghis Khan, proud son of Heaven for a day,
Knew only shooting eagles by bending his bows.
They have all passed away;
Brilliant heroes are those
Whom we will see today!

(许渊冲 译)

(八)“旗亭画壁”故事的启示

第一章第一节介绍的唐玄宗开元年间“旗亭画壁”的故事从侧面反映出盛唐时期选五七言诗，采诗入乐，配乐歌唱的社会风习，这种音乐算是当时的一种流行音乐。

我国的流行歌曲有着悠久的历史，所配的音乐也各有不同。先秦的古乐称雅乐，汉魏时期的音乐称清乐，隋唐以来的音乐则为燕乐。曲子词是配合燕乐歌唱的歌词。

随着燕乐的进一步发展，其节奏旋律愈发繁复多变，传统整齐的音节和句式越来越无法适应音乐的变化和表现，这就要求乐工伶人与诗人共同努力，创造出一种与燕乐更为契合的新型合乐诗体。以入乐论，则长短句的词体是配合音乐的最佳形式。这是中国诗歌进化的必然。诗主乐从，也就发展到乐主词从了。

所谓乐主词从，也叫依声填词。为什么呢？

虽然，由于音律和声律的双重要求，词受到了比近体诗更多的限制；但是，更为重要的是，在音乐的影响下，词体形成了句法灵活、韵位多变等特点，比近体诗更为解放，也更容易为大众所接受。

北宋是我国封建社会的鼎盛时期。经济的发展为词的兴盛提供了丰饶的土壤和广阔的空间。词变成了当时十分兴盛的流行曲。不少词曲还传入少数民族地区和国外，参与人数之多。流传面之广，是我国古代其他时期的流行歌曲所难于比拟的。

南宋以后，文人词与音乐逐渐疏离，作为一种独立的文体而存在，同时，另一种与音乐更为契合的文学形式——散曲逐渐产生并发展成熟，这就是元代的流行曲。

四、曲

词在发展的过程中，由下里巴人的民间走进文人的殿堂，变成阳春白雪的雅文学。随着社会的发展，词谱逐渐失传，成了纯书面文学形式。于是，在民间，曲应运而生。

(一)广义的“曲”

包括杂剧和散曲。杂剧是诗剧，有人物、故事，它的唱词就是一首首的散曲。

(二)狭义的"曲"

专指散曲，是诗的又一种形式，一种独立的体裁。它配乐而唱，就是歌词。

许渊冲把唐诗、宋词、元曲译为 Tang Poems, Song Lyrics and Yuan Songs，说明它们都是"诗歌"。

散曲有明显的民间性，雅俗共赏，始于宋金，盛于元朝。后人所说的"曲"就是这种散曲。

(三)曲的分类

①小令。

②带过曲。将两首或三首宫调(音乐调式)相同的散曲连在一起，称为一首新散曲，叫"带过曲"。

③套数。又名"套曲"。把同一宫调的一些曲子(通常三首以上，或两首加"尾")合在一起，表现一个完整的内容，就是"套数"，相当于今天的"组诗"。(套数有时加一个"尾"作结束曲。有时中间加"煞"曲或"幺"曲，或以"煞"结尾。)

(四)散曲与词的同与异

1. 相同点

①名称相同。单曲叫"小令"，与短词叫"小令"相同。散曲又叫"词余"，与词叫"诗余"同理而设，实际上是从"诗余"演化而来。

②句式相同。都是长短句，散曲一句短到一字，长到十一字都有。

③同是歌词。都是配乐的歌词，都入宫调。不过，词的宫调不须标明，慢慢地人们也忘了。散曲必须在曲牌上标出来。

④词有词牌，曲有曲牌。

2. 不同点

①词脱离乐曲独立后，成为高雅的"阳春白雪"；曲雅俗共赏，"阳春白雪"和"下里巴人"共存。

②押韵不同。词按《词林正韵》，曲依《中原音韵》。

③散曲常加衬字，字数不固定。词除个别词式外，一般不加衬字，字数固定。

小令举例

［越调］天净沙·秋思

（元）马致远

枯藤老树昏鸦。
小桥流水人家。
古道西风瘦马。
夕阳西下，
断肠人在天涯。

这首小令仅五句28字，语言极为凝练却容量巨大，寥寥数笔就勾画出一幅悲绪四溢的“游子思归图”，淋漓尽致地传达出漂泊羁旅的游子心。

这幅“游子思归图”由两部分构成：

①由精心选取的几组能代表萧秋的景物组成一幅暮色苍茫的秋野图景。

②内心深处无尽伤痛而独行寒秋的天涯游子剪影。

这是一幅非常真实生动的秋郊夕照图。起首三句为鼎足对，一连推出九个景物：枯藤、老树、昏鸦、小桥、流水、人家、古道、西风、瘦马，以景托景，景中生情，在苍凉的背景上勾勒出行旅之人飘泊不定而又忧愁的情怀。作者创造性地将孤立的自然物精巧地组合在一起，整个画面富有流动感、生命感。并有意识地突出画面的昏暗阴冷，表现“断肠人”浪迹天涯浓烈的羁旅愁怀。

☞ 参考译文:

Autumn Thoughts

Tune: Sunny Sand

By Ma Zhiyuan

Over old trees wreathed with rotten vines fly crows;
Under a small bridge beside a cot a stream flows;
On ancient road in western breeze a lean horse goes.
Westwards declines the setting sun.
Far, far from home is the heart-broken one.

(许渊冲 译)

带过曲举例

[双调]雁儿落带过得胜令

(元)庾天锡

(一)雁儿落

从他绿鬓斑，欹枕白石烂。回头红日晚，满目青山矸。

(二)得胜令

翠立数峰寒，碧锁暮云间。媚景春前赏，晴岚雨后看。
开颜，玉盏金波满。狼山，人生相会难。

From Falling Swan to Triumphant Song

By Yu Tianxi

(1) **Tune: Falling Swan**

Let my black hair turn grey!

I'll pillow my head on white stone till its decay.
I turn my head: the setting sun reddens the sky;
Verdant hills look serene to the eye.

(2) Triumphant Song

Peak on peak stands like emerald;
Cloud on cloud locks the evening cold.
Gaze on the charming vernal plain
And sun-lit hills after the rain!
O brighten up
And fill to the brim with golden wine the jade cup!
Seep to the hill,
It's hard for us to meet, so let's enjoy our fill!

(许渊冲 译)

五、诗的折子形式——断章

断句

(宋)苏麟

近水楼台先得月，向阳花木易为春。

苏麟这首诗因为只写了两句，所以称为“断句”，又称“断章”。“易为春”后来演变为“易逢春”“早逢春”。参考译文：

The first to bath in the moon are the waterside towers;
Easy to show spring are sun-facing trees and flowers.

(吴伟雄 译)

请看下面这首诗：

断章(附节奏分析)

卞之琳

你站在/桥上/看风景，
看风景的人/在楼上/看你。

明月/装饰了/你的窗子，
你装饰了/别人/的梦。

这首诗写了一位“美人”，但无一个“美”字，甚至其相貌、体态、举止和服饰都没写。可是，美人藏在何处？

原来，美人藏在“看风景的人”的眼里——

①藏在“你”和“风景”的类比中：“你”比风景更吸引人！

②藏在“你”和“明月”的类比中：像皎洁明月挂(装饰)在“你”的窗前一样，“你”皎洁的美占领(装饰)了别人的梦。

Fragment

On the bridge/ you look/ at the view
That viewer/ on the tower/ looks at you

The moon/ decorates your window/ with its beam
And you/ decorate/ the other’s dream
(赵彦春 译)

对联与断章

对联也是一种断章的诗歌形式。律诗中间对仗的两联和律绝对仗的对句，与对联的要求相同或相似。

例如朱自清的自撰联：“但得夕阳无限好，何须惆怅近黄昏？”抑扬格五音步的译文如下：

If only the evening sun enjoy its sublime,
Why need to care it’s near the setting time?
(吴伟雄 译)

朱自清的自撰联正能量充沛、积极向上，一反李商隐即景抒情的诗《登乐游原》中的联句“夕阳无限好，只是近黄昏”的意境(虽然夕阳无限美好，可惜的是已接近黄昏时刻)。这两句的译文如下：

The setting sun seems so sublime,
But it is near its dying time.
(许渊冲 译)

“风景这边独好，江山如此多娇”是毛泽东诗词名句，见于广东省肇庆市星湖(国家级)风景名胜区的桂花轩入口处。译文如下：

So unique is the scenery here!
How lovely is our Country dear!
(吴伟雄 译)

第三节　新　体　诗

新体诗的产生：受外国诗歌的影响，新体诗诞生于 1919 年五四运动前夕，至今已有一百年。

新体诗的特点：用现代汉语写诗，形式上突破传统诗歌的一切格律。
新体诗的开山之作：胡适的《尝试集》。(但未完全摆脱传统形式。)
新体诗的奠基人：郭沫若。他的诗才是真正意义上的新体诗。

新体诗举例

湖上

胡适

水上一个萤火，
水里一个萤火，
平排着，
轻轻地，
打我们的船边飞过。
他们俩儿越飞越近，
渐渐地并作了一个。

On the Lake

Hu Shi

A firefly over the water
A firefly in the water
Side by side
Lightly
Flying by our boat side
They hover nearer and nearer,
Converging into one

(王磊 译)

第五章　诗歌鉴赏散论

第一节　勿以散文之心，去度诗歌之腹

勿以散文之心，去度诗歌之腹，是诗歌鉴赏的基本功。

散文有语法，诗歌在语法之外还有诗法。不了解诗法，可能会以散文之心，去度诗歌之腹。如不注意，胡评乱说，难免尴尬。个别学者自己不了解英汉诗歌都有的倒装写作方法，却批评起可以用倒装写作方法处理的译诗来。请看一个典型的例子。

毛泽东名句"中华儿女多奇志，不爱红装爱武装"，许渊冲教授(2002：48)初稿译为：

Most Chinese daughters have a desire strong
To face the powder and not to powder the face.

加拿大籍华人黄教授(2004：38)对此评论说："译者把第一行最后本应是 a strong desire 的词序颠倒过来，原因不明。"他甚至还说，"这种可以避免的不规范词序在许渊冲其他古诗英译中时有出现，也是汉诗英译的通病，严重削弱译文质量"。"倒换词序可以说是写英文诗的必要手段之一"。就此事论事，把"写英文诗的必要手段之一"，说成是"汉诗英译的通病"；别人明明是对的，只是他自己"原因不明"，就说别人

错了，那不是很尴尬的吗？下面我们会举一些名人名句。

语言大师王力(2000：143，144)在《诗词格律》中论述“语序的变换”时说，“在诗词中，为了适应声韵的要求，在不损害原译的原则下，诗人们可以对语序作适当的变换……语序的变换，有时也不能单纯了解为适应韵律的要求。它还有积极的意义，那就是增加诗味，使句子成为诗的语言”。其实，“就诗歌的语序倒置而言，汉诗如此，英诗亦然”(张智中，2006：131)。

“汉诗如此”的例子，我们可能见过不少。虽然“时不我待”的正常语序是“时不待我”，但是，人们还是保留倒装的用法。唐代诗人钱起的《谷口书斋寄杨补阙》中有两句：“竹怜新雨后，山爱夕阳时。”笔者初中的语文老师赵文仪已经给我们解构回散文语序：“怜竹新雨后，爱山夕阳时。”赵老师随便讲的一个例子给我们这些当年的初中生留下了深刻的印象，有了词序倒装的初步认识。

确是“英诗亦然”。“为了保持韵律，英诗中的次序与正常语序有所不同”“倒换词序可以说是写英文诗的必要手段之一”，宾语可以“倒放在谓语动词之前”(石璠，1993：2，4)，有的“形容词放在所形容的名词之后，而不是在前”(齐晓燕，2008：244)。请看下面的例子。

亨利·沃兹沃斯·朗费罗在 *A Psalm of Life* 中的诗句：

Not enjoyment, not sorrow/ Is our destin’d end or way.

其散文语序是：

Our destin’d end or way is not enjoyment, nor sorrow.

珀西·比希·雪莱在 *Love’s Philosophy* 中的诗句：

All things by a law divine/ In one spirit meet and mingle.

形容词 divine 放在名词 law 之前，其散文语序是：

All things meet and mingle in one spirit by a divine law.

珀西·比希·雪莱的 *Ode to the West Wind* 第一节第二行跨第三行的

…from whose unseen presence the leaves dead/ Are driven…中，

形容词 dead 也可以放在名词 leaves 之前，其正常语序是：

…the dead leaves are driven from whose unseen presence.

如果黄先生上述的“通病”之说成立，大诗人亨利·沃兹沃斯·朗费罗和珀西·比希·雪莱写诗也犯“通病”了，这不是很荒唐的吗？

英诗中有很多省略的情况。如赵甄陶翻译的马致远的《天净沙·秋思》：

☞ **汉语原文**：

枯藤老树昏鸦。
小桥流水人家。
古道西风瘦马。
夕阳西下，
断肠人在天涯。

☞ **英语译文**：

Autumn Thoughts

Withered vines, olden tree, evening crows;
Tiny bridge, flowing brook, hamlet homes;
Ancient road, wind from west, bony horse!
The sun is setting,
Broken man, far from home, roams and roams.

(赵甄陶 译)

赵先生的译文用了极其简单、极为常用的诗法：“省略冠词。”广州某大学副教授卢女士(2011：47)却发文认为，“(olden)tree 前未使用不定冠词，不符合英语语法”。这又是一个以散文之心，去度诗歌之腹的例子。其实，英诗可以“省略或删节句法中通常需要的字词”，如“①省略冠词”“②省略名词或代词”“③省略限定动词”“④省略前置词”“⑤省略作附属从句主语的关系代词‘that’”“⑥省略辅助动词”(齐晓燕，2008：245)。

一、诗歌的诗法体现在“破格”

陈君朴(2008：72)指出，“涉及诗歌用语，英语里有一专用词‘poetic license’；该词可译作‘诗的破格’或‘诗的特许’。……诗中常用倒装、省略。所以读诗不能用语法规则去衡量”。王力(2000：144)说得更不留情：“如果按照散文的语法来要求，那就是不懂诗词的艺术了。”

什么是“诗的破格(poetic license)”呢？

关于汉语诗歌的“破格”，席金友(1980：340-352)在其《诗词基本知识》(内蒙古人民出版社)中指出，“诗词由于语言的高度概括，因此有时候就必须打破语法惯例，省略句子某个成分。最常见的是有时省去居中的主语，有时省去谓语”。“在散文中，句中词语的排列，按照语法都有一定的顺序，一般不允许也没有必要改变这种顺序。但是在古典诗词中，由于格律的限制，有时为了适应押韵，往往把某一词语的顺序适当加以改变(或颠倒)。这也是诗歌语法的特点之一。”这样的“诗歌语法”，就是前述的“诗法”，或“诗的破格”。

英语诗歌的“破格”最早由德莱顿提出，意指诗人不受严谨格律的束缚，用韵文表达思想的自由；简言之，“破格”是诗人为了思想表达而对常规格律和语法的有目的的变异和偏离。“破格的目的既不在于掩饰技巧的不成熟，也不在于为新奇而新奇，而是为了使我们更深刻地体会和认识内在的和外在的现实”，即“通过打乱语言、逻辑的秩序，诗人使自己对于世界的感觉变得新鲜起来，并以新奇感取代了通常的辨认”(福勒，1987：73；转引自杨靖，2016)。

诗歌的“破格”正是“诗性”的重要体现手段之一，诗歌的“破格”分析就是解读其“诗性”，以便在诗歌翻译时用目的语重构源语诗歌的“破格”。文学存在的价值就在于其语言形式的“文学性”(literariness)或“诗性”(poetic)。穆卡洛夫斯基(1964：19)指出，诗学语言的功能就是最大限度地将话语加以前景化(foregrounding)。当代文学理论家肖克洛夫斯基(1986：52-63)认为，构成文学言语美的一个关键因素就是言语的“陌生化”(defamiliarization)。以文学性、变异、陌生化、前景化、去成规化、去自动化为特征的文学形式或媒介是文学文本内容的一个不可分割的部分(王东风，2009：64)。

二、汉诗“破格”的诗法特色

席金友(1980：340-352)等人对于诗歌语法(诗法)有专门而较详细的论说。现据他和其他专家的论述，结合另外的范例，分析简述如下：

(一)词语的省略

1. 省略主语

省略主语的现象在汉语诗词中最为常见。在近体诗(以唐代为界，以前的叫古体诗，其后的是讲究格律的近体诗，再其后的是新体诗)中，写景是写“我”所见，抒情是写“我”所感，除个别情况外，多数省略主语“我”。当然，也有主语不是“我”的。对省略主语诗歌的理解，汉语读者一般问题不大。

例如唐人贺知章的《回乡偶书二首》：

其一

少小离家老大回，乡音无改鬓毛衰。

儿童相见不相识，笑问客从何处来。

其二

离别家乡岁月多，近来人事半消磨。
惟有门前镜湖水，春风不改旧时波。

这两首近体七绝不难理解。诗中虽然省略了主语，读者也会体会到是作者写“我”回乡所行所见和所感。而英语的主语一般不可省略，英语译文应回译主语“我”。

I

I left home young and not till old do I come back,
Unchanged my accent, my hair no longer black
My children whom I meet do not know who am I.
“Where do you come from, sir?” they ask with beaming eye.

II

Since I left my homeland so many years have passed;
So much has faded away and so little can last.
Only in Mirror Lake before my oldened door,
The vernal wind still ripples water as before.
（许渊冲 译，2000：33）

2. 省略谓语

在散文中，谓语是句中的最主要成分之一，缺少谓语的句子不是严格意义上的句子。古代散文在一定语境下有省略谓语的情况出现，但在古典诗词中，省略谓语更为常见。省略谓语的诗句不仅不影响内容的表达和读者的理解，反而更能有效地增强其艺术性，更能显出诗意。省略谓语的情况包含如下几种：

一是承前省略谓语。由于汉语行文特点，除非修辞需要，一般“力戒重复(用词)”，承前省略在散文中也经常使用。在诗歌中，在对举相关的事物时，往往只在表述前一事物时使用谓语动词，在表述其后事物时省去相同的谓语。如苏轼的《题西林壁》：

横看成岭侧成峰，远近高低各不同。
不识庐山真面目，只缘身在此山中。

第一句的“侧成峰”，是“侧看成峰”之意，把承前的“看”省去了。英语译文回译了省去的动词谓语：

It's a range viewed in face and peaks viewed from the side,
Assuming different shapes viewed from far and wide.
Of Mountain Lu we cannot make out the true face,
For we are lost in the heart of the very place.
(许渊冲 译)

当然，译文的第一句也可以省略 viewed，但节奏似乎逊色一些。

二是因状语省略谓语。

白居易《琵琶行》中有两句：

五陵年少争缠头，
一曲红绡不知数。

此处的第一句，“争”省略了谓语“赠送”。“五陵”原指长安附近五座汉代皇陵，后泛指权势人家所居地；“五陵年少”则指那些有权有势的贵族子弟。“争”不是谓语，是状语，指“争相”向歌妓赠送“缠头”。

古代歌舞艺人表演时以锦缠头，演毕，客以罗锦为赠，称缠头，后来作为赠送歌妓财物的通称。一曲歌罢得到“红绡”(赏赐)不计其数。诗句从侧面说明琵琶女技艺高超。英译如下：

The gallant young men vied to shower gifts on me;
One tune played, countless silk rolls were given with glee.
(许渊冲 译)

三是因词语相关而省略谓语。

由于词语中存在比较固定的搭配关系，诗歌中往往省略相应的动词谓语。唐代诗人李颀的《望秦川》中有两句：

秋声万户竹，
寒色五陵松。

“风声”多和“响”有关，“寒气”常与“侵袭”连用。诗句中的谓语“秋声万户竹，寒色五陵松”意为：秋天的风声响彻千家万户的竹林；寒气侵袭五陵一带的青松。

The autumn breeze blows into all the bamboo groves;
The chilly cold air pervades in all the graveyard pines.
(吴伟雄 译)

四是“如”“像”“有”“在”等词的省略。

由于字数的限制，而引申、联想和推理使读者可以理解的情况下，有些诗句经常省略这些词。如李白《送友人》中的两句：

浮云游子意，落日故人情。

前句从浮云漂忽不定引申出游子离乡别井、四海为家的心情；后句从太阳西下留恋山峦联想到和有人不忍相别的意境。

With floating cloud you'll float away;
Like parting day I'll part from you.
(许渊冲 译)

又如毛泽东七律《答友人》中的两句：

斑竹一枝千滴泪，
红霞万朵百重衣。

这两句可以理解为前句省略了谓语“有”，后句省去了“像”。其意是：一枝斑竹上就有上千滴眼泪，万朵红霞就像百重衣那么艳丽。英语译文是：

One bamboo-shoot speckled with a thousand drops of their tears,
Ten thousand red clouds are their robes in hundred tiers.
(辜正坤 译)

3. 以词组代句

上面谈到因词组相关省略主语和谓语。此外，词组还在古典诗词中代替句子。至于代替什么成分，要紧扣题意，结合上下文，认真思考，才能正确理解。如唐代诗人王昌龄的《出塞(二首其一)》：

秦时明月汉时关，万里长征人未还。
但使龙城飞将在，不教胡马度阴山。

首句的“秦”“汉”“月”“关”四字交错使用，这是“互文见义”。意即明月和关塞还是秦汉时期留下来的明月和关塞。那时关塞的设立是为了防备外族的侵略；诗人感慨的是直至他写诗的唐朝，战事仍不断，关塞仍然是防务设施，戎边御敌鏖战万里的征人仍未回。且看英译：

Moon's same as in Qin and the Walls same as in Han;
Men'd gone to fight afar but has returned no man.
Should Winged Marshal of Dragon City right be here,
He'd let no tartar horse cross Mount Yin, not e'en near.
（王大濂 译，1997：24）

“秦时明月汉时关”，多家译文，异彩纷呈。许渊冲(2001：75)曾译为 The moon still shines on the mountain passes as of yore，表达准确；Bynner(1980：21)的译文是 The moon goes back to the time of Qin，the wall to the time of Han，未解“互文见义”，表达不到位。

又如宋人杜耒的《寒夜》一诗：

寒夜客来茶当酒，竹炉汤沸火初红。
寻常一样窗前月，才有梅花便不同。

第二句“竹炉汤沸火初红”中的两个词组代替了两个句子：火炉烧起火苗红了，壶里的水烧开沸腾了。译文如下：

I take tea as wine for my friend come in a cold night,
The pot is boiling thanks to the flame that is just right.
The window in moonlight framing the plum flowers,
Presents a much better scene than in ordinary hours
（吴伟雄 译）

马致远的小令《天净沙·秋思》更是将以词组代句子发挥得淋漓尽致：

枯藤老树昏鸦。
小桥流水人家。
古道西风瘦马。
夕阳西下，
断肠人在天涯。

这首小令只有五句，前三句是九个词组，后两句才是句子。看许渊冲(2004：135)教授是如何把词组翻译成句子的：

Over old trees wreathed with rotten vines fly crows;
Under a small bridge beside a cot a stream flows;
On ancient road in western breeze a lean horse goes.
Westward declines the setting sun;
Far, far from home is the heart-broken one.

(二)语序的调整

在古诗、词、曲中，有时为了平仄的适应或押韵的需要，或使某一物象达到奇特突出的效果，诗人会特别使用一些不同于常规的笔法，着意改变散文常用的顺序，倒装是常用的变序方法之一。语序的调整是诗法一个非常显著的特点。其实，我们耳熟能详的“黄河入海流”就是“黄河流入海”的倒装句，只不过此句通俗易懂，人人皆知而已。英译时，很多时候要把故意打乱的顺序调整正常，使译文受众更好地理解诗、词、曲意。

1. 主谓倒置

如王维的《山居秋暝》：

空山新雨后，天气晚来秋。
明月松间照，清泉石上流。
竹喧归浣女，莲动下渔舟。
随意春芳歇，王孙自可留。

诗中，“竹喧归浣女，莲动下渔舟”的顺置语序是：竹喧浣女归，莲动渔舟下。当然，倒装了的诗句诗意更浓，更生动。

吴钧陶(1988：71)译文如下：

After the rain has bathed the desolate mountain,
The fresh evening air blows the breath of autumn.
Into the forest of pines the moon sheds her light;
Over the glistening rocks the spring water glides.
The bamboo leaves make noise when washer-girls are home;
The moving dories scattered the lotus blooms.
The fragrance of vernal plants is on wane;
Despite all this, here is the place I like to remain.

2. 动宾(动补)倒置

其实，“时不我待”就是动宾倒置的典型例子。古典诗词里，这样的例子就很普遍了。如杜甫《月夜》一诗中的“香雾云鬟湿，清辉玉臂寒”：

今夜鄜州月，闺中只独看。
遥怜小儿女，未解忆长安。
香雾云鬟湿，清辉玉臂寒。
何时倚虚幌，双照泪痕干。

“香雾云鬟湿，清辉玉臂寒”实为“香雾湿云鬟，清辉寒玉臂”。诗人想象他远在鄜州的妻子也正好在闺中望月，那散发着幽香的蒙蒙雾气仿佛沾湿了她的头发，清朗的月光也使得她洁白的双臂感到寒意。请鉴赏吴钧陶(1988：150)译文：

The moon illumining the night in Fuzhou sky
Alone in chamber you will watch it sailing by
Though far away, I'm sorry for our children dear,
Who do not know to yearn for me in Changan here
Your balmy, cloudy curls the misty air bedews:
Your fair, smooth arms are chilled in the silver hues.
When can we both stand leaning by the gauzy veils?
Our faces'll shine with tears that have become dry trails.

岭南第一名山——广东省肇庆市的鼎湖山有北回归线上的“绿宝石”的美誉，有联合国建立的“人与生物圈”定位研究站。在“飞水潭”附近，“眠绿亭”掩映在一片翠绿之中，亭上的对联也是动宾倒置：

流水闻高下，青山阅古今。

顺置的语序是：“闻高下流水，阅古今青山。”其意是：(你)可以听到自高而下的潺潺流水，(你)会赞赏古今并艳的郁郁青山。当然，倒置的诗句诗意更浓，朗读时可以读出节奏：流水，闻高下；青山，阅古今。

You can enjoy the water singing high and low;
You will admire the hill-scape new and old.
(吴伟雄 译)

唐代钱起的《谷口书斋寄杨补阙》也有一联是动宾倒置的诗句：

竹怜新雨后，山爱夕阳时。

很明显，“竹怜新雨后，山爱夕阳时”的顺置语序是：怜新雨后竹，爱夕阳时山。意即(我)喜爱新雨后姿彩清新的竹林，喜欢夕阳余晖映照着的山峦。同样，倒置后的诗句更具诗味。“竹怜新雨后，山爱夕阳时”下面的译文押“视韵(-ain)”：

I love the bamboo grove after a new rain;
I like the lovely setting sun-lit mountain.
(吴伟雄 译)

3. 修饰语与中心词挪后或挪前

修饰语与中心词挪后倒置在汉英诗歌中都是常见的。那位黄教授却说“原因不明”，使人难明。先说说汉语诗歌吧。

请看贺知章的《咏柳》：

碧玉妆成一树高，万条垂下绿丝绦。
不知细叶谁裁出，二月春风似剪刀。

“碧玉妆成一树高”中，定语“高”和其修饰的中心词倒置了，顺序应为“碧玉妆成一高树”，但这样于声韵要求不合。且看许渊冲(2001：31)的译文：

The slender tree is dressed in emerald all about,
A thousand branches droop like fringes made of jade
But do you know by whom these slim leaves are cut out?

The wind of early spring is sharp as scissor blade.

英语译文用的是顺序语序 The slender tree，组成抑扬格的节奏。由此可见，倒装还是顺序全看诗歌的格律需要，而没有固定的要求。

李白《梦游天姥吟留别》一诗中有两句：

我欲因之梦吴越，一夜飞渡镜湖月。

第二句本来有“一月夜”这个偏正词组，为句首时间状语，现被分拆为三，定语“月”远离其修饰的中心语“夜”，居于句末，成了“镜湖月”，仿佛成了宾语“镜湖月”中的中心词。但是，逻辑分析告诉我们，诗人“飞渡”的只能是“镜湖”，而不可能是“月”。这一句的真正意思是：在一个月明的夜晚飞渡镜湖。许渊冲(1988：114)是这样翻译的：

Longing in dreams for Southern land one night
I flew o'er Mirror Lake in moonlight.

上面是定语挪后的例子，下面是定语与其修饰的中心词分离，挪到被隔开的另一个句子成分之前，如不准确分析，就会产生歧义式的理解。请看王昌龄《从军行》一诗(其四)：

青海长云暗雪山，孤城遥望玉门关。
黄沙百战穿金甲，不破楼兰终不还。

据《唐诗一万首精选》(吉林出版集团有限公司，2012)，“孤城遥望玉门关”意为“远远地可以望见玉门关那座孤城”，那是“在‘青海长云暗雪山’的背景中的一座孤城”。因此，“孤城”即指玉门关，是“玉门关”的同位性定语，被挪到动词谓语“遥望”之前了。许渊冲在《中国古诗词六百首》(1994：57)中曾取此意，译诗如下：

Clouds on frontier have darkened mountains clad in snow
The town with Gate of Jade stands far away, forlorn
We will not leave the desert till we beat the foe,
Although in war our golden armor be outworn

然而，对"孤城遥望玉门关"还有另一种理解：边关古塞，玉门雄关，远隔千里，遥遥相望。许渊冲在《唐诗三百首》(2007：254)中为该诗做了注释：孤城：一说为青海地区的一座城池；一说孤城即玉门关。两说都可通。今取后者。估计是觉得两种理解都宜翻译出来？许渊冲后来在《汉英对照唐诗三百首》中(2000：73)和2007年版本的《唐诗三百首》中发表的译文均取此意。其译如下：

Clouds on frontier overshadow mountains clad in snow;
A lonely town afar faces Pass of Jade Gate.
Our golden armor pierced by sand, we fight the foe;
We won't back till we destroy the hostile state.

讨论修饰语与中心词的关系，上面举出的例子是定语和中心词的关系；然而，有的修饰语与中心词可以理解为定语和中心词的关系，也可以理解为状语和中心词的关系。从翻译大家翻译毛泽东《浣溪沙·和柳亚子先生》的实例可以看出灵活理解的例子：

长夜难明赤县天，百年魔怪舞翩跹，
人民五亿不团圆。
一唱雄鸡天下白，
万方乐奏有于阗，诗人兴会更无前。

有人认为"舞翩跹"是"翩跹舞"的倒装。外文出版社于1999年出版的《毛泽东诗词(汉英对照)》是由袁水拍为组长，乔冠华、钱锺书、叶君健为组员的"毛诗英译定稿小组"修订和重译而出版的单行本(叶君健，2005：361)。其英语版本(1999：55)是将"翩跹"理解为定语而翻译的：

The night was long and dawn came slow to the Crimson Land,
For a century demons and monsters whirled in a wild dance,
And the five hundred million people were disunited.

Now the cock has crowed and all under heaven is bright,
Here is music from all our people, from Yutian too,
And the poet is inspired as never before.

辜正坤(1993：123)将"翩跹"理解为状语：

The long night long enshrouded the sky over the Red State,
For a century devils and monsters dance in an ugly gait,
And five hundred million people suffered a split-up fate.

At a crow of the cock the dark world is suddenly exposed to light!
Glad music comes from all corners, even Yutian, the remotest site.
Never before has the zeal of the poet been inspired to such a height!

4. 特殊综合的倒置

在古典诗词中，诗人或追求奇巧的语言艺术，或创造独特的语境气氛，或适应格律的规范需要，会创造出各种各样的倒置结构。对此，读者往往需要作语境理解、逻辑分析和常识推理，才能准确理解诗意。

白居易诗《杭州春望》首联是一个倒置奇特的例子：

望海楼明照曙霞，护江堤白踏晴沙。

第一句可变回正常语序：曙霞照明望海楼。

第二句较为复杂，靠语境理解、逻辑分析和常识推理，可以理解为：晴踏护江堤白沙。用现代汉语表达，可为：

朝霞照亮了杭州城外的望海楼，趁天色晴明流连在护江堤上，踏着照得发白的细沙。

引申理解，也可为：

杭州城外望海楼披着明丽的朝霞；天色晴明，游人走在护江堤上，踏着照得发白的沙滩。

英语似可译为：

The Sea Viewing Tower is good and bright in the morning sunlight;
Tourists delight in the river levee with the soft sand in sunlit-white.

(吴伟雄 译)

杜甫《秋兴八首》一诗中有：

香稻啄余鹦鹉粒，碧梧栖老凤凰枝。

原意为：鹦鹉啄余香稻粒，凤凰栖老碧梧枝。主宾倒置的同时，宾语“香稻粒”“碧梧枝”还被拆开分属主宾位置。为什么这样复杂地变化词序呢？原来，诗人强调的是京城景物的美好：香稻不是一般的稻谷，是鹦鹉啄余的稻；碧梧不是一般的梧桐，是凤凰栖老的梧桐。这是综合倒置和侧重修辞结合的笔法。对于古典诗歌诗句的倒置，清人洪亮吉说：“诗家例用倒句法，方觉奇峭生动。”诗句译文如下：

The fragrant rice grains are left by the parrots after their meal;
The green parasol trees, for phoenixes to dwell, are just ideal.
(吴伟雄 译)

再看苏轼诗《和董传留别》首联首句语序颠倒：

粗缯大布裹生涯，腹有诗书气自华。

首联称赞董传，虽然家境贫寒，身穿粗陋布衣，头发用粗布绑着，生活惨淡，但决不颓废，决不放弃读书；他因为饱读诗书，满腹经纶，气质必然升华，华美不凡。首联的第一句本应是“生涯裹粗缯大布”，但词序一颠倒变成“粗缯大布裹生涯”。这是作者为了突出生涯的表达和押韵的需要所采用的一种诗用手法，更加能突出董传的贫穷，更能和“腹有诗书气自华”形成强烈的对照，也就节奏更顺，诗意更奇。参考译文如下：

Living a simple life, you dress in cloths, rough and old;
You're well-read, wisdom in hold and elegance in mold.
(吴伟雄 译)

三、英诗“破格”的诗法特色

读懂英文诗只学英文就行了吗？不能完全这样说！

要读英文诗，学好英文是最基本的条件。然而，凡事必有特殊性。英文诗虽用英文写成，但它不同于用英文写成的其他体裁，如散文。前面说过“勿以散文之心，去度诗歌之腹”，说明诗歌与散文有很大的不同。“英文诗分行写，行末有韵脚，行内有韵律，这就是它的特殊性，由此引起一系列的特殊情况。”(石瑞，1993：1)这些特殊情况也成为诗的“破格”。

如上所述，诗歌的“破格”，指诗人不受严谨格律的束缚、用韵文表达思想的自由，是为了思想表达而对常规格律和语法的有目的的变异和偏离；是为了使受众更深刻地体会和认识内在的和外在的现实。诗人通过打乱语言、逻辑的秩序，使自己对于世界的感觉变得新鲜起来，并以新奇感取代了通常的辨认。那么，要读懂英文诗，必须了解英文诗“破格”的诗法特点。请看：

The bounding steed you pompously bestride
Share with his lord the pleasure and the pride.

☞ 汉语译文：

你高傲地跨上骏马蹦跳，
它分享主人的欢乐自豪。
（石瑠 译，1993：21）

这两行原诗有两个英诗特点：① 两行诗组成一个意义完整的句子，这是“跨行句”。② steed 是 horse 的诗用古词。

有时候，为了准确地理解打乱语言、逻辑的秩序，句子成分的倒置或异常安排，必要时，还要把一些诗句（行）调整为散文。上面两行诗的散文形式是：

The bounding steed (which) you pompously bestride share the pleasure and the pride with his lord.

下面将从词法和句法分述英诗“破格”的诗法特色：

（一）诗用词法特点

1. 诗用古词

英诗里有些词，散文和现代诗里现在是不常用的。初读这些英诗可能感到有点生疏，然而，这些词基本上都可以从词典里查到，像 steed，词典会给出如下释义：［诗歌用语、古语］骏马；战马；驽马（见《21 世纪大英汉词典》）。勤查词典，问题不难解决。

英语中第二人称的“诗歌用语”也常用其古语形式。17 世纪第二人称代词的用法常应用在诗歌中：

	主格		宾格	所有格
	普称	尊称		
单数	thou	ye	thee	thy，thine（首字母为元音名词前）
复数	you，ye		you	your，yours

以莎士比亚十四行诗第 18 首为例，我们可以结合诗歌的实践，理解英语第二人称代词的古词用法。

Sonnet 18

By Shakespeare

Shall I compare **thee** to a summer's day?
Thou art more lovely and more temperate:
Rough winds do shake the darling buds of May,
And summer's lease hath all too short a date:
Sometimes too hot the eye of heaven shines,
And often is his gold complexion dimm'd;
And every fair from fair sometime declines,
By chance or nature's changing course untrimm'd;
But **thy** eternal summer shall not fade,
Nor lose possession of that fair **thou** ow'st;
Nor shall Death brag **thou** wander'st in his shade,

When in eternal lines to time thou grow'st:
So long as men can breathe or eyes can see,
So long lives this and this gives life to thee.

第二人称单数用了古词形式的时候，与其连用的动词也有相应的古词用法：

①第二人称单数 thou 连用的动词，后加-est，-st，-t。

如：第 10 行 ow'st = owest，第 11 行 wander'st = wanderest，第 12 行 grow'st = growest

②与第二人称单数 thou 连用的 be 动词用 art。

如：第 2 行 Thou art = You are

结合翻译家屠岸(1993：27)用原诗多元韵式翻译的译文，就能更好地了解第二人称单数古词形式的用法了：

我能否把你比作夏季的一天?
你可是更加可爱、更加温婉；
狂风会吹落五月的娇花嫩瓣，
夏季出租的日期又未免太短：
有时候苍天的巨眼照得太灼热
他金光闪耀的圣颜也会被遮暗；
每一样美呀，总会失去美而凋落
被时机或者自然的代谢所摧残；
但是你永久的夏天决不会凋枯，
你永远不会丧失你美的形象；
死神夸不着你在他影子里踯躅，
你将在不朽的诗中与时间同长。
只要人类在呼吸，眼睛看得见，
我这诗就活着，使你的生命绵延。

英诗用古词的例子很多。当我们阅读诗歌，看到一些按照一般释义不能理解的时候，应该考虑一下会不会“诗用古词”。请看下例：

And where are they? and where art thou,
My country? On thy voiceless shore
The heroic lay is tuneless now—
The heroic bosom beats no more!
And must thy lyre, so long divine,
Degenerate into hands like mine?

上例 The heroic lay is tuneless now 诗行中，单词 lay 的释义很多，能够使用这个诗行吗？我们不妨看看牛津大学出版社 2000 年出版的 *Oxford Advanced Learner's Dictionary* 名词 lay 释义项下：2. (old use) a poem that was written to be sung, usually telling a story. 很明显，在这里是“诗用古词”，诗行中的 lay 是歌曲的意思。杨德豫(转引自胡家峦，2008：213)的译文是：

他们安在？祖国呵！你安在？
在你万籁齐暗的国境
英雄的歌曲唱不出声来
英雄的心胸再不会跳动！
你的琴向来不同凡响，
竟落到我这凡夫的手上？

请看托马斯·纳什的 *Spring* 一诗的第二节：

The palm and may make country houses gay,
Lambs frisk and play, the shepherds pipe all day,

And we hear aye birds tune this merry lay:
Cuckoo, jug-jug, pu-we, to-witta-woo!

第三行的 lay 也是歌曲之意。郭沫若的《英诗译稿》(1981：5)译为：

榆柳呀山楂，打扮着田舍人家，
羊羔嬉游，牧笛儿整日价吹奏，
百鸟总在和鸣，一片悠扬声韵，
啁啁，啾啾，哥哥，割麦、插——禾！

在阅读英语诗歌碰到生僻词语的时候，应该考虑一下有没有“诗用古词”的情况。

2. 省略某些词类

为了合乎格律诗的要求，诗行中会省略一些不说自明(口语对话也有这种情形)或推理可明的词类，如并列句公用的谓语动词或其他成分，如冠词、代词、关系代词、谓语动词、被动式谓语动词中的 be 等。有些这样的情况，散文中也有。在阅读一些英诗，尤其是名人诗句，碰到表面难于理解的情况时，不妨把被省略的词补充进去，以加深理解。

(1)省略冠词(再加例子)

Creeping like(a)snail unwillingly to school…
就像蜗牛在爬行，满心不愿去上学去……
(汉译转引自齐晓燕，2008：245)

Original English quoted from Shakespeare's *As You Like It*(《皆大欢喜》), 1600:

…

And then the whining school-boy, with his satchel
And shining morning face, creeping like snail
Unwillingly to school. …

汉语译文：

然后是发着牢骚、背着书包、
满面红光的学童，像蜗牛般行走
满心不愿地上学校。

(2)省略主语和系动词

Awake, my St. John! leave all meaner things
To low ambition and the pride of kings.
Let us (since life can little more supply
Than just to look about us, and to die)
Expatiate free o'er all this scene of man;
A mighty maze! But **not** without a plan:
A wild, where weeds and flowers promiscuous shoot;
Or garden, tempting with forbidden fruit.
…

上述诗句后三行中，a mighty maze，not，a wild，garden 这四处的前面都省略了 it is，但有不言自明之妙。此外，temping 前面还省略了 which is(而如果 temping 前面没有逗号，则为 garden temping，temping 作为现在分词，就是 garden 的后置定语)。这八行诗，石璘(1993：51)的译文是：

醒醒吧，约翰，把一切蠢事
归于王的骄傲胸无大志。
(人生能做的实在太少，
只不过一环顾随即死掉)

让我们漫游这人类天地，
大迷宫！也并非没有秩序；
大荒野，有杂草鲜花丛生，
乐园中有禁果诱人盗用。

(3)省略谓语

Together let us beat this ample field,
Try what the open, what the covert yield!

上面两行诗是两个不同类型的祈使句。前一行用 let us 型；后一行用一般型。后一行省略了主语，try 后带两个并列的宾语从句，其共用的谓语动词 yield 可省略一个。在这种情况，一般是“留前省后”，保留前面的谓语动词，后面的是“承前省略”。然而，这里是“省前留后”，何故？是为了和上一行的 field 押韵！这两句石璘(同上)的译文是：

让我们齐开发这块田园，
看空地和林中有何出产！

又如：

See the blind beggar dance, the cripple sing.
The sot a hero, lunatic a king.

上面第二行是两个并列句，都省略了谓语动词 is(也省略了两句之间的连词 and)。两行诗句，石璘(1993：91)译为：

看盲乞丐跳舞，跛子歌唱，

酒鬼充英雄，疯子做国王。

(4)省略介词

如美国著名诗人罗伯特·弗罗斯特的名诗 *Stopping by Woods on a Snowy Evening* 第二节：

My little horse must think it queer
To stop without a farmhouse near
Between the woods and frozen lake
The darkest evening of the year.

上面末行在前省略了介词 in，省略前的诗行是 In the darkest evening of the year。原诗的韵式为 aaba，译文依照原诗的韵式，参考译文如下：

我的小马一定感到不解，
为何停在渺无人烟之界，
在树林和结冰的湖泊旁，
在一年中最幽暗的冬夜。
（吴伟雄 译）

(5)省略多个成分

省略共用成分：

Whose trees in summer yield him shade,
in winter fire.

上面的上下两行并列对称，下一行省去共用成分 whose trees in summer yield him，只留下 in winter fire。理解了下一行是“承前省略”，可用“逆向寻找”，得出理解诗行：Whose trees in winter yield him fire. 参考译文(石瑠，1993：8)如下：

夏展浓荫乘凉好，冬有柴枝烧炉灶。

(吴伟雄 译)

省略多处成分(同上)：

Say first, of God above, of man below,
What can we reason, but from what we know?
Of man, **what see we** but his station here,
From **which** to reason, or to **which** refer?

第三行 what see we 省去助动词 do(且谓语 see 倒装在主语 we 之前)，原为疑问句 what do we see；第四行 from which 省略了 we are，其后 to which 后省去 we(which 是上一行 station 的关系代词，but 相当于 except)。为助理解，后两行诗可化为散文，然后得出译文(同上)如下：

Of man, what do we see but his station here, from which we are to reason, or to which we refer?

先说，上界有神，下界有人，
人只能由已知进行推论？
于人何所见，只眼前地位，
就由此推论，也向此归因？

(石瑠 译)

3. 词类替代

(1)形容词替代作名词

其实，是形容词前加定冠词，结合上下文或特定的意境，表示某类人或事物，散文有时也用，例如 the rich 表示“富人”，the poor 表示“穷人”，但英语诗歌用得最多。

美国歌曲 *America the Beautiful* 便是一个突出的例子。这原来是美国维尔斯里大学英语系主任凯瑟琳 · L. 贝茨写的一首诗。起初，她并无打算作歌来唱，但由于这首诗内在的音乐节奏和声韵符合歌颂母亲的旋律，被作曲家配上赞美诗的曲调后，近百年来，成为美国人常唱的三大爱国歌曲之一。那么，the Beautiful 表示什么呢？其前面是 America，是国家之名“阿美利加”。那么，*America the Beautiful* 的字面意思就是：阿美利加，美丽的国家。当然，翻译是译意，不是译字。歌曲名 *America the Beautiful* 应译为《美丽的阿美利加》。

下面是英国浪漫主义诗人威廉 · 布莱克（William Blake，1757—1827）题为 *The Garden of Love* 一诗中的第二节：

I went to the Garden of Love,
And saw what I never had seen;
A Chapel was built in the midst,
Where I used to play on the green.

上面最后一行的 the green 显然是花园中的绿草地 the green grass。参考译文如下：

我曾到过那爱的花园，
那里的景象见所未见。
园中建起了一座教堂，
在我玩过的绿草地上。
（吴伟雄 译）

(2)形容词替代副词(或副词不加-ly)

如亨利·沃兹沃斯·朗费罗的诗句：

The green trees whispered low and mild;
It was a sound of joy!
绿树低声柔和地说话；
那是一种欢乐的声音！

英语有的形容词加-ly可作副词，但在英诗里，这样的形容词可以不加-ly就作副词，替代副词作状语。石璘(1993：56，57)举出如下例子并提供译文：

Hope humbly then; trembling pinions soar;
Wait the great teacher, Death; and God adore.
What future bliss, He gives not thee to know,
But gives that hope to be thy blessing now.
Hope springs eternal in the human breast:
Man never Is, but always To be blest.
勿奢望，飞翔时抖动翅膀，
敬上帝，等死神，伟大师长。
未来有何幸福不让你知，
把希望做你的眼前福祉。
希望在人心中永远跳跃，
人决不，却永远感觉愉悦。

上面第五行的eternal就是形容词不加-ly，在诗行中替代eternally作状语。其实，在汉诗英译的时候，很多专家也采用这种替代之法进行翻译。

上述黄大濂译李白《赠汪伦》译诗的第二句中，sudden 就是一例：

To sail off in a skiff I was about;
Sudden I heard singing ashore all out.

(3)以-ly 结尾的副词，以-lier 的比较级形式表示

如阿尔弗雷德·丁尼生(Alfred Tennyson)的诗句：

Strange friends, present, and to be:
Loved deeplier, darklier understood.
现在和将来的陌生朋友，
爱得更深，体谅得更知己。
(齐晓燕 译)

诗行中的 deeplier 和 darklier 乍看起来不是规范的英语，但它们是"诗法"规定的"诗语"。

4. 创新造词

亨利·沃兹沃斯·朗费罗在 *The Arrow and the Song*(《箭与歌》)末节的四行诗就有诗人创新造词的例子：

Long, long afterwards, in an oak,
I found the arrow, still unbroke;
And the song, from beginning to end,
I found again in the heart of a friend.

第二行末的 unbroke 当初是诗人基于 unbroken、为了少一个音节并和 oak 押韵的创新，熟悉诗歌，有诗的"破格"意念的人会理解。虽然

输入 Word 文档后，标成红色，表示拼写有误，但有的词典已经给它正式的身份，注明"等于 unbroken"了。这四行诗的译文也照译原诗的联韵韵式：

好久、好久后，我见一株橡树，
树上嵌着箭，完好如故；
那首歌，从头到尾，我也发现
在一位友人的心田。
（杨霖 译）

（二）诗用句法特点

1. 倒换词序

英语散文的词序主要是正序，按主语、谓语、宾语和表语等顺序排列，定语和状语也有习惯的位置。英文诗，尤其是英文的格律诗，就不严格或不完全这样办。英文诗是分行写的，格律诗有韵律又有韵脚，韵律有一定的音节数目和高低音的搭配，词序要有前后调动的灵活处理，与散文的正常词序有所不同，才能保持韵律，符合诗的要求。能够看出诗中词序的倒换是读懂英语诗歌的必要条件之一；也不会因为"不明"这种倒换词序的"原因"，还振振有词批评别人，出现把错评当炫耀的尴尬事。

如形容词位于所修饰的中心词（名词）之后。

珀西·比希·雪莱在 *Love's Philosophy* 中，有四行如下：

Nothing in the world is single;
All things by a law divine
In one spirit meet and mingle.
Why not I with thine?

上面第二行介词 by 的宾语 a law divine，就是形容词 divine 倒置于所修饰的名词 law 之后。这样就可以和第四行的 thine 押完全韵。

☞ **参考译文：**

世上万物无孤单，
天造地设都成双。
为何你我这么难，
难成连理做鸳鸯？
（吴伟雄 译）

当然，要更好地理解上述的第二、三行诗，可还原为如下的散文形式：

All things meet and mingle in one spirit by a divine law.

2. 倒换句子成分

（1）主语位于谓语之后

请看托马斯·纳什的 *Spring* 一诗的第一节：

Spring, the sweet spring, is the year's pleasant king,
Then blooms **each thing**, then maids dance in a ring,
Cold doth not sting, the pretty birds do sing:
Cuckoo, jug-jug, pu-we, to-witta-woo!

其中，Then blooms each thing 的主语 each thing 就位于谓语 blooms 之后，应理解其顺序词序为 Then each thing blooms。为什么要倒换句子成分呢？一是为了行内分句的押韵：Then blooms each thing, then maids dance in a ring；二是为了行内节奏的合理分布：

Then blooms/ each thing, /then maids/ dance in/ a ring.

郭沫若的《英诗译稿》(1981：5)译为：

春，甘美之春，一年之中的尧舜，
处处都有花树，都有女儿环舞，
微寒但觉清和，佳禽争着唱歌，
啁啁，啾啾，哥哥，割麦、插——禾！

(2)直接宾语位于动词之前

爱尔兰诗人威廉·巴特勒·叶芝的 *The Lake Isle of Innisfree* 第一节有如下四行诗：

I will arise and go now, and go to Innisfree,
And a **small cabin** build there, of clay and wattles made;
Nine bean-rows will I have there, a hive for the honey-bee,
And live alone in the bee-loud glade.

上面第二行的直接宾语 a small cabin 就在动词 build 之前；第三行的直接宾语 nine bean-rows 就在 have 之前。建的是什么房子呢？a small cabin 的定语是颠倒了词序的 of clay and wattles made，正序应为 made of clay and wattles。至此，这一节可以理解如下：

I will arise and go now, and go to Innisfree, and build there a small cabin, made of clay and wattles; I will have nine bean-rows there, and a hive for the honey-bee, and live alone in the bee-loud glade.

步原诗韵式的译文如下：

我就要动身走了，去茵纳斯弗利岛，
搭起一个小屋子，筑起泥巴房；
支起九行云豆架，一排蜜蜂巢，

独个儿住着，阴荫下听群峰歌唱。

(袁可嘉 译)

(3)介词位于其宾语之后

罗伯特·弗罗斯特的 *The Road Not Taken* 最后一节就有这样的情况：

I shall be telling this with a sigh
Somewhere ages and ages hence:
Two roads diverged in a wood, and I-
I took the one less traveled by,
And that has made all the difference.

上面第四行 I took the one less traveled by，介词 by 在其宾语 less 之后。形容词 less 如上有述，替代名词，可理解为：I took the one traveled by less people. 译文是：

隔了多少岁月，流逝了多少时光，
我将叹一口气，提起当年的旧事：
林子里有两条路，朝着两个方向，
而我——我走上了一条更少人迹的路，
于是带来完全不同的一番景象。

(方平 译)

3. 诗用括号

文中的括号主要表示注解的内容，诗句里有时也用括号。括号内的文字本身是一个整体，只是在意义上对括号外的内容加以说明和注解，而在参与韵律和选用韵式的组成方面犹如没有括号。翻译时也是一样。

请看罗伯特·弗罗斯特诗歌 *The Pasture* 的第一节，第三行是个结行句，全部放在括号之内：

I'm going out to clean the pasture spring;
I'll only stop to rake the leaves away
(And wait to watch the water clear, I may):
I shan't be gone long. —You come too.

译文是：

我要去清一清牧场泉水；
只消耙去落叶
（也许还等水清澈）；
不会太久——你也来吧！
（张琼 译）

而爱·伦坡的名诗 *Annabel Lee* 的第四节，括号里的内容则是跨行的：

The angels, not half so happy in heaven,
Went envying her and me —
Yes! —that was the reason (as all men know,
In this kingdom by the sea)
That the wind came out of the cloud by night,
Chilling and killing my Annabel Lee.

括号里的内容是对"为何……云里半夜会刮起那阵冷风"的"地点"和"人所共知"情况的补充。格律的构建和韵式的构成犹如没有括号。然而若无括号，语流不畅。译文如下：

天堂里的天使们非常不高兴，

一直都把我们俩妒忌
是的，这就是为何(无人不知，
在这个海边的王国里)
云里半夜会刮起那阵冷风，
让我的安娜贝尔·李受凉死去。
(药锡泉 译)

第二节　化作散文形式，加深诗歌理解

一、雪莱名诗《西风颂》，诗歌形式与散文形式对比

雪莱的名诗《西风颂》共五节。每节形式如一首十四行诗，包括四组三行诗和一组双行诗。每节韵式是 aba bcb cdc ded ee。诗中多用**跨行句**(run-on line)乃至**跨节句**，表达西方狂野的形象和诗人奔放的感情。如果跨行句或跨节句(雪莱的《西风颂》多跨节句)一时不容易理解，可先化为散文形式，就更容易鉴赏了。

先就原诗形式看看：

I

O wild West Wind, thou breath of Autumn's being,
Thou, from whose unseen presence the leaves dead
Are driven, like ghosts from an enchanter fleeing,
啊，狂野的西风，你把秋气猛吹，
不露脸便将落叶一扫而空，
犹如法师赶走了群鬼，

Yellow, and black, and pale, and hectic red,

Pestilence-stricken multitudes: O Thou,
Who chariotest to their dark wintry bed
赶走那黄绿红黑紫的一群，
那些染上了瘟疫的魔怪——
啊，你让种子长翅腾空，

The winged seeds, where they lie cold and low,
Each like a corpse within its grave, until
Thine azure sister of the Spring shall blow
又落在冰冷的土壤里深埋，
像尸体躺在坟墓，但一朝
你那青色的春风妹妹回来，

Her clarion o'er the dreaming earth, and fill
(Driving sweet buds like flocks to feed in air)
With living hues and odours plain and hill:
为沉睡的大地吹响银号，
驱使羊群般的蓓蕾把大气猛喝，
就吹出遍野嫩色，处处香飘。

Wild Spirit, which art moving everywhere;
Destroyer and Preserver; hear, oh, hear!
狂野的精灵！你吹遍了大地山河，
破坏者，保护者，听吧——听我的歌！

Ⅱ

Thou on whose stream, mid the steep sky's commotion,
Loose clouds like earth's decaying leaves are shed,

Shook from the tangled boughs of Heaven and Ocean,
你激荡长空，乱云飞坠
如落叶；你摇撼天和海，
不许它们像老树缠在一堆；

Angels of rain and lightning: there are spread
On the blue surface of thine aery surge,
Like the bright hair uplifted from the head
你把雨和电赶了下来，
只见蓝空上你骋驰之处
忽有万丈金发披开，

Of some fierce Maenad, even from the dim verge
Of the horizon to the zenith's height,
The locks of the approaching storm. Thou Dirge
是酒神的女祭司勃然大怒，
愣把她的长发遮住了半个天，
将暴风雨的来临宣布。

Of the dying year, to which this closing night
Will be the dome of a vast sepulchre,
Vaulted with all thy congregated might
你唱着挽歌送别残年，
今夜这天空宛如圆形的大墓，
罩住了混浊的云雾一片，

Of vapours, from whose solid atmosphere
Black rain, and fire, and hail will burst: oh, hear!

却挡不住电火和冰雹的突破，

更有黑雨倾盆而下！啊，听我的歌！

Ⅲ

Thou who didst waken from his summer dreams

The blue Mediterranean, where he lay,

Lulled by the coil of his crystalline streams,

你惊扰了地中海的夏日梦，

它在清澈的碧水里静躺，

听着波浪的催眠曲，睡意正浓，

Beside a pumice isle in Baiae's bay,

And saw in sleep old palaces and towers

Quivering within the wave's intenser day,

朦胧里它看见南国港外石岛旁，

烈日下古老的宫殿和楼台

把影子投在海水里晃荡，

All overgrown with azure moss and flowers

So sweet, the sense faints picturing them! Thou

For whose path the Atlantic's level powers

它们的墙上长满花朵和藓苔，

那香气光想想也叫人醉倒！

你的来临叫大西洋也惊骇，

Cleave themselves into chasms, while far below

The sea-blooms and the oozy woods which wear

The sapless foliage of the ocean, know

它忙把海水劈成两半，为你开道，
海底下有琼枝玉树安卧，
尽管深潜万丈，一听你的怒号

Thy voice, and suddenly grow gray with fear,
And tremble and despoil themselves: oh, hear!
就闻声而变色，只见一个个
战栗，畏缩——啊，听我的歌！

Ⅳ

If I were a dead leaf thou mightest bear;
If I were a swift cloud to fly with thee;
A wave to pant beneath thy power, and share
如果我能是一片落叶随你飘腾，
如果我能是一朵流云伴你飞行，
或是一个浪头在你的威力下翻滚，

The impulse of thy strength, only less free
Than thou, O Uncontrollable! If even
I were as in my boyhood, and could be
如果我能有你的锐势和冲劲，
即使比不上你那不羁的奔放，
但只要能拾回我当年的童心，

The comrade of thy wanderings over Heaven,
As then, when to outstrip thy skyey speed
Scarce seemed a vision; I would ne'er have striven
我就能陪着你遨游天上，

那时候追上你未必是梦呓，
又何至沦落到这等颓丧，

As thus with thee in prayer in my sore need.
Oh, lift me as a wave, a leaf, a cloud!
I fall upon the thorns of life! I bleed!
祈求你来救我之急!
啊，卷走我吧，像卷波浪落叶，流云!
我跌在人生的刺树上，我血流遍体!

A heavy weight of hours has chained and bowed
One too like thee: tameless, and swift, and proud.
岁月沉重如铁链，压着的灵魂，
原本同你一样：高傲，飘逸，不驯。

V

Make me thy lyre, even as the forest is:
What if my leaves are falling like its own!
The tumult of thy mighty harmonies
让我做你的竖琴吧，就同森林一般，
纵然我们都叶落纷纷，又有何妨!
我们身上的秋色斑烂，

Will take from both a deep, autumnal tone,
Sweet though in sadness. Be thou, Spirit fierce,
My Spirit! Be thou me, impetuous one!
好给你那狂飙曲添上深沉的回响，
甜美而带苍凉。给我你迅猛的劲头!

豪迈的精灵，化成我吧，借你的锋芒，

Drive my dead thoughts over the universe
Like withered leaves to quicken a new birth!
And, by the incantation of this verse,
把我的腐朽思想扫出宇宙，
扫走了枯叶好把新生来激发；
凭着我这诗韵做符咒，

Scatter, as from an unextinguish'd hearth
Ashes and sparks, my words among mankind!
Be through my lips to unawakened earth
犹如从未灭的炉头吹出火花，
把我的话散布在人群之中！
对那沉睡的大地，拿我的嘴当喇叭，

The trumpet of a prophecy! O Wind,
If Winter comes, can Spring be far behind?
吹响一个预言！啊，西风，
如果冬天已到，难道春天还用久等？
（王佐良 译）

以第四节、第五节为例，化为散文形式，跨行和跨小节的困难就克服了：

《西风颂》第四节换成散文：

If I were a dead leaf thou mightest bear, if I were a swift cloud to fly with thee, (or if I were) a wave to pant beneath thy power, and share the impulse of thy strength, only less free than thou, O uncontrollable!

If even I were as in my boyhood, and could be the comrade of thy wanderings over Heaven, as then, when to outstrip thy skyey speed scarce seemed a vision;

I would ne'er have striven as thus with thee in prayer in my sore need. Oh, lift me as a wave, a leaf, a cloud! I fall upon the thorns of life! I bleed! A heavy weight of hours has chained and bowed one too like thee: tameless, and swift, and proud.

《西风颂》第五节换成散文：

Make me thy lyre, even as the forest is: What if my leaves are falling like its own! The tumult of thy mighty harmonies will take from both a deep, autumnal tone, sweet though in sadness. Be thou, Spirit fierce, my Spirit! Be thou me, impetuous one!

Drive my dead thoughts over the universe like withered leaves to quicken a new birth! And, by the incantation of this verse, scatter my words among mankind, as ashes and sparks from an unextinguish'd hearth!

Be the trumpet of a prophecy through my lips to unawakened earth! O Wind, If Winter comes, can Spring be far behind?

二、《葡萄牙人十四行诗集》第 43 首（*Sonnets from the Portuguese* 43）

How Do I Love Thee?

By Elizabeth Barrett Browning (1806-1861)

I love thee? Let me count the ways.

I love thee to the depth and breadth and height

My soul can reach, when feeling out of sight
For the ends of Being and ideal Grace.
I love thee to the level of every day's
Most quiet need, by sun and candlelight.
I love thee freely, as men strive for Right;
I love thee purely, as they turn from Praise.
I love with a passion put to use
In my old griefs, and with my childhood's faith.
I love thee with a love I seemed to lose
With my lost saints—I love thee with the breath,
Smiles, tears, of all my life! —and, if God choose,
I shall but love thee better after death.

我是怎样地爱你?

我是怎样地爱你？诉不尽万语千言：
我爱你的程度是那样地高深和广远，
恰似我的灵魂曾飞到了九天与黄泉，
去探索人生的奥妙和神灵的恩典。
无论是白昼还是夜晚，我爱你不息，
像我每日必需的摄生食物不能间断。
我纯洁地爱你，不为奉承吹捧迷惑，
我勇敢地爱你，如同为正义而奋争！
爱你，以昔日的剧痛和童年的忠诚，
爱你，以眼泪、笑声及全部的生命。
要是没有你，我的心就失去了圣贤，
要是没有你，我的心就失去了激情。

假如上帝愿意，请为我作主和见证：
在我死后，我必将爱你更深，更深！
（袁广达　梁葆成 译）

《葡萄牙人十四行诗集》书名为《何叫葡萄牙人十四行诗》？原来，勃朗宁夫人曾对一位葡萄牙古典诗人十分敬佩，她丈夫给她起了一个绰号：小葡萄牙人。这第43首将少女的清纯和恋妇的放歌糅为一体，撼人心魄。本诗的突出修辞方式是一连串的排比句 I love thee 和“层进（渐进）”，抒发出“层层推进，步步深化”的感情。诗的最后一行是情感的高潮，也是对首句问话的回应和最终解决。

四行诗的格式即包括一个八行组和一个六行组，韵式为 abba abba，cdcdcd。

有关诗行化成散文形式：

1. How do I love thee? Let me count the ways.

2-4. I love thee to the depth and breadth and height (which) my soul can reach, when feeling for the ends of Being and ideal Grace, out of sight.

5-6. I love thee to the level of every day's most quiet need, by (the name of) sun and candlelight.

7. I love thee freely, as men strive for Right;

8. I love thee purely, as they turn from Praise.

9-10. I love with a passion put to use in my old griefs, and with my childhood's faith.

11-14. I love thee with a love I seemed to lose with my lost saints—I love thee with the breath, smiles, tears, of all my life! —and, if God choose, I shall but love thee better after death.

第三节　鉴赏之后模仿，模仿之余创新

一、《许渊冲赞》藏头诗二首的翻译

一般来说，汉语的“藏头诗”是难以翻译的。可是，天下事无绝对。2004年春节期间，央视《大家风范》节目播发了“诗译英法唯一人”许渊冲教授访谈录。东莞资深翻译家王永泰看后，诗兴勃发，写了两首以“许渊冲赞”为题的藏头诗；吴伟雄受他崇敬许老之情的感染，翻译了这两首诗。本书就《许渊冲赞(二首)》的英译心得，简谈“翻译是创造”。

“翻译是创造”一说，源于“桂林山水甲天下”名句译文研讨会上时任中国翻译协会副会长唐闻生(曾任毛主席的翻译)的发言。2005年，桂林市政府和中国翻译协会共同举办向全球征集“桂林山水甲天下”译文的活动，吴伟雄翻译的 East or west, Guilin landscape is best 摘冠。唐闻生在研讨会上指出：“翻译是一种创造，是技术也是艺术，这样翻译，宣传旅游比较合适。”吴伟雄受此启发，将藏头诗的翻译视作“翻译的另类创造”。

对“藏头诗”的翻译，在名家金隄译著《尤利西斯》中找到了师承之法。

原诗云：

Poets oft have sung in rhyme
Of music sweet their praise divine.
Let them hymn it nine times nine.
Dearer far than song or wine.
You are mine. The world is mine.

英文原诗五行的首字母是 POLDY，音译“波尔迪”，是《尤利西斯》人物布卢姆的本名，又名“利奥波尔德”。这是布卢姆向莫莉女士求爱期间写的“离合诗(藏头诗)”。金隄(1998：173)认为译文要保留“藏头诗”的特点，“虽然有些无关紧要的细节变了，可是它的主要内容、形式、格调都和原诗相似”，神韵“一如原诗”。他以“波尔迪”的另名“利奥波尔得(德)”创造性地译为：

利用格律加韵脚
奥妙诗歌无尽了
波涛翻滚逐浪高
尔后唯有我诗好
得你就是独占鳌。

那么，以许渊冲教授公开发表过的笔名 XYZ 来翻译《许渊冲赞》，得出 XYZ SONG 的效果，岂非异曲同工？王永泰原诗和吴译如下：

许渊冲赞(其一)

王永泰

许是天公赐译才，渊深海阔踏歌来。
冲霄信步诗词苑，赞我中华大擂台。

XYZ Song(1)

By Wang Yongtai

Xu, Respected Translator gifted by Lord of Sky,
You walk poetic oceans, singing in spirit high.

Zeal for poems court, your melodies skyward fly,
Songs of China's huge arenas for poets to vie.
(吴伟雄 译)

译诗三、四行的散文化排列为：Zeal for poems court, your melodies, Songs of China's huge arenas for poets to vie, skyward fly.

许渊冲赞(其二)

王永泰

许诺何难实干难，渊源远愿译为餐。
冲茶款客诗词宴，赞美人生不赋闲。

XYZ Song(2)

By Wang Yongtai

Xu, believing promise much easier than practice,
You take translation as meals, the daily business.
Zesting poets' salons, your life composes a master
Song to a studious and ever tireless translator.
(吴伟雄 译)

后来，吴伟雄在京拜访许老，给他看了译文。作为亚洲至今唯一荣获国际翻译家联盟最高奖项之一“北极光杰出文学翻译奖”的译界泰斗，许老细心地阅后，笑着说：“哈哈，你是这样搞的呀！”

二、著名翻译家巫宁坤先生《九十自述》的翻译

九十自述

巫宁坤

一事无成九十年，两袖清风艳阳天。
三生有幸逢知己，四海为家活神仙。

On My 90th Birthday

One sees none I've achieved in decades nine;
Two sleeves of cool breeze I enjoy in sunshine.
Three-life luck[①] brings me bosom friends and in
Four directions of Land I feel at home and divine.
(吴伟雄 译)

Note: ① In Buddhism, three lives imply the previous, present and future lives, but in the original poem may be regarded as the whole life of the poet.

第四节　且从诗人别称，鉴赏诗人诗品

唐代不少诗人深受后世喜爱，如“诗仙”李白、“诗圣”杜甫、“诗佛”王维、“诗魔”白居易、“诗骨”陈子昂、“诗杰”王勃、“诗隐”孟浩然、“诗狂”贺知章、“诗奴”贾岛、“诗鬼”李贺。人们常说“言为心声”“人如其文”，这些称号透着诗人的气质和风骨，了解这些称谓有助于诗歌鉴赏。

一、诗仙李白

李白(701—762)，字太白，号青莲居士。李白的诗风格豪迈奔放、飘逸若仙。杜甫曾赞赏李白道："昔年有狂客，号尔谪仙人。笔落惊风雨，诗成泣鬼神。"杜甫说的"狂客"，就是贺知章，绰号"四明狂客"，曾惊叹于李白的诗，称呼其为"天上谪仙人"。于是，后人皆尊称李白为"诗仙"。

古来文人多受到儒家思想的影响，而唐朝是一个儒、释、道并存的朝代，李白就是不同程度地被儒家和道家共同影响的。儒家讲究"修身齐家治国平天下"，倘若怀才不遇，便寄情于山水，因而有了"长风破浪会有时，直挂云帆济沧海"。而道家则倡导"无为而治"，主张将身心投入自然的怀抱，于是就有了"我本楚狂人，凤歌笑孔丘""永结无情游，相期邈云汉""安能摧眉折腰事权贵，使我不得开心颜""且就洞庭赊月色，将船买酒白云边"。

诗仙李白的代表作有《静夜思》《望庐山瀑布》《行路难》《蜀道难》《将进酒》《送孟浩然之广陵》《明堂赋》《早发白帝城》《侠客行》《梦游天姥吟留别》《忆秦娥·箫声咽》等。可以这样说，李白的大多诗词都堪称经典之作，现在存世作品有1010首，收录于《李白全集》。如：

望庐山瀑布

(唐)李白

日照香炉生紫烟，
遥看瀑布挂前川。
飞流直下三千尺，
疑是银河落九天。

Cataract on Mount Lu

The sunlit Censer peak exhales a wreath of cloud;
Like an upended stream the cataract sounds loud.
Its torrent dashes down three thousand feet from high;
As if the Silver River fell from azure sky.

(许渊冲 译)

这是诗仙李白隐居庐山时写的一首风景诗。该诗形象地描绘了庐山瀑布雄奇壮丽的景色，反映了诗人对祖国大好河山的无限热爱。第一句“日照香炉生紫烟”。“香炉”是指庐山的香炉峰。此峰在庐山西北，形状尖圆，像座香炉。由于瀑布飞泻，水气蒸腾而上，在阳光照射下，仿佛天地间有座香炉升起了袅袅紫烟。一个“生”字把烟云徐徐上升的景象写活了。第一句为瀑布设置了雄奇的背景，也为下文直接描写瀑布渲染了气氛。第二句“遥看瀑布挂前川”。“遥看瀑布”四字照应了题目《望庐山瀑布》。“挂前川”是说瀑布像白色绢绸悬挂山前。“挂”字化动为静，形象地写出遥望中的瀑布。诗的前两句从大处着笔，概写全景：山顶紫烟缭绕，山间白练悬挂，山下激流奔腾，构成一幅绚丽壮美的山水景观图。第三句“飞流直下三千尺”，一笔挥洒，气势磅礴，尽显诗仙的豪迈。“飞”字把瀑布喷涌而出的景象描绘到极致；“直下”既写出庐山之高峻陡峭，又可以见水流之湍急，那高空直落、势不可挡之势宛若眼前。诗仙犹嫌不够，接着又补上一句“疑是银河落九天”，真是响落天外，惊心动魄。

这首诗极其成功地运用了比喻、夸张和想象，构思奇特，语言生动形象、洗练明快。苏东坡十分赞赏这首诗，说：“帝遣银河一脉垂，古来唯有谪仙词。”“谪仙”就是李白。《望庐山瀑布》的确是状物写景和抒情的范例。又如：

静夜思

（唐）李白

床前明月光，疑是地上霜。

举头望明月，低头思故乡。

Nostalgia on a Tranquil Night

By Li Bai

Abed is a pool of moonlight,

Is it frost? I think it might.

Head up, I see the moon,

Head down, I miss my home.

（张琼 译）

这首诗写的是诗仙在寂静的月夜思念家乡的感受。诗的前两句是写诗人在他乡异地的特定环境中一刹那间所产生的错觉。试想一人独处他乡异地，白天奔波忙碌，倒还能冲淡些离愁，然而夜深人静时，心头难免泛起阵阵思乡之涟漪。明月千里寄相思，月色如霜的秋夜更是如此。“疑是地上霜”中的“疑”字生动地表达了诗人如梦初醒，神色迷离间将照射在床前清冷的月光误以为地面白霜。而“霜”字则用得更妙，既描写了月的皎洁，又透出了时令的寒意，还烘托出诗人他乡飘泊的孤独寂寥之心情。诗的后两句则是通过动作、神态的刻画，深化思乡之情。“望”照应前句的“疑”，表达诗人已从迷蒙中渐渐清醒，抬头凝望着月亮，低头不禁想起同一轮明月照耀下的故乡。于是自然引出了“低头思故乡”的结句。“低头”这一动作描画出诗人转入沉思之中，而一个“思”字又给读者留下无尽联想：诗人家乡的亲人，家乡的一山一水、一草一木，还有那逝去的年华与往事……无不在思念之中。一个“思”字所包含的内容实在太丰富了。

这首诗既没有新颖奇特的想象，也没有精美华丽的辞藻；有的只是平易叙述，写客居异地的思乡之情，然而却意味深长、引人沉思。从"疑"到"举头"，从"举头"到"低头"，形象地揭示了诗人内心活动，鲜明地勾勒出一幅生动形象的月夜思乡图。短短四句诗写得清新朴素，明白如话。其内容纯粹而丰富，体味不尽。诗人所没有说出的比他已经说出来的要多得多。其构思细致而深沉，却又是脱口吟成、浑然天成。从这里，读者不难领会到诗仙李白绝句的"自然"，"无意于工而无不工"的妙境。

二、诗圣杜甫

杜甫(712—770)，字子美，我国文学史中伟大的现实主义诗人，与李白合称"李杜"，被后世尊称为"诗圣"。杜甫"诗圣"这样的誉称不仅仅是因为他文学造诣极高，留下了众多流传至今的绝妙诗歌，最重要的是他的诗文中有许多作品都流露出了他悲天悯人、心怀苍生的思虑与情操。明朝中期，武宗之时，白沙学派的盟主陈献章在《随笔》之六中曰："子美诗之圣，尧夫更别传。后来操翰者，二妙少能兼。"陈献章在当时的明朝诗坛地位很高，正是他的评价，赋予杜甫以"诗圣"之尊称，从此，"诗圣"杜甫算是正式称名。杜甫笃信儒学，把济世苍生作为自己的信条，孜孜不倦，终其一生。儒家信奉"穷则独善其身，达者兼济天下"，而杜甫则信奉"兼济天下"。杜甫有着艰难困苦的仕途经历，一直活跃于社会的底层，他的诗歌心系苍生之疾苦、朝廷之危难，直陈时弊，体察民情，饱含深沉的忧患意识。

诗圣杜甫的代表作有《望岳》《春望》《登高》《蜀相》《绝句》《春夜喜雨》《江畔独步寻花》《潼关吏》《石壕吏》《新安吏》《垂老别》《无家别》《新婚别》《茅屋为秋风所破歌》《兵车行》等，杜甫约有1500首诗歌被保留了下来，大多集于《杜工部集》。如：

春夜喜雨

(唐)杜甫

好雨知时节，当春乃发生。
随风潜入夜，润物细无声。
野径云俱黑，江船火独明。
晓看红湿处，花重锦官城。

A Timely Rain on a Spring Night

By Du Fu

Good rain knows the proper time;
It comes the moment spring arrives.
Along with breeze it sneaks in night,
Quietly nourishing things back to life.
Over wild lanes clouds gather overhead;
A boat on the river looms lone light.
Dawn sees the moist flowers red,
The city is decked a beautiful sight.

(张琼 译)

《春夜喜雨》是诗圣杜甫于公元 761 年(唐肃宗上元二年)春天在成都浣花溪畔的草堂时写的。此时杜甫因陕西旱灾来到四川定居已有两年。他亲自耕作，种菜养花，与农民交往，因而对春雨之情很深，写下了这首描写春夜降雨、润泽万物的美景的诗歌，抒发了诗人的喜悦之情，赞美了春夜细雨的无私奉献品质。文章中虽没有一个“喜”字，但处处洋溢着作者的喜。

这首诗的行文思路：盼雨—听雨—看雨—想雨。诗歌一开头(首联）就用一个“好”字赞美“雨”。生活中，“好”常常被用来赞美那些做好事的人。这里用“好”赞美雨，自然引起读者关于做好事的人的联想。接下来，诗人将雨拟人化，说它“知时节”，好在适时。第二联（颔联），雨之所以“好”，就好在“润物”，那个“好”字得以落实。“随风潜入夜，润物细无声。”这仍然用的是拟人化手法。这两句也是名句，常常用来比喻无微不至的关爱与和风细雨的教诲。“潜入夜”和“细无声”相配合，不仅表明那雨是伴随和风而来的细雨，而且表明那雨有意“润物”，而无意讨“好”，选择了一个不妨碍人们工作和劳动的时间点悄然而来，在人们酣睡的夜晚无声无息地下。雨这样“好”，就希望它下多下够，下个通宵。倘若只下一会儿就云散天晴，那“润物”就很不彻底。诗人抓住这一点，写了第三联（颈联）。尾联写的是想象中的情景。如此“好雨”下上一夜，万物就都得到润泽，繁荣滋长起来。这首诗写的是“雨”，诗人敏锐地抓住这场雨的特征，从各个方面进行描摹。前两句写了下雨的季节，直接赞美了这场雨的及时。雨仿佛知晓人们的心思，在最需要的时候悄然来临。后面六句集中写了“夜雨”。野外一片漆黑，只有一点渔火若隐若现。诗人于是兴奋地猜测：待到天明，锦官城里应该是一片万紫千红吧。诗中没有一个“喜”字，但从“潜”“润”“细”“湿”等字，都体现着诗人的喜悦之情。这首《春夜喜雨》不仅切夜、切春，而且写出了典型春雨的“好雨”之高尚品格，表现了诗圣心怀苍生、悲天悯人的高尚人格和情操。又如：

闻官军收河南河北

（唐）杜甫

剑外忽传收蓟北，初闻涕泪满衣裳。

却看妻子愁何在，漫卷诗书喜欲狂。

白日放歌须纵酒，青春作伴好还乡。

即从巴峡穿巫峡，便下襄阳向洛阳。

Recapture of the Regions North and South of the Yellow River

By Du Fu

'Tis said the Northern Gate is recaptured of late;
When the news reach my ears, my gown is wet with tears
Staring at my wife's face, of grief I find no trace;
Rolling up my verse books, my joy like madness looks.
Though I am white-haired, still I'd sing and drink my fill,
With verdure spring's aglow, 'tis time we homeward go
We shall sail all the way through Three Gorges in a day,
Going down to Xiangyang, we'll come up to Luoyang.

（许渊冲 译）

本诗写的是诗圣杜甫忽闻叛乱已平，急于奔回老家的喜悦，抒发了诗人无法抑制的胜利喜悦与还乡快意，表现了诗人真挚的爱国情怀和高尚的精神境界。“剑外忽传收蓟北”，起势迅猛，恰切地表现了捷报传来的突然。诗人多年飘泊“剑外”，备尝艰苦，故乡不能回，就是由于“蓟北”未收，安史之乱未平。如今“忽传收蓟北”，惊喜的洪流一下子冲开了郁积已久的情感闸门，诗人心中浪涌涛翻。“初闻涕泪满衣裳”，“初闻”紧承“忽传”，“忽传”表达捷报来得太突然，“涕泪满衣裳”则以形传神，表现突然传来的捷报在“初闻”的一刹那所激发的感情波涛，这是喜极而悲、悲喜交集的真实表现。“蓟北”已收，战乱将息，乾坤疮痍、黎民疾苦都将得到疗救，诗人颠沛流离、感时恨别的苦日子总算熬过来了。然而痛定思痛，诗人回想八年来熬过的重重苦难，又不禁悲从中来，无法压抑。可是，这一场浩劫终于像噩梦一般过去了，诗人可以返回故乡了，人们将开始新的生活，于是又转悲为喜，喜不自胜。这“初闻”捷报之时的心理变化、复杂感情，诗人着墨不多，只“涕泪满衣裳”五个字便形象地概括了这一切。

第二联以转作承，落脚于“喜欲狂”，此乃惊喜之更高峰。紧接“却看妻子”“漫卷诗书”两个连续性的动作。诗人悲喜交集，“涕泪满衣裳”之时，自然想到多年来同受苦难的妻子儿女。“却看”这个动作极富意蕴，诗人似乎想向家人说些什么，但又不知从何说起。其实，无需说什么了，多年笼罩心头的愁云不知跑到哪儿去了，一句妻儿的欢欣衬托了诗人的欣喜之情。

“白日放歌须纵酒，青春作伴好还乡”紧承上联，进一步从生活细节上细致地刻画了诗人的狂喜。诗人已到了老年，难得“放歌”，也不宜“纵酒”；如今既要“放歌”，还须“纵酒”，正是“喜欲狂”的具体表现。这句写“狂”态，下句则写“狂”想。“青春”指春天的景物，春天已经来临，在鸟语花香中与妻子儿女们“作伴”，正好“还乡”。

“青春作伴好还乡”是诗人的联想，身在梓州，顷刻间就已回到家乡。诗人的惊喜达到高潮，全诗也至此结束。这一联包含四个地名：“巴峡”与“巫峡”，“襄阳”与“洛阳”，既各自对偶(句内对)，又前后对偶，形成工整的地名对；而用“即从”“便下”使两句紧连，一气贯注，形成活泼灵动的流水对。再加上“穿”“向”的动态与两“峡”两“阳”的重复，文通气贯，语调铿锵，迅急有如闪电，准确地表现了诗人想象的飞驰。“巴峡”“巫峡”“襄阳”“洛阳”这四个地方之间相距较远，而用“即从”“穿”“便下”“向”贯串起来，就出现了“即从巴峡穿巫峡，便下襄阳向洛阳”的疾速飞驰的画面，一个接一个地从读者眼前一闪而过。这里需要指出的是：诗人既展示想象，又描绘实境。从“巴峡”到“巫峡”，峡险而窄，舟行如梭，所以用“穿”；出“巫峡”到“襄阳”，顺流急驶，所以用“下”；从“襄阳”到“洛阳”，已换陆路，所以用“向”，诗圣用词高度精准。

许渊冲译文主要的音韵效果体现在行内元韵。

三、诗佛王维

王维(701—761)，字摩诘。盛唐时期的著名山水诗人，后人亦称王维为“诗佛”，此称谓不仅是因为王维诗歌中的佛教意味和他的宗教倾向，更表达了后人对王维在唐朝诗坛崇高地位的肯定。苏东坡曾说：“味摩诘之诗，诗中有画，观摩诘之画，画中有诗。”

诗佛王维代表作有《九月九日忆山东兄弟》《相思》《山居秋暝》《鸟鸣涧》《鹿柴》《竹里馆》《终南别业》《使至塞上》《送元二使安西》《画》《杂诗》等，王维存诗400余首，收录于《王右丞集》。如：

鸟鸣涧

（唐）王维

人闲桂花落，夜静春山空。
月出惊山鸟，时鸣春涧中。

The Warble Ravine

In quiet hear how bay-flowers fall to the ground—
The vernal hills at night are void around!
At times the birds are startled by the moon,
Whose climb is heard in the dale with a warbling tune.

（王宝童 译）

此诗描绘山间春夜幽静而美丽的景色，侧重于表现夜间春山的宁静幽美。全诗旨在写静，却以动景处理，这种反衬的手法极见诗人的禅心与禅趣。“人闲桂花落，夜静春山空”便以声写景，巧妙地采用了通感的手法，将“花落”这一动态情景与“人闲”结合起来。花开花落都属于天籁之音，唯有心真正闲下来，放下对世俗杂念的执著迷恋，才能将个人的精神提升到一个“空”的境界。诗的背景是“深夜”，诗人显然无法看到桂花飘落的景致，但正因为“夜静”，更因为观景人的“心静”，所以他还是感受到了盛开的桂花从枝头飘然而落的整个过程。而我们也似乎进入了“香林花雨”的胜景。此处的“春山”还给我们留下了想象的空间，因是“春山”，可以想见白天的喧闹画面：春和日丽、鸟语花香、欢声笑语。而此时，夜深人静，游人离去，白天的喧闹消失殆尽，山林也空闲了下来，其实“空”的还有诗人作为禅者的心境。唯其心境洒脱，才能捕捉到常人无法感受的情境。末句“月出惊山鸟，时鸣春涧中”便是以动写静，“惊”“鸣”看似打破了夜的静谧，实则用声音反衬了山里的幽静与闲适：月亮从云层中钻了出来，静静的月光倾泻下来，几只鸟儿从睡梦里苏醒过来，时不时一声呢喃，和着春天山涧小溪潺潺的流水声，这座寂静山林跃然浮现在读者眼前，与王籍“蝉噪林逾静，鸟鸣山更幽”有异曲同工之妙。

鹿柴

(唐)王维

空山不见人，但闻人语响。
返景入深林，复照青苔上。

Luzhai, a Tranquil Village

By Wang Wei

The mountain sees no man in sight,
But simply echoes some human voices.
The forest shields against the sunlight
That reflects on the ground with mosses.

(张琼 译)

王维特别喜欢用“空山”这个词语，但在不同的诗里，它所表现的境界却有区别。“空山新雨后，天气晚来秋”(《山居秋暝》)侧重于表现雨后秋山的空明洁净；“人闲桂花落，夜静春山空”(《鸟鸣涧》)侧重于表现夜间春山的宁静幽美；而“空山不见人”则侧重于表现山的空寂清冷。由于杳无人迹，这并不真空的山在诗人的感觉中显得空廓虚无，宛如太古之境。“不见人”把“空山”的意蕴具体化了。

王维是诗人、画家兼音乐家。这首诗正体现出诗、画、乐的结合。无声的静寂、无光的幽暗，一般人都易于觉察；但有声的静寂、有光的幽暗，则较少为人所注意。诗人正是以他特有的画家、音乐家对色彩、声音的敏感，才把握住了空山人语响和深林入返照的一刹那间所显示的特有的幽静境界。这种充满禅意的诗境正是诗佛王维禅定的心境。

四、诗魔白居易

白居易(772—846)，字乐天，号香山居士，又号醉吟先生，祖籍山西太原，是唐代伟大的现实主义诗人，唐代三大诗人之一。白居易与元稹共同倡导新乐府运动，世称“元白”，与刘禹锡并称“刘白”。白居易的诗歌题材广泛、形式多样，语言平易通俗，有“诗魔”和“诗王”之称。他写诗非常刻苦，他写的诗中有“酒狂又引诗魔发，日午悲吟到日西”的诗句。后人便以“诗魔”称之。

花非花

(唐)白居易

花非花，雾非雾。夜半来，天明去。
来如春梦几多时？去似朝云无觅处。

A Flower in the Haze

By Bai Juyi

In bloom, she’s not a flower;
Hazy, she’s not a haze.
She comes at midnight hour;

She goes with starry rays.
She comes like vernal dreams that cannot stay;
She goes like morning clouds that melt away.
（许渊冲 译）

《花非花》是唐代诗人白居易所写的一首杂言古诗。此诗表达对人生如梦幻泡影、如雾亦如电的感慨，表现出一种对于生活中存在过而又消逝了的美好的人与物的追念、惋惜之情。全诗由一连串的比喻构成，描述隐晦而又真实，朦胧中又有节律整饬与错综之美，是情诗的一首佳作。后人曾谱为曲子，广为流传。

首二句“花非花，雾非雾”先就给人一种捉摸不定的感觉，有魔术变幻的意味。“非花”“非雾”均系否定，却包含一个不言而喻的前提：似花、似雾。因此可以说，这是两个灵巧的比喻。苏东坡似从这里获得一丝灵感，写出了“似花还似非花，也无人惜从教坠”（《水龙吟》）的名句。苏词所咏为杨花柳絮，而白诗所咏何物未尝显言。但是，从“夜半来，天明去”的叙写，可知这里取喻于花与雾，在于比方所咏之物的短暂易逝，难持长久。

单看“夜半来，天明去”，颇使读者疑心是在说梦。但从下句“来如春梦”四字可见又不然了。“梦”原来也是一比。这里“来”“去”二字，在音情上有承上启下作用，由此生发出两个新鲜比喻。“夜半来”者春梦也，春梦虽美却短暂，于是引出一问：“来如春梦几多时？”“天明”见者朝霞也，云霞虽美却易幻灭，于是引出一叹：“去似朝云无觅处。”

此诗运用三字句与七字句轮换的形式（这是当时民间歌谣三三七句式的活用），兼有节律整饬与错综之美，极似后来的小令。所以后人竟采此诗句法为词调，而以“花非花”为调名。词对五七言诗在内容上的一大转关就在于更倾向于人的内在心境的表现。在这点上，此诗也与词相近。这种“诗似小词”的现象出现在唐代较早从事词体创作的诗人白居易笔下，原是很自然的。又如：

忆江南

(唐)白居易

江南好，

风景旧曾谙：

日出江花红胜火，

春来江水绿如蓝。

能不忆江南？

Dreaming of the Southern Shore

By Bai Juyi

Southern shore is fine

With scenes impressed on my mind.

At sunrise the flowers at the riverside seem afire,

In spring river water blue as sapphire.

How can I not admire?

(张琼 译)

诗人在这首词中赞美了江南秀丽的风光：江南是多么好啊！那里的风景我非常熟悉。太阳一出来，照得江边的野花红得像火一样，春天的江水绿得又似蓝草。再如：

大林寺桃花

(唐)白居易

人间四月芳菲尽，山寺桃花始盛开。

长恨春归无觅处，不知转入此中来。

Peach Blossoms in the Temple of Great Forest

By Bai Juyi

All flowers in late spring have fallen far and wide,
But peach blossoms are full-blown on in the mountainside.
I oft regret spring's gone without leaving its trace;
I do not know it's come up to adorn this place.

（许渊冲 译）

前两句是写诗人登山时间是春季的第二个月，正是大地春去、百花落尽的时候。但没想到在高山古寺之中，又遇上了意想不到的春景。后两句写诗人想到自己曾因为惜春、恋春，以致怨恨春去的无情，但想不到却是错怪了春，原来春并未远去，只不过是像一顽皮的小孩，偷偷地躲到这块地方来了。

五、诗杰王勃

王勃(约650—约676)，字子安，汉族，唐代诗人。出身儒学世家，与杨炯、卢照邻、骆宾王并称为“初唐四杰”。王勃是四杰之首，其诗流利婉畅，宏放浑厚，独具一格，人称“诗杰”。王勃出名很早，年仅十四岁时，便已经写下了千古名篇《滕王阁序》。在《滕王阁序》这一文章当中，“落霞与孤鹜齐飞，秋水共长天一色”成为千古名句，受到后人的万千敬仰，是许许多多文学家的标杆。

落霞与孤鹜齐飞，秋水共长天一色。

Sunset clouds co-fly with a solo duck on high,
Rosy sky and water merge in one hue nigh.

（张琼 译）

王勃之所以被称为“诗杰”，除了《滕王阁序》这一名篇之外，还有《送杜少府之任蜀州》一诗，诗中的“海内存知己，天涯若比邻”，成了千百年来人们送别自己的朋友时必说的一句祝词。也因为如此，使得人们深深地记住了“诗杰”王勃：

送杜少府之任蜀州

(唐)王勃

城阙辅三秦，风烟望五津。
与君离别意，同是宦游人。
海内存知己，天涯若比邻。
无为在歧路，儿女共沾巾。

Farewell to Prefect Du

By Wang Bo

You'll leave the town walled far and wide
For mist-veiled land by riverside.
I feel on parting sad and drear
For both of us are strangers here
If you have friends who know your heart,
Distance cannot keep you apart.
At crossroads where we bid adieu;
Do not shed tears as women do!

(许渊冲 译)

此诗是送别诗的名作，诗意慰勉勿在离别之时悲哀。首联对仗工整，颔联以散调承之，以实转虚，文情跌宕。颈联“海内存知己，天涯若比邻”，奇峰突起，高度地概括了“友情深厚，江山难阻”的情景，伟词自铸，传之千古，有口皆碑。尾联点出“送”的主题。全诗开合顿挫，气脉流通，意境旷达，音调明快爽朗，语言清新高远，内容独树碑石。此诗一洗往昔送别诗中悲苦缠绵之态，体现出诗人高远的志向、豁达的情趣和旷达的胸怀。

六、诗狂贺知章

贺知章(约659—约744)，字季真，晚年自号四明狂客，唐代著名诗人、书法家，越州永兴(今浙江萧山)人。为人旷达不羁，有“清谈风流”之誉，晚年尤纵。八十六岁告老还乡，旋逝。与张若虚、张旭、包融并称“吴中四士”。贺知章诗文以绝句见长，除祭神乐章、应制诗外，其写景、抒怀之作风格独特，清新潇洒，著名的《咏柳》《回乡偶书》两首脍炙人口，千古传诵，作品大多散佚，今尚存录入《全唐诗》共19首。如：

咏柳

(唐)贺知章

碧玉妆成一树高，万条垂下绿丝绦。
不知细叶谁裁出，二月春风似剪刀。

Ode to the Willow

By He Zhizhang

The willow tree is dressed in jade green
With myriads of gentle twigs dancing free.
I wonder who has cut the fine leaves?
Oh, the tailor is the early spring breeze.

(张琼 译)

这首诗的结构独具匠心，先写对柳树的总体印象，再写到柳条，最后写柳叶，由总到分，井然有序。借柳树歌咏春风，借剪刀隐喻春风，说她是美的创造者，赞美她裁出了春天的衣裳。诗中洋溢着人适逢早春的欣喜之情，语言晓畅华美。又如：

回乡偶书

(唐)贺知章

少小离家老大回，乡音无改鬓毛衰。
儿童相见不相识，笑问客从何处来。

A Whim Poem on Going Back to My Hometown

By He Zhizhang

I come back to my hometown that I left young;
My hair turns grey but I keep the native tongue.
The kids I meet cannot recognize me,
"Where are you from? Sir!" they greet.

(张琼 译)

这是一首久客异乡，缅怀故里的感怀诗。一二句平平似拉家常，三四句却似峰回路转，别有境界。后两句的妙处在于背面敷粉，了然无痕：虽写哀情，却假借欢乐场面表出；虽为写己，却要从儿童一面翻出。所写儿童问话的场面极其富于生活情趣，纵然读者不为诗人久客伤而老之情所感染，也不能不被这一饶有趣味的生活情景所打动。诗中运用了三种对比关系：通过少小离家与老大回乡的对比，以突出离开家乡时间之长；通过乡音难改与鬓毛易衰的对比，以突出人事变化速度之快；通过白发衰翁与天真儿童的对比，委婉含蓄地表现了诗人回乡欢愉之情和人世沧桑之感，并且将这两种迥然不同的情感水乳交融地糅合在一起。全诗采用白描手法，在自然朴素的语言中蕴藏着一片真挚深厚的感情。读之如饮醇醪，入口清淡，实则后劲无穷。

七、诗骨陈子昂

陈子昂(661—702)，字伯玉，唐朝梓州射洪(今四川省射洪市)人。唐代文学家、诗人，初唐诗文革新人物之一。其诗词意激昂、风格高峻，大有“汉魏风骨”，被誉为“诗骨”。方回在《瀛奎律髓》中说道：“陈拾遗子昂，唐之诗祖也。”故陈子昂有“唐诗诗祖”之称。因曾任右拾遗，后世称为陈拾遗。其存诗共100多首，其中最有代表性的是《感遇》诗38首，《蓟丘览古赠卢居士藏用》7首和《登幽州台歌》。如：

登幽州台歌

(唐)陈子昂

前不见古人，后不见来者。
念天地之悠悠，独怆然而涕下！

On Climbing Youzhou Tower

By Chen Zi’ang

Seeing no sages of the past,
Nor future virtuous forecast,
Heaven and earth are vast;
Alone, I shed tears from my heart.

(张琼 译)

这首诗并未对幽州台作一字描写，全诗只是登台的感慨，却成为千古名篇。诗篇风格明朗刚健，是具有“汉魏风骨”的唐代诗歌的先驱之作。在艺术上，其意境雄浑，视野开阔，使得诗人的自我形象更加鲜亮感人。全诗语言奔放，富有感染力，虽然只有短短四句，但在人们面前展现了一幅境界雄浑、浩瀚空旷的艺术画面。诗的前三句粗笔勾勒，以浩茫宽广的宇宙天地和沧桑易变的古今人事作为深邃、壮美的背景加以衬托。第四句饱蘸感情，凌空一笔，使抒情主人公——诗人慷慨悲壮的自我形象站到了画面的主位上，画面顿时神韵飞动、光彩照人。从结构脉络上说，前两句是俯仰古今，写出时间的绵长；第三句登楼眺望，写出空间的辽阔无限；第四句着意诗人孤单悲苦的心绪。这样前后相互映照，动人心魄。

八、诗隐孟浩然

孟浩然(689—740)，名浩，字浩然，号孟山人，襄州襄阳(今湖北襄阳)人，唐代著名的山水田园派诗人，世称“孟襄阳”。因他未曾入仕，又称之为“孟山人”。盛唐山水田园诗派的第一人，“兴象”创作的先行者。孟浩然被喻为“诗隐”，一方面在于他是一个隐士(虽然内心有仕途渴望)，过着隐居生活；另一方面在于他写的山水田园诗清新淡泊，意趣隐逸。李白对他仰慕至极，在《赠孟浩然》一诗中，开篇就表白：“吾爱孟夫子，风流天下闻。”

过故人庄

(唐)孟浩然

故人具鸡黍，邀我至田家。
绿树村边合，青山郭外斜。
开轩面场圃，把酒话桑麻。
待到重阳日，还来就菊花。

Visiting an Old Friend's Cottage

By Meng Haoran

An old friend has prepared chicken and food
And invited me to his cottage hall.
The village is surrounded by green wood;
Blue mountains slant beyond the city wall.
The window opened, we face field and ground,
And cup in hand, we talk of crops of grain.
When the Double Ninth Festival comes round,
I'll come for chrysanthemums again.

(许渊冲 译)

这是孟浩然最著名的一首田园诗。他把到朋友农庄做客吃饭一事，写得情深意浓，诗味盎然。诗中描写农家恬静闲适的生活情景，也写老朋友的情谊。全诗十分押韵，诗由“邀”到“至”到“望”又到“约”一路写去，自然流畅。语言朴实无华，意境清新隽永。全诗描绘了美丽的山村风光和平静的田园生活，写出作者对这种生活的向往，用语平淡无奇，叙事自然流畅，没有渲染雕琢的痕迹，然而感情真挚、诗意醇厚，有“清水出芙蓉，天然去雕饰”的美学情趣，从而成为自唐代以来田园诗中的佳作。

九、诗奴贾岛

贾岛(779—843)，字阆仙，今河北涿州人，唐代诗人。与孟郊同以苦吟著名，有“推敲”的典故流传，有“诗奴”之称，苏轼有“郊寒岛瘦”之说，代表作有《剑客》《题诗后》等。贾岛留下不少经典诗句。“一日不作诗，心源如废井”出自其《戏赠友人》，意为一天不写诗词，就会觉得自己的内心像废弃的井一样干枯。“二句三年得，一吟双泪流”出自其《题诗后》，这句话说明了写诗词推敲字句的情况，每一句都需要仔细斟酌。“绝顶人来少，高松鹤不群”出自其《宿山寺》，意为山顶历来都游人稀少，高山上的松柏也鹤立鸡群。“鸟宿池边树，僧敲月下门”出自其《题李凝幽居》，这两句诗描写了夜来人静，鸟儿栖居在池塘边的树上，僧人月下归来轻轻敲叩寺门的情景。后人常引用这两句诗，或证“推敲”之必要，或写幽静的境界。“只在此山中，云深不知处”出自其《寻隐者不遇》。

题李凝幽居

（唐）贾岛

闲居少邻并，草径入荒园。
鸟宿池边树，僧敲月下门。
过桥分野色，移石动云根。
暂去还来此，幽期不负言。

贾岛，人称“诗奴”，因为他是苦吟诗人，是唐诗中的精神奴隶。他最大的特点就是抠字眼——炼字。《题李凝幽居》是他作为“诗奴”的代表作，而“僧敲月下门”是他作为“诗奴”的名句。当时，贾岛对“推”还是“敲”苦吟未决，便在驴背上继续吟诵，伸手做着推和敲的动作。这时，京兆尹韩愈正带车马出巡，贾岛不知不觉，直走到韩愈仪仗队前，还在不停地做推敲的手势，于是就被侍从推搡到韩愈面前。贾岛遂将酝酿诗句，“推”“敲”没定，不知道要回避的情况详细解释。韩愈不但没有责怪他，反而停下车马思考了一会，说：“用‘敲’字好。”《题李凝幽居》的英语参考译文如下：

On Li Ning's Secluded Residence

By Jia Dao

Few neighbors come as you live leisurely here;
A path in weeds leads to a wasted garden near.
Birds roosting in poolside trees in a quiet state,
A monk's knocking at the moonlit temple gate.
The bridge's other side is another rural sight:
Rocks moving as the cloud-roots floating slight①.
I'll be back though I'm leaving for the time being
To be hermits with you as we've been agreeing.

(吴伟雄 译)

Note：①据"英诗词法"，副词词尾可以不加"ly"（齐燕铭，2008：243）。

寻隐者不遇

（唐）贾岛

松下问童子，言师采药去。
只在此山中，云深不知处。

For an Absent Recluse

By Jia Dao

I ask your lad 'neath a pine tree.
"My master's gone for herbs," says he.
You hide amid the mountains proud,

I know not where deep in the cloud.

(许渊冲 译)

贾岛是以“推敲”两字出名的苦吟诗人。一般认为他只是在用字方面下工夫，其实他的“推敲”不仅着眼于锤字炼句，在谋篇构思方面也是同样煞费苦心的。这首诗就是一个例证。“松下问童子，言师采药去。”这首诗的前两句是说，苍松下，我询问了年少的学童；他说，师傅已经采药去了山中。这首诗的特点是寓问于答。“松下问童子”，必有所问，而这里把问话省去了，只从童子所答“师采药去”这四个字可见当时松下所问的是“师往何处去”。“只在此山中，云深不知处。”诗的后两句是说，他还对我说：就在这座大山里，可是林深云密，不知他的行踪。在这里又把“采药在何处”这一问句省略掉，而以“只在此山中”的童子答词，把问句隐括在内。最后一句“云深不知处”又是童子答复采药究竟在山前、山后、山顶、山脚的问题。

这首诗中，明明三番问答，至少须六句方能表达的，贾岛采取了以答句包含问句的手法，精简为二十字。这种“推敲”就不在一字一句间了。然而，这首诗的成功不仅在于简练，单言繁简还不足以说明它的妙处。诗贵善于抒情。这首诗的抒情特色是在平淡中见深沉。一般访友，问知他出，也就自然扫兴而返了。但这首诗中，一问之后并不罢休，又继之以二问三问，其言甚繁，而其笔则简，以简笔写繁情，益见其情深与情切。而且这三番答问逐层深入，表达感情有起有伏。“松下问童子”时，心情轻快，满怀希望；“言师采药去”，答非所想，一坠而为失望；“只在此山中”，在失望中又萌生了一线希望；及至最后一答：“云深不知处”，就怅然若失、无可奈何了。

诗的抒情凭借着艺术形象，讲究色调。从表面看，这首诗似乎不着一色，白描无华，是淡妆而非浓抹。其实它的造型自然，色彩鲜明，浓淡相宜。郁郁青松，悠悠白云，这青与白，这松与云，它们的形象与色调恰和云山深处的隐者身份相符。而且未见隐者先见其画，青翠挺立中隐含无限生机；而后却见茫茫白云，深邃杳霭，捉摸无从。造型的递变，色调的调和，映衬出作者情感与物的转移。诗中隐者采药为生，济世活人，是一个真隐士，所以贾岛对他有高山仰止的钦慕之情。诗中白云显其高洁，苍松赞其风骨，写景中也含有比兴之义。惟其如此，钦慕而不遇，就更突出其怅惘之情了。另外，作者作为一个封建社会的知识分子，为何离开繁华的都市，跑到这超尘绝俗的青松白云之间来“寻隐者”，个中缘由也是耐人寻味、引人遐想。

十、诗鬼李贺

李贺(约公元790—约817)，字长吉，是“长吉体诗歌开创者”。李贺的诗作想象极为丰富，经常应用神话传说来托古寓今，所以后人常称他为“鬼才”“诗鬼”，创作的诗文为“鬼仙之辞”，是与“诗圣”杜甫、“诗仙”李白、“诗佛”王维齐名的唐代著名诗人 。留下了“黑云压城城欲摧”“雄鸡一声天下白”“天若有情天亦老”等千古佳句。

雁门太守行

(唐)李贺

黑云压城城欲摧，甲光向日金鳞开。
角声满天秋色里，塞上燕脂凝夜紫。
半卷红旗临易水，霜重鼓寒声不起。
报君黄金台上意，提携玉龙为君死。

Defense of the Wild Geese Gate

By Li He

Dark clouds threaten the town, its walls risk to be worn;
Defender's sunlit armour glitters like scales bright.

The sky in autumn hue is loud with blowing horn;
The rouge-congealed frontier dissolves in purple night.
Our half-unfurled red flags come to shivering stream;
Laden with heavy frost, cold drumbeats can't rise high.
We'd do our best to realize our lord's golden dream,
Jade-dragon sword in hand, we're not afraid to die.

(许渊冲 译)

中唐时期藩镇割据，战火连绵，从未终止。关心着国家命运的诗人李贺自然关心各地的战事，当他离开京城，离开风光秀丽的家乡，到潞州一带，到了雁门时，写下了这首传诵千古的著名诗篇。李贺这首诗几乎句句都有鲜明的色彩，其中如金色、胭脂色和紫红色，非但鲜明，而且浓艳，它们和黑色、秋色、玉白色等交织在一起，构成色彩斑斓的画面。诗人就像一个高明的画家，特别善于着色，以色示物，以色感人，不只勾勒轮廓而已。他写诗绝少运用白描手法，总是借助想象给事物涂上各种各样新奇浓重的色彩，有效地显示了它们的多层次性。有时为了使画面变得更加鲜明，他还把一些性质不同甚至互相矛盾的事物揉合在一起，让它们并行错出，形成强烈的对比。例如用压城的黑云暗喻敌军气焰嚣张，借向日之甲光显示守城将士雄姿英发，两相比照，爱憎分明。李贺的诗篇不只奇诡，而且妥帖。奇诡而又妥帖，是他诗歌创作的基本特色。这首诗用浓艳斑驳的色彩描绘悲壮惨烈的战斗场面，可算是奇诡的了；而这种色彩斑斓的奇异画面却准确地表现了特定时间、特定地点的边塞风光和瞬息变幻的战争风云，又显得很妥帖。惟其奇诡，愈觉新颖；惟其妥贴，则倍感真切；奇诡而又妥帖，从而构成浑融蕴藉、富有情思的意境。

第五节　且从英诗分类，赏析异国诗情

英语诗歌按内容可分为抒情诗(lyrical poems)、叙事诗(narrative poems)、戏剧诗(dramatic poems)等。抒情诗包括韵文(songs)、颂诗(odes)、挽诗(elegy)等；史诗(epics)、民谣(ballads)多是叙事诗，戏剧诗多是素体诗(blank verse)。英语诗歌按韵律可分为格律诗(metrical poems)、素体诗(blank verse)、自由诗(free verse)等。下面赏析其中几种诗歌体裁。

一、民谣(Ballad)

英国民谣(ballad)是一些简短的叙事诗，情节单纯、富有戏剧性，通常由一串简单的场景或者长故事的片断组成，不作平铺直叙，很少细腻的描写和道德说教。英国民谣起源于12、13世纪，兴盛于14、15世纪，复兴于18、19世纪，它以自身古朴率真的特色流传于世，同时又受到启蒙运动与浪漫主义的影响。英国民谣中的自由主义和人性化对诗歌产生了重要影响。民谣有歌咏的性质，有音乐的配和，有的还与民间舞蹈有关(民谣一词ballad即来自法文词baller，意为“跳舞”)。

民谣体最常见的一种形式是每四行为一个诗节(stanza)，第一行和第三行各有四个音步，第二行和第四行各有三个音步并且押韵，每行诗的格律一般都采用抑扬格(iambic)，即每个音步由一轻一重两个音节构成。英国民谣经常采用叠句和重复来增强音乐效果、抒发情感和表现主题，获得一种戏剧性的张力，适合音乐伴唱。民谣题材多样，包括历史事件、民间传说以及日常生活中发生的故事。民谣中用了大量的比喻等修辞手段，生动形象，令人过耳不忘。

A Red，Red Rose

By Robert Burns

O my luve is like a red, red rose,
That's newly sprung in June;
O my luve is like the melodie,
That's sweetly played in tune.

As fair thou art, my bonie lass,
So deep in luve am I;
And I will luve thee still, my dear,

Till a' the seas gang dry.
Till a' the sea gang dry, my dear,
And the rock melt wi' the sun;
And I will luve thee still, my dear,
While the sands o' life shall run.

And fare thee weel, my only luve,
And fare thee weel a while;
And I will come again, my luve,
Tho' it were ten thousand mile!

红红的玫瑰

罗伯特·彭斯

啊，我爱人像红红的玫瑰，
它在六月里初开，

啊，我爱人像一支乐曲，
美妙地演奏起来。

你是那么美，漂亮的姑娘，
我爱你那么深切；
我要爱你下去，亲爱的，

一直到四海枯竭。
一直到四海枯竭，亲爱的，
到太阳把岩石烧裂！
我要爱你下去，亲爱的，
只要是生命不绝。

再见吧——我唯一的爱人，
我和你小别片刻；
我要回来的，亲爱的，
即使万里相隔！
（袁可嘉译）

A Red，*Red Rose* 是罗伯特·彭斯(Robert Burns，1759—1796)的抒情短诗，是歌颂爱情的名篇，常被翻译为《一朵红红的玫瑰》。这首诗保持着民谣自然、流畅、可咏可诵的特点。罗伯特·彭斯以爱情诗称著文坛，这首是集多首苏格兰民谣加工而成的精品，发表于1796年。首先用巧妙的比喻手法。“红红玫瑰”和“甜美歌曲”源于生活，生动具体，鲜明朴实，如滴珠露，如粘泥土，呈现一个清新脱俗的农家少女的形象。接着，诗人抒发激情。先直抒胸臆，再借用“海枯石烂”的意象，将大海、太阳、岩石等自然界恒久不变的形象作为喻体，表达心底的真情，使意境更宏大、庄严、古朴。诗人以不可能出现的条件为分手的前

提，表达了永不变心的坚贞情意。意境独特之处：由微观转向宏观，即由眼前玫瑰转向无垠大海，呈现出一条漫长曲折的永恒之路。

二、十四行诗(Sonnet)

十四行诗，又译“商籁体”，为意大利文 sonetto，英文 sonnet、法文 sonnet 的音译。是欧洲一种格律严谨的抒情诗体。最初流行于意大利，彼特拉克的创作使其臻于完美，又称“彼特拉克体”，后传到欧洲各国。

(一)彼特拉克体十四行诗(The Petrarchan Sonnet)

彼特拉克的十四行诗形式整齐、音韵优美，以歌颂爱情、表现人文主义思想为主要内容。每首分成两部分：前一部分由两段四行诗组成，后一部分由两段三行诗组成，即按四、四、三、三编排。其押韵格式为 abba，abba，cde，cde 或 abba，abba，cdc，dcd 以及 abba，abba，cdc，cdc 等，前八行称为吻韵，亦称包韵，后六行韵式称为链韵；每行诗句十一个音节，通常用抑扬格。十四行诗形象生动、结构巧妙，音乐性强，起承转合自如。一般在前八句叙述事情，提出问题，表现情绪。后六句回答、解决问题，缓和情绪，由最后的对句概括内容、点明主题。其题材除了爱情之外，还可扩及政治、宗教或个人领域。同时代的意大利诗人和后来其他国家的一些诗人，都曾把彼特拉克的诗作视为十四行诗的典范，竞相仿效。约翰·弥尔顿、威廉·华兹华斯、珀西·比希·雪莱、约翰·济慈等人也曾写过一些优秀的十四行诗。如约翰·弥尔顿(John Milton，1608—1674)的这首十四行诗，押韵格式为 abba abba cdc cdc。

On the Late Massacre in Piedmont

By John Milton

Avenge，O Lord，thy slaughtered saints，whose bones
Lie scattered on the Alpine mountains cold；
Even them，who kept thy truth so pure of old，

When all our fathers worshipped stocks and stones,
Forget not: in thy book record their groans,
Who were thy sheep, and in their ancient fold
Slain by the bloody Piedmontese, that rolled
Mother with infant down the rocks; their moans
The vales redoubled to the hills, and they
To heaven. Their martyred blood and ashes sow
O'er all the Italian fields, where still doth sway
The triple tyrant; that from these may grow
A hundredfold, who, having learnt thy way,
Early may fly the Babylonian woe.

为毕亚德蒙特晚近发生大屠杀抒愤

约翰·弥尔顿

报仇吧，主啊，你的圣徒们被残杀，
尸身狼藉在阿尔卑斯寒冷的山头，
我们的祖先还崇拜木、石的时候，
他们就护你的真理，纯净无瑕，
请不要忘记：就在他们的老家，
你这些绵羊被毕亚德蒙特凶手
杀戮一空，记下他们的哀吼：
谁忍看母亲抱婴儿滚落山崖？
山谷把他们的呻吟回报到山顶，
山顶送天廷。把他们连骨粉带血浆
撒遍意大利田野，那里人还听
三重冠统领，管他残暴到怎样，
滋长出千百倍新生，把真谛认清，

趁早免遭受一场巴比伦灾殃！

（卞之琳 译）

（二）莎士比亚体十四行诗（The Shakespearean Sonnet）

16世纪初，十四行诗体传到英国，风行一时，到16世纪末，十四行诗已成了英国最流行的诗歌体裁。产生了锡德尼、斯宾塞等著名的十四行诗人。其后，英国戏剧家、诗人威廉·莎士比亚（William Shakespeare，1564—1616）发展了这种诗体，称之为“莎士比亚体”或“伊丽莎白体”，由三节四行诗和两行对句组成，其押韵格式为abab，cdcd，efef，gg，每行诗句有十个抑扬格音节。下面是莎士比亚十四行诗第29首。

When, in Disgrace with Fortune and Men's Eyes

By William Shakespeare

When, in disgrace with fortune and men's eyes
I all alone beweep my outcast state,
And trouble deaf heaven with my bootless cries,
And look upon myself, and curse my fate,
Wishing me like to one more rich in hope,
Featured like him, like him with friends possessed,
Desiring this man's art, and that man's scope,
With what I most enjoy contented least;
Yet in these thoughts myself almost despising,
Haply I think on thee, and then my state,
Like to the lark at break of day arising
From sullen earth, sings hymns at heaven's gate;
For thy sweet love remembered such wealth brings

That then I scorn to change my state with kings.

时运不济遭贬谤

威廉·莎士比亚

时运不济遭贬谤
独自哭泣心凄凉
振聋发聩徒悲伤
顾影自怜詈命相
前途似锦尤企望
一如他风流倜傥
多才多艺见识广
心底渴望余惆怅
汲汲所欲心鄙夷
所幸忆君神飞起
云雀高飞破晓时
天门高唱赞美诗
君之情谊真财富
纵然王位懒回顾

（张琼 译）

莎士比亚的十四行诗从第 18 首到第 126 首是写给一个贵族男青年的，该青年相貌俊美，诗人主要歌颂他的美貌及其与他的友情。第 29 首就是其中的一首。这首诗热情地歌颂“爱情”，诗人在创作这首诗时，充分发挥了十四行诗的长处，采用了先抑后扬的手法，层层推进，波澜起伏，道出了诗人思想感情的发展变化。全诗总体是五音步抑扬格，但第 11 行多一个音节：Like to the lark at break of day arising，最后一个音节-sing 又是轻音节，与第九行的-sing 押阴性韵，即押韵的音节后还有一个相同的轻读音节。另外，此行中的轻读和重读音节安排有变化，第一个音步变为扬抑格(Like to)，从而使前两个音步(Like to / the lark)构成“重—轻—轻—重”的模式，把两个轻音节连在一起，给人以云雀飞翔的迅速感。而最后的 arising 又构成“轻—重—轻”的模式，给人以云雀在空中上下飞翔的升降感。这行诗被誉为声音与意义巧妙结合的成功范例。末行 state 有双关意思，一是与第十行的 state(心境)相联系，二是在 to change my state with kings 一语中又有 throne 的意思。

诗人在诗中把“爱”视为珍宝，给人一种鼓舞奋发的力量。如前所述，这首诗采取了先抑后扬的手法。头四句感叹自身，生不逢时。接下来的四句自惭形秽，怨天尤人，痛苦万状。最后六句，笔锋一转，表露他对“爱情”的珍视。爱的魅力使他忘记一切，丢掉过去，立即满心高兴地像云雀一样飞腾天空，翱翔欢唱。尤其是提到“想到了你”一句，表达了对“爱”的态度，视为珍宝。这种先抑后扬的手法，层层推进，波澜起伏，饶有兴趣。

(三)斯宾塞体十四行诗(The Spenserian Sonnet)

斯宾塞体十四行诗是埃德蒙·斯宾塞(Edmund Spenser，1552—1599)首创的，基本上采用抑扬格五音步的格律，其押韵格式为 abab，bcbc，cdcd，ee。

One Day I Wrote Her Name Upon the Strand

By Edmund Spenser

One day I wrote her name upon the strand,
But came the waves and washed it away:
Again I wrote it with a second hand,
But came the tide and made my pains his prey.
Vain man (said she) that dost in vain assay
A mortal thing so to immortalise;
For I myself shall like to this decay,

And eke my name be wiped out likewise.
Not so (quod I); let baser things devise
To die in dust, but you shall live by fame;
My verse your virtues rare shall eternise,
And in the heavens write your glorious name:
Where, when as Death shall all the world subdue,
Our love shall live, and later life renew.

这是埃德蒙·斯宾塞十四行诗集 *Amoretti* 的第 75 首，也是埃德蒙·斯宾塞最广为流传的一首十四行诗。以下是王佐良先生的译文。

有一天我把她的名字写在沙滩上

埃德蒙·斯宾塞

有一天我把她的名字写在沙滩上，
大浪冲来就把它洗掉。
我把她的名字再一次写上，
潮水又使我的辛苦成为徒劳。
“妄想者，”她说，“何必空把心操，
想叫一个必朽的人变成不朽！
我知道我将腐烂如秋草，
我的名字也将化为乌有。”
“不会，”我说，“让卑劣者费尽计谋
而仍归一死，你却会声名长存，
因为我的诗笔会使你的品德永留，
还会在天上书写你的荣名。
死亡虽能把全世界征服，

我们的爱情却会使生命不枯。

（王佐良 译）

诗人通过恰到好处的比喻，提出一个关于爱的问题，并且找到成功解决的途径。诗中描写一个男人在海边的沙滩上写着爱人的名字，可是他留下的字迹被海浪洗去。男人与大海在较量。爱人嘲弄他的徒劳无功，妄图把尘世间的东西变为永恒，说某一天她也会像那被海水冲去的名字一样地化为乌有，死亡无法避免。男人以诗末尾对句巧妙的回答了恋人的疑问。诗人认为他的诗中会留住女孩美德，万物都会消亡，只有他们的爱世代流传。“我们的爱将长存”，或许诗人暗示他和恋人会结合，养儿育女，这样他们的爱就生生不息地传承下去了。就得到永恒。相信诗歌有力量使人不朽成为文艺复兴时期运用广泛的主题之一。

意象的运用是整首诗的最大亮点，潮起潮落象征着人的生命，生老病死循环往复，而并非一个固定静止的事物。潮水正是生命的源泉，男人写的字被海水吞没正是寓意人必须服从生命循环的规律。但是唯一不变的是男女主人公的爱情，因为诗歌已使之永恒。埃德蒙·斯宾塞把征服世界的死亡——海水拟人化，比作“猎食的野兽”，它轻而易举地把男人写在沙滩上的字迹变成“猎物”（prey），字迹被海浪吞去。

三、素体诗

格律和韵律是诗歌音乐性的重要内容而非全部。有些诗人认为格律和韵律在某些情况下会束缚思想，影响思想表达的自然奔放，在创作中往往根据表达需要放弃尾韵，素体诗和自由诗就随之出现。素体诗（blank verse）是英语格律诗的一种，具有较固定的格律，由抑扬格五音步写成，每行用五个长短格音步——十个音节组成，每首行数不拘，不押尾韵。莎士比亚剧作大部分由素体诗写成，如 *As You Like It* 中第二幕第七景：

All the World's a Stage

By William Shakespere

All the world's a stage,
And all the men and women merely players;
They have their exits and their entrances,
And one man in his time plays many parts,
His acts being seven ages.
At first the infant,
Mewling and puking in the nurse's arms.
Then the whining school-boy, with his satchel
And shining morning face, creeping like snail
Unwillingly to school.
And then the lover,
Sighing like furnace, with a woeful ballad
Made to his mistress' eyebrow.
Then a soldier,
Full of strange oaths, and bearded like the pard,
Jealous in honour, sudden and quick in quarrel,
Seeking the bubble reputation, even in the cannon's mouth.
And then the justice,
In fair round belly with a good capon lined,
With eyes severe and beard of formal cut,
Full of wise saws, and modern instances;
And so he plays his part.
The sixth age shifts
Into the lean and slippered pantaloon,
With spectacles on nose and pouch on side,

His youthful hose, well saved, a world too wide
For his shrunk shank,
And his big manly voice,
Turning again toward childish treble, pipes,
And whistles in his sound.
Last scene of all, that ends this strange eventful history,
Is second childishness, and mere oblivion,
Sans teeth, sans eyes, sans taste, sans everything.
(Shakespeare: *As You Like It*, Act II, Scene 7)

全世界是个舞台

威廉·莎士比亚

全世界是个舞台,
所有的男男女女不过是一些演员;
他们都有下场的时候,也都有上场的时候。
一个人的一生中扮演着好几个角色,
他的表演可以分为七个时期。
最初是婴孩,
在保姆的怀中啼哭呕吐。
然后是背着书包、满脸红光的学童
像蜗牛一样慢腾腾地拖着脚步,
情愿地呜咽着上学堂。
然后是情人,
像炉灶一样叹着气,写了一首悲哀的诗歌咏着
他恋人的眉毛。
然后是一个军人,
满口发着古怪的誓,胡须长得像豹子一样,

爱惜着名誉，动不动就要打架，
在炮口上寻求着泡沫一样的荣名。
然后是法官，
胖胖圆圆的肚子塞满了阉鸡，
凛然的眼光，整洁的胡须，
满嘴都是格言和老生常谈；
他这样扮了他的一个角色。
第六个时期变成了
精瘦的趿着拖鞋的龙钟老叟，
鼻子上架着眼镜，腰边悬着钱袋；
他那年轻时候节省下来的长袜子，
套在他皱瘪的小腿上显得宽大异常；
他那朗朗的男子的口音
又变成了孩子似的尖叫，
像是吹着风笛和哨子。
终结着这段古怪多事的历史的最后一场，
是孩提时代的再现，全然的遗忘，
没有牙齿，没有眼睛，没有口味，没有一切。
（选自莎士比亚喜剧《皆大欢喜》第2幕，场景7）
（朱生豪 译）

按照林语堂对这首诗的点评，他认为人生就像一首诗，有其自己的韵律、拍子以及自然周期："它的开始就是天真烂漫的童年时期，接着便是粗拙的青春时期，粗拙地企图去适应成熟的社会，具有青年的热情和愚憨、理想和野心。后来到了一个活动很剧烈的成年时期，由经验获得利益，又由社会及人类天性上得到更多的经验；到中年的时候，紧张才稍微减轻，性格圆熟了，像水果的成熟或好酒的醇熟那样圆熟了，对于人生渐渐抱了一种较宽容、较玩世，同时也较慈和的态度。以后便到了衰老的时候，内分泌腺减少它们的活动，如果我们对老年有着一种真正的哲学观念，而照这种观念去调整我们的生活方式，那么，这个时期在我们的心目中便是和平、稳定、闲逸和满足的时期。最后，生命的火光闪灭了，一个人永远长眠不再醒了。”

约翰·弥尔顿的史诗《失乐园》也是用素体写成的，如一开始的第 27 行至第 33 行：

Say first—for heaven hides nothing from thy view,
Nor the deep tract of Hell—say first what cause
Moved our grand Parents, in that happy state,
Favoured of Heaven so highly, to fall off
From their Creator, and transgress his will
For one restraint, lords of the World besides.
Who first seduced them to that foul revolt?
(John Milton: *The Paradise Lost*)

请先说，天界和地狱深渊，
在您的眼中，一切都了如指掌；
请先讲，为什么我们的始祖，
在那样的乐土，得天惠那样独厚，
除了那唯一的禁令以外，他俩
本是世界的主宰；竟背叛而自绝于
他们的创造主？当初是谁引诱
他们犯下这不幸的忤逆呢？
（朱维之译）

威廉·华兹华斯讲述自己心灵成长的长诗《序曲》同样也是用素体写成的，如第三卷的开始诗节：

It was a dreary Morning when the Wheels
Rolled over a wide plain o'erhung with clouds,
And nothing cheered our way till first we saw
The long-roof'd Chapel of King's College lift
Turrets, and pinnacles in answering files,
Extended high above a dusky grove.
(William Wordsworth: *The Prelude*, Book Third)

那是个凄凉的早晨，车轮在乌云
笼罩的平原上滚动，一路上我们
无精打采，直至见国王学院的
长行礼拜堂从一片昏暗的树林中
徐徐托出它的塔楼与尖顶，
它们纵列成行，相互呼应。
(丁宏为 译)

四、五行打油诗（Limerick）

五行打油诗，英语 limerick，一种谐趣诗(nonsense poetry)的体裁，由五行组成，韵式为 aabba。当时爱尔兰 Limerick 郡的一批年轻人喜欢用爱尔兰语写作一些轻体诗(light verse)，用词俚俗浅白，迥异于流行于英格兰的主流诗体。

爱德华·李尔(Edward Lear，1812—1888)以写 nonsense poems 出名，他的《谐趣之书》(1846 年)中推广了这种诗歌，但他并不是这种诗歌的创始人。在爱尔兰传统娱乐形式的聚会上，经常邀请客人参加作诗和诵诗比赛。据说这种诗的名称来自于诵诗后要合唱的歌曲 *Come up to Limerick*。

五行打油诗(limerick)与中文打油诗的地位大不相同。多数中文主流诗人对打油诗不屑一顾，英语国家的不少诗歌大家却都写过五行打油诗。英语诗歌中有一种诗叫 doggerel，俗称打油诗，指的是不合韵律且粗劣的蹩脚诗，与五行打油诗是两个概念。

英语打油诗擅长幽默讽刺，而且朗朗上口。如美国打油诗人奥格登·纳什(Ogden Nash，1902—1971)的打油诗：

A jolly young fellow from Yuma
Told an elephant joke to a puma
Now his skeleton lies
Beneath hot western skies—
The puma had no sense of huma (Ogden Nash)
尤玛小子爱胡闹
对着山猫开玩笑
烈日照炎炎
小子气上天——
幽默的好处山猫不知道
(译文转引自网友 leiyan)

爱德华·李尔的打油诗或者说"谐趣诗"(nonsense poetry) *The Owl and the Pussy Cat* 朗朗上口。他在写这些诗歌的时候，把音乐美放在很高的位置。有些词甚至听起来很融洽，但是并没有确切的含义。比如 runcible 这个词，就是作者自己造出来的。

The Owl and the Pussy Cat

By Edward Lear

The Owl and the Pussy Cat went to sea
In a beautiful pea-green boat,
They took some honey, and plenty of money

Wrapped up in a five-pound note.
The Owl looked up to the stars above,
And sang to a small guitar,
"O lovely Pussy, O Pussy, my love,
What a beautiful Pussy you are,
You are,
You are!
What a beautiful Pussy you are!"
Pussy said to the Owl, "You elegant fowl!
How charmingly sweet you sing!
O let us be married! too long we have tarried,
But what shall we do for a ring?"
They sailed away, for a year and a day,
To the land where the Bong-tree grows
And there in a wood a Piggy-wig stood
With a ring at the end of his nose,
His nose,
His nose,
With a ring at the end of his nose.
"Dear Pig, are you willing to sell for one shilling
Your ring?" Said the Piggy, "I will."
So they took it away, and were married next day
By the Turkey who lives on the hill.
They dined on mince, and slices of quince,
Which they ate with a runcible spoon;
And hand in hand, on the edge of the sand,
They danced by the light of the moon,
The moon,

The moon,
They danced by the light of the moon.

猫头鹰和小猫咪

爱德华·李尔

猫头鹰小猫咪出海扬帆，
驾驶一艘豆青色靓小船；
带了蜂蜜还有好多钱币，
裹在一个五镑的纸币里。
猫头鹰仰望天空的星星，
边弹小吉他边唱得动情：
"喔，猫咪！可爱的猫咪，
美丽绝伦的猫咪就是你，
就是你，
就是你！
美丽绝伦的猫咪就是你！"
"优雅的飞禽"，猫咪笑云，
"你的歌声多么甜蜜动人
喔，让我们结婚，结婚！
但我们的戒指在哪儿呢？"
他们继续远航一年又一天，
来到一个地方，长满大树，
树林里站着头蓬乱的小猪。
一枚戒指就在它鼻尖上！
在它鼻尖上，
在它鼻尖上，
一枚戒指就在它鼻尖上！
"小猪，愿意一先令卖掉

戒指吗?”小猪说，“成交”
拿了戒指，第二天便在一起，
住在山里的火鸡为他们证婚。
凭借着锋利的三齿叉，
他们吃着肉末啊，肉片。
手拉手，他们在沙滩尽头，
一起欢快舞蹈在月光下，
月光下，
月光下，
一起欢快舞蹈在月光下！
(张琼 译)

五、自由诗(Free Verse)

自由诗(free verse)是现代诗中常见的体式，长短不同的诗行存在于同一首诗中，不讲究押韵与格律，只注重诗歌所表达的意象和传递的情感。自由诗比传统的素体诗更加自由，没有尾韵，根本不考虑节奏的一致、诗行的整齐，但往往以排比、反复等手段产生鲜明而独特的节奏，以头韵(alliteration)及其他行内韵的形式来构成其特有的节奏。自由诗追求言语的自然节奏，这种言语对诗的主题和感情来说是“自然”的。自由诗随着现代主义的到来而占据显著的地位，并且构成了对19世纪诗歌固定形式的反叛。自由诗没有任何外在的形式可以利用，同以前的诗相比，可能最难写好。艾略特(T. S. Eliot)于1917年在《对自由诗的看法》中指出：“对于要好好干一件事的人来说没有什么诗是自由的。”

自由诗起源于原始时代，那时诗歌同体，人们随意自由地吟唱诗歌。一般认为，美国19世纪诗人沃尔特·惠特曼(Walt Whitman, 1819—1892)是近现代主流自由诗的创始者，代表作为《草叶集》。沃尔特·惠特曼的诗标新立异，独树一帜。他大胆地运用灵活性极大的诗歌形式，创造了一种糅合口语和修辞，不拘诗行和诗节长短，不拘音节也不押韵的自由诗体，使诗歌彻底地从传统形式的束缚中解放出来。

Oh Captain! My Captain!

By Walt Whitman

Oh Captain! My Captain! Our fearful trip is done,
The ship has weather'd every rack, the prize we sought is won,
The port is near, the bells I hear, the people all exulting,
While follow eyes the steady keel, the vessel grim and daring;
But Oh heart! heart! heart!
Oh the bleeding drops of red!
Where on the deck my Captain lies,
Fallen cold and dead.

Oh Captain! my Captain! rise up and hear the bells;
Rise up —for you the flag is flung—for you the bugle trills,
For you bouquets and ribbon'd wreaths—for you the shores crowding,
For you they call, the swaying mass, their eager faces turning;
Here, Captain! dear father!
This arm beneath your head;
It is some dream that on the deck
You've fallen cold and dead.

My Captain does not answer, his lips are pale and still,
My father does not feel my arm, he has no pulse nor will;

The ship is anchor'd safe and sound, its voyage closed and done;
From fearful trip the victor ship comes in with object won;
Exult, Oh shores! and ring, Oh bells!
But I, with mournful tread,
Walk the deck my captain lies,
Fallen cold and dead.

哦，船长，我的船长！

沃尔特·惠特曼

哦，船长，我的船长！我们险恶的航程已经告终，
我们的船安全渡过惊涛骇浪，我们寻求的奖赏已赢得手中。
港口已经不远，钟声我已听见，万千人众在欢呼呐喊，
目迎着我们的船从容返航，我们的船威严而且勇敢。
可是，心啊！心啊！心啊！
哦，殷红的血滴流泻，
在甲板上，那里躺着我的船长，
他已倒下，已死去，已冷却。

哦，船长，我的船长！起来吧，请听听这钟声，
起来，——旌旗，为你招展——号角，为你长鸣。
为你，岸上挤满了人群——为你，无数花束、彩带、花环。
为你，熙攘的群众在呼唤，转动着多少殷切的脸。
这里，船长！亲爱的父亲！
你头颅下边是我的手臂！
这是甲板上的一场梦啊，
你已倒下，已死去，已冷却。

我们的船长不作回答，他的双唇惨白、寂静，
我的父亲不能感觉我的手臂，他已没有脉搏、没有生命，
我们的船已安全抛锚碇泊，航行已完成，已告终，
胜利的船从险恶的旅途归来，我们寻求的已赢得手中。
欢呼，哦，海岸！轰鸣，哦，洪钟！
可是，我却轻移悲伤的步履，
在甲板上，那里躺着我的船长，
他已倒下，已死去，已冷却。
(江枫 译)

《哦，船长，我的船长!》是美国著名诗人沃尔特·惠特曼的作品。诗歌写于1865年，是沃尔特·惠特曼为悼念林肯(美国的第十六任总统)而作，被归为挽歌。船长即象征林肯，船象征着美国。全诗构思精巧，组织严密，语言深沉，字里行间饱含着真挚的情感，表达了诗人对林肯的敬仰与怀念之情。自沃尔特·惠特曼以来的现代诗人，很多都写无韵的自由诗。沃尔特·惠特曼就擅长于用排比、反复、诗行长度有规律的增减等手段来取代传统的格律和韵律，营造一种前所未有的节奏。沃尔特·惠特曼的诗歌还依稀可辨抑扬格形式，其后的诗人则走得更远，更淡化格律和韵律。

I Hear America Singing

Walt Whitman

I Hear America singing, the varied carols I hear,
Those of mechanics, each one singing his, as it should be, blithe and strong,
The carpenter singing his, as he measures his plank or beam,
The mason singing his, as he makes ready for work, or leaves off

work,

The boatman singing what belongs to him in his boat, the deck-hand singing on the steamboat deck,

The shoemaker singing as he sits on his bench, the hatter singing as he stands,

The wood-cutter's song, the ploughboy's on his way in the morning, or at noon intermission, or at sundown,

The delicious singing of the mother, or of the young wife at work, or of the girl sewing or washing,

Each singing what belongs to him or her and to none else,

The day what belongs to the day—at night, the party of young fellows, robust, friendly,

Singing, with open mouths, their strong melodious songs.

诗外注释：

1. L2：Those= The carols, his= his carol, it= the carol

2. L last but 1：The day what belongs to the day 承上行，= The day singing what belongs to the day

我听见美利坚在歌唱

沃尔特·惠特曼

我听到美利坚在歌唱，唱着各种各样的歌：
机械师唱着自己的歌，那是欢快而有力的歌；
木匠量木板或房梁，一边唱着他的歌；
泥瓦匠准备工作或离开工作，都唱着歌；
船夫在船上唱着属于他的歌，水手在汽船甲板上唱着歌；

鞋匠坐在凳子上唱歌，做帽子的站着也唱歌；
伐木工的歌，牵耕牛的孩子早晨、午歇、日落也都唱着歌；
母亲或年轻妻子工作时，还有姑娘们在做针线活或洗衣裳时甜美地唱着歌；
每个人都唱着属于自己的歌，而不是别人的歌；
白天唱着白天的歌——夜晚，一群健壮友善的年轻人
放开嗓门唱着他们那雄壮悦耳的歌。

（张琼 译）

诗人创造性地运用了富有诗意的“歌唱”和由现在分词构成的排比并列结构，生动传神地把当时美国的勃勃生机展现在读者面前。沃尔特·惠特曼的伟大之处，在于他贯穿着人民立场和朴素的唯物史观，为后世提供了宝贵的精神财富。沃尔特·惠特曼骄傲地宣称：他的诗中没有了“旧世界赞歌中高大突出的人物”，而有的是“作为整个事业及未来主要成就的最大因素的各地普通农民和机械工人”。从城市到农村，从海上到陆地，整个美利坚人民都在歌唱，其基调是快乐、幸福、乐观；人们自信、自豪、积极向上、努力工作，国家和平、欣欣向荣，充满希望，这就是创造者的“美国梦”。每个劳动者都有属于自己的歌，即每个劳动者在国家的建设中都感觉到非常重要；每个劳动者都唱着自己的歌参加劳动，表达出每个劳动者都感到幸福快乐。整首诗一句话，突出了民主、自由，语言简单，口语体，高昂流畅。

“五四”前后，自由诗开始在我国流行，如郭沫若的《女神》。自由诗从几千年诗词格律的镣铐里脱胎而出，在体式、音节、语言方面力求解放，显示出新的特色：首先是破除僵化陈腐文言，以白话加入诗行。尤其是提倡以接近大众口语的简洁亲切的俗字俗语取代文言的艰涩滥调，实写社会状况，表现真挚的感情和崭新的思想。其次是在音节韵律上破除旧体诗词的声韵、格律平仄，废除骈偶典故等僵化的束缚，讲究切合自然音乐而不必拘于音韵（康白情《新诗之我见》），诗歌的声气音节、轻重缓急、抑扬顿挫只求合乎诗人自身情绪，感兴的自然消涨和语

气的自然节奏。

六、形体诗(Shaped Poetry)

形体诗也被称为视觉诗、图像诗或具象诗，指为运用文字的特殊排版以达成视觉效果的诗体。作品中字母、词汇、句子在页面上排列成形状或影像，自由地安排语言的元素，不一定是线性的句子结构，可由空间、图画和字形特征以及字间感受解读作品意义。如罗杰·麦克高夫(Roger McGough)的“40-Love”，乔治·赫伯特(George Herbert，1593—1633)的《祭坛》《复活节的翅膀》。

	The ALTAR	
10	A broken ALTAR, Lord, thy servant rears,	a
10	Made of a heart, and cemented with tears,	a
8	Whose parts are as Thy hand did frame;	b
9	No workman's tool hath touched the same.	b
4	A HEART alone	c
4	Is such a stone	c
4	As nothing but	d
5	Thy power doth cut.	d
5	Wherefore each part	e
4	Of my hard heart	e
4	Meets in this frame,	b
4	To praise Thy Name:	b
9	That, if I chance to hold my peace,	f
8	These stones to praise thee may not cease.	f
10	O, let thy blessed SACRIFICE be mine,	g
10	And sanctify this ALTAR to be Thine!	g

该诗见于乔治·赫伯特的诗集 *The Temple*《圣堂》，由诗行排列而

成的形体宛如教堂中的祭坛(altar)。诗文上说，这座“祭坛”并非一般工匠用石头砌成，而是上帝用一颗坚如磐石的“心”和“泪水”凝成的；诗人祈求上帝能够净化这座祭坛，也即净化他的心灵，让他的心灵永远保持安宁。全诗形体和内容互相映衬，表达了诗人对上帝的赞美和永远赤诚之心，这就是诗人的奇思异想(conceit)之所在。该诗形象鲜明，深含寓意，韵律规整(双行押韵)，也是一首言简意赅的格律诗、绝妙的赞美诗。

祭坛

主啊一个破祭坛是你的忠仆
用一颗心筑起又用泪水粘固，
它各个部分像由您建造，
匠人的工具哪里能碰到。
也只有人的心
才无比地坚硬，
除了您没有谁
有力量叫它碎。
所以我这硬心
凭它的各部分
合成了这形状，
把您的名颂扬：
所以倘若我有幸得安宁，
这些石块将不停颂扬您。
但愿哪我有作您牺牲的福分，
愿您接纳这祭坛而使之神圣。
(黄杲炘 译)

后世的人但凡有较大一些的诗歌选集，乔治·赫伯特的这两首形体诗(至少是其中的一首，另一首是《复活节的翅膀》)总在必选之例。

要使译诗构成原诗的图形，要适当控制诗行的字数，使之与原诗的音节数保持一定的关系。要使译诗和原诗在节奏和韵律上相应，在控制字数的条件下，也可以使译诗各行的顿数和韵式与原诗各行的音步数和韵式一致。在忠实于原诗内容的前提下，经过努力，译文诗行的顿数、字数和韵式有可能与原诗诗行的音步数、音节数和韵式相应。

《圣坛》这首形体诗的成功，使形体诗也被称为“圣坛诗”。下面是一首 William Burford 的圣诞树形的诗—— ***A Christmas Tree***：

Star
If you are
A love compassionate,
You will walk with us this year.
We face a glacial distance, who are here
Huddld
At your feet.

(欣赏：“Huddld”是对 Huddled 的故意误拼，更显拥挤，e 挤掉了，拥挤用繁体同此意。树顶有颗星，树下有树脚。)

星啊，
你那爱中
如果含有怜悯，
来年就和我们同行。
这里我们面对冰河距离
擁擠
在你脚底。
(黄果炘 译)

这首诗的形状正如题目所示，像一棵圣诞树的轮廓；西方圣诞树是吉利的象征，诗中的 star 指“福星”。在新的一年中，人们在圣诞树下祈求星星伴他们行走，给他们带来好运。这首诗的谐趣除了其形状像一棵圣诞树外，还在于倒数第二行中的那个“Huddld”(=Huddled)，这并不是拼写错误，也不是诗歌中一般常见的省音(如 o’er=over 等)，而是诗人有意省去一个字母 e，使得几个长柄子的字母挤在一起，和译者用繁体字译“拥挤”一样，有一种人多拥挤的感觉，也象征着许多人“伫立”或“跪”在圣诞树下，祈求星星能给他们带来幸福和快乐。诗人省去了一个字母，谐趣油然而生，闪烁着智慧的光辉，这是需要一番匠心的。这首诗的独到之处就是诗人用诗行排列成了象征物的形体，形义契合，从而别有一番情趣。

宝塔诗也是一种形体诗，是由字数长短不等的中文诗句组成，上尖底宽，形如宝塔。宝塔诗与西式形体诗类似，有如排列更规则化的形体诗。吴敬梓《儒林外史》中有一首宝塔诗如下：

呆
秀 才
吃 长 斋
胡 须 满 腮
经 书 揭 不 开
纸 笔 自 己 安 排
明 年 不 请 我 自 来

A
Queer
Scholar mere
Have much cheer
His whiskers long appear;

To peruse classics he'd fear.
Writing brushes laid front to rear
He'll come again, of course, next year
(赵彦春 译)

Poor
Bookish scholar
Fasted long period
Cheeks with unkempt whiskers
For classics he's a nonreader
Brushes and paper, he'd always prepare
He'd come without being invited next year
(张琼 译)

第六章　诗歌鉴赏译论

第一节　现场交流佳句英译，意美音美感染力强

——从温家宝总理记者招待会引用诗词古语的翻译谈起

外交部英语专家过家鼎大使曾经惊叹，“总理都成了诗人了”。在涉外活动中，温总理常引用内涵深刻的诗词古语。2010 年 3 月中旬，全国人大闭幕后，温总理睿智博学地与中外记者交流。外交部翻译张璐现场流利地翻译他引用的诗词佳句，广受热捧。最为乐道的是她把屈原诗句“亦余心之所善兮，虽九死其犹未悔”译成：For the ideal that I hold near to my heart, / I'd not regret a thousand times to die. 又把刘禹锡《子刘子自传》的“人或加讪，心无疵兮”，译为：My conscience stays untainted in spite / Of rumors and slanders from the outside. 其现场佳译好评如潮。

准确理解诗词佳句(下称“佳句”)已不容易，译成英语更加困难。然而，在涉外活动中，越来越多的人喜欢引用佳句，介绍中华文化，活跃交流气氛。如何在涉外活动中译好常用佳句呢？笔者认为，现场交流佳句的汉英翻译须有感染力，意美、音美，产生赏心、悦耳的灵验效果。兹从应用翻译的目的论和语用功能出发，结合翻译教学实践，讨论如何追求最高境界，力求译出感染力强、现场效果好的作品来。

一、追求最高境界，力求译出最佳效果

译诗虽难，涉外译员很多时候并无不译的选择，不能总用大白话译出，说句“就是这个意思”就完事。从事外事工作多年之人，常有“不得不译”的经历。多年前，笔者参与了引进美国蓝带啤酒项目的谈判活动，期间游览星湖。有位领导兴之所至，得意地吟出粤语押韵的“星湖美景迎嘉宾，蓝带前景陶醉人”，然后让笔者译出。笔者(2009：303)当时译为：The scenic Star Lake is greeting every guest, / The project Blue Ribbon will turn out the best.

涉外活动中佳句汉英翻译的目标是什么？其策略又是什么？笔者在涉外工作与汉英翻译教学实践中的体会是：追求最高境界，力求译出最佳效果。

“翻译的最高境界”，用译坛大家沈苏儒的话说，是“信达雅”。他说，“我们现在所说的‘信达雅’”“已经有了很大的发展和充实”。他认为，“信”——译文须忠实于原文的内涵(意思、事实、语气、风格等)，“达”——译文须尽可能充分地、明白晓畅地表达原文的全部信息，“雅”——译文须用规范化的语言，并达到尽可能完善的文字(语言)水平，还要适合译入语使用群体的社会心理和文化背景，以使译作为其受众所便于理解、乐于接受或欣赏。(沈苏儒，2006：8)也有人简要地说，诗歌“译文的最高境界是达意传神”。(陈君朴，2005：001)

“达意容易传神难”，完全做到“信达雅”更不容易，但译者要毕生追求，争取尽量接近。根据功能主义的翻译理论，“译者在处理原文的时候，旨在传递信息而不是复制一串串的语言单位，他所关心的是如何保留原文的功能和使其对新的读者产生作用”(张美芳，2005：75)。涉外活动翻译应产生有感染力的现场效果。

许渊冲 2010 年 5 月 22 日在北京理工大学珠海学院的演讲中说：Perfection could not be reached, but approached. 对最高境界，应像司马迁，“虽不能至，然心乡往之”。又如丰华瞻(1997：206)定之为“译诗

者追求的目标”。涉外活动的现场翻译难以事事完美，“取法乎上，得乎其中”，达到现场能做到的最佳效果，就该出手了。

翻译的“信”，不在译“字”在译“意”。其内涵，不仅是“意思”，还包括意图、意象、意境、意念等。“译诗重要的是表达意境，不是传达每一个细节，逐字逐句地翻译诗歌绝对不会产生好的译本。”(汪榕培，2000：V)涉外活动佳句的翻译，不必非要传达每个细节，“要尽量避免诠释式的翻译，因为那样会使译诗散文化，导致诗意与韵律全失”。

温总理在十一届全国人大二次会议记者招待会上，从北宋苏轼词《少年游·润州作》和唐代杜审言诗《春日京中有怀》中，集句说名言：“莫道今年春将尽，明年春色倍还人。”据上述原则，似可译为：Although the spring scene will be fading, / Next year it'd be much better prevailing.

珠海市有位领导在会见外商时，引用《红楼梦》诗“好风凭借力，送我上青云”。译员只把意思译出，事后她自己不满意，和我交流探讨。此说似可译为：When on the wind so fair I rely, / I'll ascend to the clouds on high.

二、选学源于实践理论，才有“三美”便不同

有了最高境界的追求，如何力求译出最佳效果呢？首先，译诗须像诗。毛泽东说，诗“应该精练，大体整齐，押大致相同的韵”(臧克家，2005：350)。鲁迅说，“新诗先要有格调，押大致相似的韵，给大家容易记，又顺口，唱得出来”。许渊冲(1993：5)说，“不但是写诗，译诗也该如此”。郭建中指出，“由于翻译目的不同，读者对象不同，翻译就必须遵循不同的原则”，涉外活动中，“译诗读起来必须朗朗上口，一听就懂，但又不失诗词之美”(陈刚，1996：3)。涉外活动佳句的汉英翻译，应该如此。

明乎这种要求，汉英翻译的学生和涉外译员还要学些译诗的理论和技巧。学什么？诗人、翻译家卞之琳(1996：1)说，“译诗的理论应该

产生于译诗的实践，否则就会是连篇空话或满纸胡言”。源于实践的理论和技巧指导性强，易于操作，用心学了，不立竿见影，也大有裨益。

许渊冲是译诗理论产生于译诗实践的杰出代表。他从古至今，上下三千年，书销中外百余本，“诗译英法唯一人”。他“以其不懈的努力和勇于探索的精神，在总结前人译诗的基础上，从理论和实践两方面为当今中国古诗的翻译开辟了一条新路，其丰富优秀的诗歌译作已为世人瞩目，得到广泛的好评；其古诗翻译理论已成为我国这方面的代表作”（周仪 1999：101）。他获翻译文化终身成就奖可谓实至名归。美国斯坦福大学等请他授权，用他的译文作为教材。其文学翻译“三美论”适应佳句英译现场见效的要求，“在传达原文意美的前提下，尽可能传达原文的音美；还要在传达原文意美和音美的前提下，尽可能传达原文的形美；努力做到三者齐备。如果三者不可兼得，那么，首先可以不要求音似，也可以不要求形似；但是无论如何，都要尽可能传达原文的意美和音美”（许渊冲，2006：81）。简而言之，现场交流的佳句翻译，意美第一，音美比形美重要。

有例为证。毛泽东《清平乐·六盘山》云：天高云淡，望断南飞雁。不到长城非好汉，屈指行程二万。毛诗翻译组（1999：43）的译文是：The sky is high, the clouds are pale, / We watch the wild geese vanish southward. / If we fail to reach the Great Wall we are not men, / We who have already measured twenty thousand *li*. 许渊冲（1993：51）的“三美”翻译主要单词虽一样，韵味效果大不同：The sky is high, the clouds are light, / The wild geese flying south are out of sight. / We are not heroes unless we reach the Great Wall; / Counting up, we've done twenty thousand *li* in all. 《宋诗绝句精华》中杜耒诗云：“寻常一样窗前月，才有梅花便不同。”同样风宁月朗，若得疏梅映窗，诗情画意更强！两译相对，可谓：寻常一样文词字，才有“三美”便不同。

对于“有朋自远方来，不亦乐乎？”这句话，我据“三美”理论译为 How happy we are / To have friends from afar！欧洲客人说：“Mr. Wu, you are a poet!”中国翻译人才网“译网情深”网友 Silklike 发帖问：“是许渊冲翻的吗?”这说明“三美”理论影响大，意美音美，效果灵验。

三、译语致力通俗易懂，效果但求感染力强

据说美国要求向公众公布的文件，难度级数要在8级以下，让8年级以下水平的人看懂。香港证券交易所对招股文书实行“语言浅白计划”。佳句的涉外翻译用于现场交流，也须朗朗上口、深入浅出，使人喜闻乐见、悦耳悦目。

(一)熟悉名家名作，善于变通点化

熟读唐诗三百首，不会吟诗也会吟。译者对名家的译品杰作可先有一个模仿阶段，积累了经验，技巧日渐成熟后，在借鉴、继承、发展等方面赢得越来越多的主动权。熟悉名家杰作，实行“拿来主义”，或稍作变通点化，未免不是一种策略。如要翻译徐霞客的“五岳归来不看山，黄山归来不看岳”，美国作家Clark Norton 的表达就可拿来“现卖”：After seeing the Five Sacred Mountains, ordinary mountains are nothing; after seeing Huangshan, the Five Sacred Mountains are nothing. 可以先说 There are Five Sacred Mountains in China 以作铺垫。(沈苏儒，2006：184)

笔译往往注释在后，口译不妨铺垫在前。在广东肇庆星湖，导游如果一开始就译介叶剑英诗：“借得西湖水一圜，更移阳朔七堆山，堤边添上丝丝柳，画幅长留天地间。”一般外宾不好理解。一位瑞典专家致辞答谢的铺垫值得学习：There are two typical scenic cities in China. One is Hangzhou, famous for its beautiful water. Another is Guilin, wonderful for its fantastic hills in Yangshuo. But, you need not go to Hangzhou, you need not go to Guilin. You can see the combination here in Zhaoqing. 这时候，再译诗句，现场效果就好：With the water borrowed from Hangzhou West Lake, / Seven hills moved from Yangshuo for scenic sake. / And weeping willows planted along the long dykes, / The scenes here are lasting pictures under the skies.

在有些场合，“拿来”之后，可稍作变通点化，以适应现场交流的需要。点化变通，名家常用。郭沫若变通李白的“月下飞天镜，云生结海楼”，点化为星湖诗“月下开菱镜，云间结彩楼”，乃师承前人之功，化出时代之新。如只引用诗词两句，原译不押韵时，为求音美，可稍作变通。“中华儿女多奇志，不爱红装爱武装”，许老在整诗中译为：Most Chinese daughters have a desire strong，/ To face the powder and not to powder the face. 若只用两句，可变 strong 为 great，大致押韵。

(二)仿拟成语佳句，译出新的内容

成语、俗语有固定格式，是“人民群众生活经验和思想智慧的结晶，人类对客观世界的认识有一定的一致性，基于共同认知的经验，各民族也流传着语义一致的俗语”(冯庆华，2006：373)。仿拟英语受众耳熟能详的表达方式，译入的新内容，符合其欣赏习惯，现场见效快。“桂林山水甲天下”的译文 East or west，Guilin landscape is best 仿拟了英谚 East or west，home is best。“欲穷千里目，更上一层楼”可用 the more，the more 的句式译为：The greater the height，/ The grander the sight.

英汉的“九”均表示“数之极”，都有与“九”有关的成语佳句。汉语的不必多说。英语 A stitch in time saves nine 意为：A timely effort will prevent more work later. 而 A cat has nine lives 说明猫的生命力很强。cloud nine 表示“九重天”或极乐心境。A wonder lasts but nine days 可表示“轰动一时的新闻”。Possession is nine-tenths of the law 说的是“现实占有，稳操左(胜)券”。Beauty is ten，nine of which is dressing 可译为“十分美丽中，九分打扮工”。to the nines 表示“十分完美”。表达很强的生命力，可说 to have more lives than a cat，或说 to have as many lives as a cat。导游介绍溶洞里的象形景观后，会“解密”说是“三分形象，七分想象”，仿拟 Beauty is ten，nine of which is dressing，可译为 The image is ten，seven of which is imaging.

专家评曰，“汉语以‘九’为多，所以用‘九死’，但英语一般要 thousand times 才够”。照艾迪生的说法，译为 ten thousand deaths to die 更地道，又与汉语“万死不辞”吻合。其实，都表示“视死如归”而已，与真数无关！译“千死”，符合英语受众以 thousand 为数目单位的欣赏习惯，他们如听“乡音”，值得赞扬。“九”表数极，英汉皆然。译为“九死”也不难理解，同样可赞。君不见，杨宪益、戴乃迭夫妇(2001：8)归化译为 I'd not regret a thousand Deaths to die，许渊冲(1994：8)则异化译作：I won't regret to die nine times.

毛泽东诗词“杨柳轻飏直上重霄九”中的“重霄九”，许老(1993：77)译为 the highest heaven，辜正坤(1993：143)译作 far above the cloud。毛诗翻译组(1999：65)译作 the Ninth Heaven。毛泽东诗词“可上九天揽月，可下五洋捉鳖”中的“九天”，三者均译为 the Ninth Heaven。李白诗“疑是银河落九天”中的“九天”，以下各家都略“九”不译：the blue sky(许渊冲，2001：131)，the heaven highest(唐一鹤，2005：26)，the Heaven(陈君朴，2005：54)。

仿拟或点化也适用于翻译和诗歌教学。

宋天锡《英汉互译实用教程》有这样一个句子：But that airy stylishness and cool wit is not as effortless to achieve as it is to watch(那种飘逸潇洒的舞台仪态和稳健深沉的表演机智，决非一日之功，可以说是看起来容易做起来难)。学生参照着，大多能译“看起来容易做起来难”为：It is not as effortless to do as it is to watch. 模仿 Etiquette to society is what apparel to the individual(礼仪之于社会犹如衣着之于个人)(宋天锡，2009：225)，很多学生也把“字乃人之衣冠”译作：Handwriting to a man is what apparel to himself. 莎士比亚十四行诗第 18 首有名句：So long as men can breathe and eyes can see，/ So long lives this, and this gives life to thee. 可引导学生师承莎翁功，化出内容新，译“欲穷千里目，更上一层楼”。

广东顺德清晖园有联“风过有声皆竹韵，月明无处不花香”，熟读爱伦·坡名诗 *Annabel Lee*，会记得美丽的诗句 The moon never beams without bringing me dreams of the beautiful Annabel lee；/ The Stars never rise but I see the bright eyes of the beautiful Annabel lee. 以上对联的译文，就可点化译为：The breeze never blows without echoing the bamboo rhythms，/ And the moon never shines but blooms the fragrant blossoms.

（三）善于总结积累，急时应对使用

借鉴别人，总结自己，日积月累，可急中生智。笔者套用成语句式译"开卷有益"，就源于对"凡事皆有学问"的翻译实践：Attention is learning. Attention makes knowledge. Where there is attention，there is knowledge.

还有带领游客游览风景名胜时，笔者把观景的"先睹为快"译为：The sooner to see，the happier to be. 把读书的"先睹为快"变通为：The sooner to read，the happier indeed. 在"桂林山水甲天下名句国际译文"征集活动中，根据"风景这边独好"的译文 The scenery here is beyond compare，笔者译成 Landscapes are everywhere，/ Guilin's is beyond compare，也获入围奖。

（四）无限修订译文，力求精益求精

《英诗汉译学》作者黄杲炘(1998：33)说："诗歌翻译是可以无限修订的，而只有通过无限的修订，译诗才能无限地接近于原作。"美国翻译理论家伯顿·拉夫尔说，"无法在一种语言的文学作品中重现另一种语言的文学作品的韵律"，"并不排除'近似'，优秀的翻译正是基于这种'近似'的基础上的"无限修订，可以无限地加大"近似值"。(郭建中，2000：216)"完美主义"是追求目标，"取法乎上，得乎其中"是实践过程。无限修订译文，力求精益求精，才能体会加大"近似值"之妙。

笔者译"欲穷千里目，更上一层楼"，不同场合，有不同译法。其一是：For a grander sight，/ To a greater height. 整齐押韵，在全国第四次诗歌翻译研讨会上，英诗汉译家江枫插话赞许。

实践证明，事先有准备，事后多修改，译文会更好。记得某市长率团去挪威拉尔维克市访问，欢迎宴会和备忘录签字仪式原定当晚 8 时举行。因航班变化，拉市政要和工商代表 40 多人等了一个多钟头。宴会前团长幽默一句：好饭不怕晚，越晚越有味。笔者据当时情景，加上铺垫译为：I feel sorry such a wonderful dinner has been late; but I believe the dinner the later, the taste the better. 宴会的主人们都会意地笑了。后来，东莞资深翻译家王永泰先生(2007：37)把这两句话单独改译为 Late could be the food, / Might excite the mood.

(五)因应现场情景，体现现实意境

白居易有名句："文章合为时而著，歌诗合为事而作。"佳句的涉外英译要因应现场情景，体现现实意境。一次，云浮市接待一个南非石材企业代表团时，为该企业总经理庆生，送他一幅"满园春色关不住，一枝红杏出墙来"的国画。"红杏出墙"原指新生美好事物封锁禁锢不了，必能冲破束缚蓬勃发展；后来多指已婚妇女的越轨行为。一千个人眼中有一千个哈姆雷特。不同人对这组意象的启发联想，可创造出不同的具体意境。当时，笔者(2009：310)因应对方在"中国石材加工基地中心"云浮扩大市场的意图，不避"添枝加叶"之嫌，译为：The spring could not be shut in the garden by locking the door, / A branch of apricot blossom is coming out, needing space more. 译语押韵，词句通俗，needing space more 点出关键。随后，对主人说的"千里送鹅毛，物小情意重"，不穷究"千里"细节，不计较"鹅毛"与否，只译意境：A feather as a gift may be cheap, / But conveys from afar feelings deep. 而 afar 可改为 my heart。

四、翻译勿忘原语功，"技术"过硬便不同

2006 年 3 月 7 日，外交部长李肇星在记者招待会上说他曾对非洲佛得角朋友说，"'山不在高，有仙则名'，国不在大，热爱和平、主持公道就好"。译员译为：A mountain no matter how high it is, if it is blessed with touch of divine, it would be well-known. A country no matter how big it is, if it can uphold peace and justice in the world, it would be a good country. 李部长觉得译语不够传神达意，立即对“山不在高，有仙则名”作出补译：What the matter of a mountain is not its height; What the matter of the country is not its size. 笔者根据当时“现场地”译为：A mountain, high or low, will be famous when people find immortals there. A nation, big or small, should be respectable when she loves peace and is just and fair.

现场口头翻译是一项“遗憾的工作”，常常刚刚译出口来，马上就有遗憾之感。我国外语翻译精英“聚宝盘”中的译员“身经百战”，尚会偶一失手，一些年轻的翻译对古汉语的语用真意一时不解，个别翻译一时不知道“共商国是”乃固定搭配亦情有可原，但事后要总结提高。这是当今外语教育普遍存在的一个问题。华东师大终身教授潘文国指出，“学习外语所能达到的程度是以母语能力为前提的。毫不夸张地说，一个人外语水平的上限就是他母语水平的下限，低下的母语能力成为外语学习者头上一块难以突破的‘天花板’”(潘文国，2011-02-07)。要加强母语基本功的修养，以避免或减少失误，这也是笔者(2009：39)提出的“译外功”之一。

本章强调学习翻译理论，还要强调不要鄙薄地把翻译技巧看作“雕虫小技”。杨宪益荣获翻译文化终身成就奖后，“自谦不擅长理论，他说自己从前开始做翻译时，就是听了严复关于翻译的“信达雅”的说法；他认为主要是要力争信和达，雅是难以达到的更高要求，他后来做翻译就是按照‘信达雅’的标准做”(中国网，2009-09-17)。杨宪益的感言，回应了本章“信达雅”是翻译的最高境界之说，对鄙薄翻译技巧的人也是一个教训吧。

综上所述，涉外活动中诗词佳句的汉英翻译，应明确翻译的对象和目的，选学源于实践的理论，要追求至高境界，深入浅出地表达出来。

要力求产生感染力强的现场效果，为提高涉外活动的翻译水平，为对外交流的顺利开展作出翻译人应有的贡献。

（作者吴伟雄、吴庆雯，本节原文在《上海翻译》2011 年第 2 期发表）

第二节 十全十美若难酬，尽量接近是所求

——浅谈汉语对联英译的策略与方法

汉语对联是一种独特的文学形式，也是应用广泛的一种特色公示语。英语对句则是英语民族文化一种独特的形式，是英语诗歌的一种独特形式。

人类共存于同一天地，有共同的思维，语言方面也有许多共相。汉语对联和英语对句在结构、意境和音韵上的“相似性”，是对联英译“可译性”的基础。

由于地理环境、自然条件、宗教信仰和历史进程的不同，不同民族有不同的思维方式，对事物有不同表达方法，形成不同民族语言的差异。翻译人要研究“差异性”，寻求恰当的表达方法，不断提高翻译技术、改进翻译质量。本节从分析汉语对联和英语对句在结构、意境、音韵上的“差异性”出发，明了“异”是不同语言得以独立存在的根本，在此基础上确定对联英译的大原则——和而不同，尽量接近。

“可译性”的条件下，汉语对联的英语译文应在结构、意境、音韵上都尽量接近；对“不可译”的，通过“三美”原则的灵活运用、“文化缺失”的灵活变通、“可译性”的灵活发挥和“不可译性”的灵活补偿，使译文在结构、意境或音韵上力求接近。为此，要求“似”存异，或以“创”补失，或译后加注，或零度翻译、加字解说，最大限度地接近原义。

汉语对联对外翻译是对外传播中华文化的一个组成部分，翻译人应尽力而为、有所作为。本节结合应用范围广、实用性较强的对联的英译

实例，对汉语对联英译的策略与方法作一些探讨，冀与译界同仁共同交流。

一、汉语对联和英语对句

汉语对联(antithetical couplet)俗称“对子”，雅称“楹联”，别称“楹贴”“门联”“联语”“联句”等；在不同的场合又有不同的别称，春节贴春联，结婚贴喜联，祝寿送寿联，吊唁送挽联，入住新居贴新居联，各行各业开业贴开业联，早已成为我国社会生活的一种习俗(郑鉴枢，1993：1)。对联还是一种应用广泛而有艺术特色的公示语。“劝君更尽一杯酒，与尔同销万古愁”向人们公示，这是一家酒馆；“风景这边独好，江山如此多娇”向人们宣示，风景名胜区就在眼前；“萨马雄风扬四海，兰奇豪气盈五洲”表示与奥运有关和对萨马兰奇的赞颂，等等。其实，“对联是从古诗文中的‘对句’演化出来的”，只不过对联发展初级阶段的“对句”“虽有对偶的原始形式，却平仄不大协调，对仗不够工整，而且往往不避同字，所以还不能算是‘对子’”(郑鉴枢，1993：3)。

英语也有“对句”(couplet)，是一种双行体诗句、英诗芳菲园中的奇葩。英语对句源自乔叟的首创，每行五音步，每音步两音节，一个轻读音(抑)加上一个重读音(扬)，句式均衡、整齐、准确、简洁、考究，因用于英雄史诗而著名，又称英雄双韵体(heroic couplet)；后由德莱顿发展为一种英诗的体裁——英雄偶句诗，由多副五音步抑扬格的押韵对偶句组成。“英雄双行诗节的意义在两行诗中都要表达完整”(聂珍钊，2007：301)，成为意义独立的语言单位。莎士比亚的十四行诗“通过前面的12行诗提出问题，而只用(最后的)两行诗回答结束全诗”(聂珍钊，2007：362)，往往成为广为传诵的佳句。

笔者用五音步抑扬格的英语对句翻译了朱自清的自撰联：“但得夕阳无限好，何必惆怅近黄昏？”

If only the evening sun enjoy its sublime,

Why need to care it's near the setting time?

下画线音节重读。因内容需要，抑扬格又可变格，变格的首选是抑抑扬格。这是因为，两者“都是‘上升的节奏’(先轻后重)，是性质相同的同类节奏，它们可以自由地替代而仍保持和谐”(吴翔林，1993：30)。上译首联就两处(第二音步和第五音步)将抑扬格变为抑抑扬格。只要主流格律不变，英诗变格不仅允许，而且常见。对联英译也一样，十全十美若难酬，尽量接近是所求。

二、汉语对联和英语对句比较

“语言对比是研究翻译理论和提高翻译技艺的基础之一……‘知己知彼，百战不殆’。就英、汉两种语言来说，它们既有共同点，又各自具有自己的特点，如果不对这些特点进行对比分析，那么要想自如地驾驭互换方法、提高翻译水平将是很困难的。”(宋天锡，2011：105)分析对比汉语对联和英语对句的“似”和“异”，既可明确翻译的基础，又可进而研究解决差异的方法。这也许是研究对联英译的必由之路。

(一) 汉语对联和英语对句的相似性，是对联英译翻译的基础

1. 结构上的相似

在结构上，汉语对联和英语对句都是两相成对的，都表示一个或一组独立的意思。汉语对联是字数相对相同，英语联句是音节相对相同。

汉语对联有一种“流水对”，“即出句与对句是一个意思连贯下来，如流水不断；换句话说，即出句和对句不是两句话，而是一句话”(涂宗涛，2000：41)。这就是说，出句的意思没有说完，从语法意思上还不能算是独立的句子，需要和对句合在一起，才能表达完整的意思。

英诗有诗行和诗句之分。“诗行只是遵循韵律规则而不论语法或语义上是否完整，它指的只是一行诗；而诗句只遵循语法的规则，它不论诗行的多寡，如半行诗、一行诗，或是两行诗或两行以上的诗，只要语

法上完整就是一句诗。”(聂珍钊，2007：5)两个或两个以上的诗行组成的诗句叫结行句或跨行句。那么，由两个诗行组成的英诗跨行句在结构上就与汉语的流水对大体相似了。

上文说到的“劝君更尽一杯酒，与尔同销万古愁”可理解为一副流水对。许渊冲(2005：184)“把这一副‘绝对’译成韵文”：

I would ask you to drink a cup of wine again.
Together we may drown our age-old grief and pain.

如果改为每句10个音节的五音步抑扬格英语对句，就是：

O would you drink a cup of wine again?
Then let us drown our age-old grief and pain.

2. 意境上的相似

“意境是诗歌的美学，一首好诗至关重要的，就是它的意境美。”其实，“意境”为我国古代的诗学概念，“是指诗人的思想感情与描绘的生活情境融合一致而形成的一种艺术境界”，而“西方美学中有一个概念，叫作移情，它与‘意境’大体相同，息息相通。所谓‘移情’，就是将主观感情外射到客观事物中，即移情于人物——人格物化，或移情于景——化物为人。从审美的角度看，无论是东方的‘意境’说，或西方的‘移情’说，均强调主观感情的能动作用——这凸显了抒情诗的主要特质，大大增强了诗的感染力”(顾正阳，2006：17-19)。汉语对联和英诗对句也是非常讲究“意境/移情”的，其创造“意境/移情”的手法也有相似或相同的地方，如“借景抒情”“因景生情”“使用神话故事、寓言故事、典故”“通过想象进入意境”，等等(齐晓燕，2008：99，104-110)。

3. 音韵上的相似

李云启(2007：16)认为，“汉诗朗读时平声趋于轻，仄声厉而举，趋于重”，汉诗依平仄互协的规律，按字的各个声调在特定的诗句中有节拍地交错出现而形成节奏；英语诗歌则按重轻互协的规律而形成节奏。汉语对联和英语对句分别是汉英诗歌的一种形式。其音韵上的相似性可以从各自诗歌音韵节奏上的要求得以体现。这就是说，汉语对联的音韵要求平仄互协，而英诗对句则要轻重互协了。由于受内容上的限制，“在特殊的情况下，某些对联的字又可以不讲求平仄”(郑鉴枢，1993：68-69)英诗也有相似的情况，其“格律也并不总是固定和绝对工整的，无论是在音步的数目还是在格律的形式上都经常会有变化，正是这些变化丰富了英语诗歌的表现形式”(罗良功，2002：22)。英语对句自然也会根据内容的需要而有所“变格”。

(二)分析汉语对联和英语对句的差异性，从“异”中寻找翻译的原则

1. 结构上的差异

汉语对联和英诗对句在结构上的差异是比较大的。汉语对联上下联的句子要求如下：①结构要完全相似或相同，“就是要求主谓结构对主谓结构，偏正结构对偏正结构，联合结构对联合结构，动宾结构对动宾结构，动补结构对动补结构”。②句式要一致，在考虑上下联字数相等时，还要考虑词和词组的字数相等，即上联的词或词组是几个字，下联的词或词组也是几个字。③词性要相同，即词的类别、性质也要相同。④出句和对句的字不能重复。(郑鉴枢，1993：45，46，48，59)如广东佛山顺德清晖园有一名联体现了这种结构：

风过有声皆竹韵，月明无处不花香。

然而，英诗对句的结构原没有这么严格的要求，只要求句式均衡，有“明显的诗行停顿和语法上十分工整的对称结构”，常常使用抑扬格五音步的形式，抑扬格对抑扬格；“可长于或短于五音步，但两行总是一样长短”(齐晓燕，2008：65；黄杲炘，2007：153)。如莎士比亚十四行诗第 18 首结尾的对句：

So long as man can breathe or eyes can see,
So long lives this, and this gives life to thee.

笔者“点化”这种结构，译“欲穷千里目，更上一层楼”为五音步抑扬格的对句：

So long as you can go to a greater height,
So long you'll surely have a grander sight.

上述“萨马雄风扬四海，兰奇豪气盈五洲”一联出自《奥运英雄赞》，王永泰的译文就短于五音步，是标准的四音步抑扬格佳译：

The world of sports esteems his name;
The whole mankind respects his fame.

2. 意境上的差异

汉语对联重视“意境”，英语对句讲究“移情”，两者虽大体相同，但并不等同。“与‘移情’说相比，‘意境’说无论在内涵上还是在外延上均有过之而无不及，因为‘意境’说不但有表层意境，还有深层意境。”(顾正阳，2006：19)杨振宁曾说过，“中国的文化是向模糊、朦胧及总体的方向走，而西方文化则是向准确与具体的方向走”“西洋诗太明显，东西都给它讲尽了，讲尽了诗意也没有了”(转引自许渊冲，2005：192)。例如，同样望月思人，汉语诗人意境的表达比较含蓄，而英语诗人就比较明显直白。

苏轼怀念亡妻词《江城子》有云：“料得年年肠断处，明月夜，短松冈。”他通过明月映照亡妻坟茔产生的意境，含蓄地表达“自难忘”

的思妻之情：Can I not be heart-broken when I am woken / From her grave clad with pines，/Where only the moon shines！（许渊冲 译，1004：189）

然而，美国诗人爱伦·坡怀念亡妻直抒胸臆，用“通常产生一种紧张感的”（齐晓燕，2008：37）抑抑扬格，在其名诗 *Annabel Lee* 中明显地抒发出来：

For the moon never beams without bringing me dreams
Of the beautiful Annabel Lee；
And the stars never rise but I see the bright eyes
Of the beautiful Annabel Lee.

在英译汉语对联的时候，如果“用含蓄的译法能引起英美读者的共鸣，那自然应该保存原诗含蓄的风格；如果不能，那就只好舍风格而取内容了”（许渊冲，2006：163）。

3. 音韵上的差异

汉语对联除了上下句要遵循平仄互协之外，还要求：①出句和对句平仄要“对”（相对，对立）。②遵守“仄起平落”的规则，“上联最末一字要用仄声字；下联最后一字要用平声字”。这本来是近体诗的规则。但是，“对联是从律诗演化出来的，所以这条规则，对联也要遵守”（郑鉴枢，1993：59-60）。而且，两句并不要求押尾韵。如上述顺德清晖园联，“韵”“香”并不押韵。

英语对句，前句和后句的轻重读音并不要求相对，反而要求相同，相当于汉语格律诗出句与对句的“粘”，却与汉语对联要求的“对”相反，要求“两句押韵”（齐晓燕，2008：65）。如上述莎翁对句押韵的 see 和 thee。

例如，下面一副对联音韵上符合平仄相对的要求：

门对青山碧水，(平仄平平仄仄)

窗含丽日新春。(平平仄仄平平)

The doorway greets the landscape in the sunlight;

The window frames the early scenic springtide.

笔者的译文互文见义，每行11个音节，都是抑扬格五音步加一个行末不完全音步，押"大致相近的韵"(鲁迅，转引自许渊冲，1993：5)。

三、汉语对联英译的策略和基本方法

(一)汉语对联英译的策略

在"知己知彼"的基础上，我们讨论和归纳汉语对联英译的策略和基本方法。根据汉语对联和英语对句的"相似性"和"差异性"，笔者认为，汉语对联的英译要采取"和而不同，尽量接近"的策略。"和"是"和谐"，就是要尽量保持两者相似的特色；"不同"是"不被同化"，英语要走英语的路子，保持固有特色，"不被"汉语完全"同化"。"因为有'差异性'的存在……翻译中的'失彩'现象是很难避免的。所谓'等效'翻译，从目前的情况来看，基本上不太可能完全实现。"(宋天锡，2011：71)许渊冲在笔者的学校演讲时说得好：Perfection could not be reached, but approached. 既然十全十美难达到，就只能尽量接近。在"和而不同，尽量接近"的基础上，像涉外活动中诗词佳句的英译那样，汉语对联的英译也要"产生感染力强的'现场效果'"，即"产生使人喜闻的'悦耳效果'，使人乐见的'悦目效果'，使人意会的'意似效果'或使人神会的'神似效果'"(吴伟雄，2009：288)。

上文的"风景这边独好，江山如此多娇"是郭沫若集毛泽东诗词名句的对联，见于广东肇庆星湖风景区的桂花轩。笔者译文如下：

So unique is the scenery here!

How lovely is our Country dear!

(二) 汉语对联英译的基本方法

1. "三美"原则的灵活运用

许渊冲总结文学翻译的"三美论"，笔者认为也是对诗词佳句英译现场见效的要求，"在传达原文意美的前提下，尽可能传达原文的音美；还要在传达原文意美和音美的前提下，尽可能传达原文的形美；努力做到三者齐备。如果三者不可兼得，那么，首先可以不要求音似，也可以不要求形似；但是无论如何，都要尽可能传达原文的意美和音美"(许渊冲，2006：81)。对联英译亦该如此。

2002 年 12 月在全国第四次诗歌翻译研讨会上，笔者翻译"欲穷千里目，更上一层楼"的一个版本受到特别重视"形似"的资深翻译家江枫的插话赞许；其实，那是灵活运用了许渊冲倡导的文学翻译"三美"原则：

For a grander sight,

To a greater height!

相传岳阳楼三楼木壁上曾隐现三字："一""虫""二"。无人能懂其意。李白说："这是一副对联，'一'字是'水天一色'。'虫'字和'二'字是'风月无边'。"人们恍然大悟："对！'风(風)'字没有'几'边，'月'字没有'冂'边，就是'虫'和'二'。"(施仲谋等，2007：135)。笔者译"水天一色，风月无边"如下：

The sky and water do share the same color.

The moon and wind produce unique wonder.

英诗里，“在不损害意思的明确表达外，为满足格律的需要，有的词类可以省略”，如“冠词”(石瑞，1987：111)。译文的主流格律为英语对句五音步抑扬格，体现形美。每句四个抑扬格加上的一个扬抑格，“是抑扬格的一种对照，使诗歌节奏的美感得以显示出来”(聂珍钊 2007：125)；“通常，扬抑格的运用可以产生确定感”(齐晓燕 2008：37)，两行押“大致相近”的尾韵，这是音美了。译文也体现了原文的意美。

《奥运英雄赞》中赞扬奥运名将王楠的嵌字联是“王者风范成霸业，南征北战建奇功”。王永泰翻译为：

Brought by God, like the queen of the sport,
North and south, you have conquered the court.

译文上下两行句式均衡整齐、意思准确简洁，音步吻合对应，都是九个音节，灵活地应用了英诗跨行句的结构，是形美；每行由一个扬抑扬格加上两个主流的抑抑扬格，统一中又有变化，是音美；至于意美，亦跃然纸上。

2.“文化缺失”的灵活变通

唐代诗人李商隐有一联诗句：沧海月明珠有泪，蓝田日暖玉生烟。上联写中国神话典故中鱼尾人身的鲛人神秘美丽，泣泪成珠。西方传说里没有这种鲛人，却有同样神秘而美丽的美人鱼。为使英语受众在其熟悉的传说文化中领悟原文的真意，许渊冲(1988：352)灵活地转换了传说，将鲛人变通为美人鱼，译成五音步抑扬格英语对句：

In moonlit pearls see tears in mermaid's eyes;
From sunburnt jade in Blue Field let smoke rise!

3.“可译性”的灵活发挥

对可译性较强的对联，应尽量使译文做到音节等数、词组相应、结构相同、节奏一致，与原文对联在字数相等，词性、词组相对，结构相同和节奏一致等方面尽量接近。香港中文大学教务长何文汇在沙田公园前写了一副对联：

一水东流，两岸都成新都市；
群山环抱，四时犹带旧风情。

Divided by a stream, the two shores north and south are turned into new cities;

Surrounded with hills, the island in four seasons exhales an old perfume.

许渊冲(2005：158)说，上译“虽然传达了一点原文的意美，但是对联的‘两岸’‘四时’对仗的形美，都译不出来”。其实可以再尝试一下，尽量灵活发挥“可译性”。“四时犹带旧风情”的逻辑主语从意境分析可知，是“群山环抱”的沙田公园，不是整个香港岛。笔者改译如下：

Divided by a stream, the lands of the two shores are turned into new cities;

Surrounded with the hills, the park in four seasons still unfolds its old beauties.

上联三个意群分别有六、六、七个音节，和下联相应的三个意群正好相应，“两岸”“四时”对仗的形美也译了。两行译文行末音节押“大致相近的韵”，也有一点音美。

汉语对联是一种古老的文学艺术。如果有的古文与今字相通，“可译性”的程度就增加了。如山海关的一副奇联：

海水朝朝朝朝朝朝朝落，

浮云长长长长长长长消。

上联可理解为：“海水潮，朝朝潮，朝潮朝落；浮云涨，长长涨，长涨长消”。译界名人金缇、奈达的译文是：

Sea waters tide, day-to-day tide, everyday tide and everyday ebb,

Floating clouds appear, often appear, often appear and often go.

爱尔兰朋友 Noel 先生以英语诗的思维重组了上译信息，浓缩出核心内容，既符合英语对句结构和音韵要求，两行的音节又等数，“悦耳悦目”是“可译性”的灵活发挥，真有“删繁就简三秋树”之风。Noel 先生的译文(转引自吴伟雄、吴庆雯，2009：296)是：

Every day floating clouds come and go,

Very often sea waters ebb and flow.

4. “不可译性”的灵活补偿

山海关的孟姜女庙有一楹联：

秦王安在哉，万里长城筑怨；

姜女未亡也，千秋片石铭贞。

照译上联的“万里长城筑怨”难表原意，就灵活处理为：在筑长城苦役中惨死的民工，冤魂不散嚎叫声，萦回上空哭长城。下联的“千秋片石铭贞”也不方便照译，则灵活补偿为：姜女忠贞情意长，名垂千古天下扬。对照原文上下联结构对应、字数相等，笔者也译为结构对应、音节等数：

The First Emperor of Qin remains no more at all,
Except the cries of direful souls over the Great Wall;
The Moral Lady Madam Meng indeed never dies,
Because her name of royalty to love ever shines.

灵活补偿“不可译性”，还可以根据不同的情况，或求似存异，保存原义，或以创补失，补偿原义，或译后加注，补加原义，或零度翻译，加字解说，等等。

(1)求似存异，保存原义

Long live China! 是从 May China live long 中省略 May 并倒装语序而成。明乎此理，下面这副农村传统春节对联的译文(吴伟雄，2012：3)就呼之欲出了：

天增岁月人增寿，
春满乾坤福满门。

Longer last the Heaven, / Longer live the human!
Prevail the springtime, / Prevail this home's prime!

(2)译后加注，补加原义

北宋宰相吕蒙正少时家境贫寒，常有温饱之忧，曾贴一门联(郑鉴枢，1993：243)：

二三四五
六七八九

上联缺一，谐音“衣”；下联少十，谐音“食”。笔者用世人皆懂的阿拉伯数字代替汉语数字翻译，然后加注解释：缺衣少食。

2345

6789

Note：The line 1 of the couplet has no "1" which reads "yi" in Chinese, pronouncing the same as the Chinese character for clothes, while the line 2 wants "10" with the same sound as the Chinese for food, thus suggesting the meaning of not having enough clothing and food.

(3)零度翻译，加字解说

一位音乐老师与一位英语老师喜结良缘，同仁送去一副别出心裁的婚联：

1 2 3 4 5 6 7

A B C D R F G

有趣的是，横批 OK 的 O 仍为乐谱的休止符号，而 K 乃英文字母。整副对联将乐谱符号和英文字母完美结合起来，寓意新人的天作之合。

此联可作零度翻译。只要加注解说如下，受众定会称妙！

Note：This couplet was given, at their wedding, to a new couple, one being a music teacher, the other teaching English. While the horizontal scroll above the couplet reads OK, implicating the two a perfect couple.

四、结语

综上所述，汉语对联的英译要在分析明了汉语对联和英语对句"相似性"和"差异性"的基础上，以前者为翻译的基础，以后者为"和而不同"的依据，灵活地发挥"可译性"，补偿"不可译性"，十全十美虽难达到，尽量接近却有可能。本节讨论的仅仅是汉语对联英译的一种方法，由于篇幅所限，未能展开其他路子。汉语对联的对外翻译是对外传播中华文化的一个组成部分，笔者愿与译界同仁共勉，从尽力而为，到争取有所作为。

（作者：吴伟雄，本节原文在《上海翻译》2013年第4期发表）

第三节　语篇连贯与诗歌翻译

——以陈与义的《拒霜》为例

诗歌翻译首先是原诗语篇连贯解读，然后是译诗语篇连贯重构过程。陈与义《拒霜》十六个英译版本反映了译者对原诗的鉴赏和阐释方面存在较大差异性，主要体现在：诗题翻译、语义选择、文化意象所指等方面。诗歌的翻译过程中的种种“词义”“诗义”之争可通过语篇连贯分析来解决。诗歌翻译不仅在于译诗语篇内连贯重构与诗歌互文连贯重构，更在于诗歌的“形”与“义”之间的“诗意”再现。

一、引言

陈与义（1090—1138）是南北宋之交的著名诗人，《译原》电子杂志刊登了陈与义《拒霜》的十六个不同的英译本①，译者们对于原诗的理解和阐释各不相同，在译后小记里有说明。汉人董仲舒说过“诗无达诂”，意谓对《诗经》没有通达的或一成不变的解释，因时因人而有歧异。同理，《拒霜》译本差异较大，也许译者们各有自己的解读理据。但笔者赞同穆世雄教授的观点：“古诗英译中我们必须承认存在诗歌审美鉴赏的差异性，但不能因此而否认审美鉴赏的共性，或客观标准的存在，更不可混淆审美鉴赏的差异与误读的区别。”穆教授认为解决审美鉴赏的差异性所产生的翻译问题，必须依赖客观世界的知识、背景知识

① 《译原》电子杂志：https：//mp. weixin. qq. com/s/KC4OAn6AzZyYMEBDnmxDOQ，2019-01-11.

和语篇内含的知识，仅仅根据字面做逻辑推理难以定夺。笔者认为可以尝试从语篇连贯来鉴赏和解读原诗。

二、各译本间他性

笔者对《拒霜》的十六个英译本，从诗题翻译、语义选择、意象所指等方面来对比分析，发现各译本间他性(otherness)，或者说分歧，主要在于以下几方面。

(一)诗题“拒霜”的英译方法各异

诗题“拒霜”翻译方法不尽相同：有的用学名翻译，如 Hibiscuses(赵宜忠)，Hibiscus Flower(赵德兰)，Hibiscus：Against the Frost(周元晓)，The Hibiscuses in Bloom(张小波)；有的用别名翻译，如 Cotton Roses(李庆合，魏红霞，罗淑萍)；有的用别名加同位语翻译，如 Cotton Roses, the Frost-Proof Blooms(吴伟雄)；有用“拒霜”作定语修饰“芙蓉花”的，如 Frost-Proof Cotton Rose(倪庆行)；有采用意译的，如 Anti-Frost(任诚刚)，Ode to Frost Resistant(王昌玲)，Antifrost Flowers(张俊锋)；还有音译，再括号加注的，如 Jushuang (Cotton Rose; Chinese Meaning：Against Frost)(孟朝岗)。

笔者认为题目“拒霜”的英译若单纯音译不能表其义；若按字面直译 The Frost-Proof Blooms，则不知道指的何种花卉；若用其学名似难出诗意、诗境；若只译别名 Cotton Roses，则少了中国文化中对此花不畏严寒、迎霜开放的赞美寓意。寻思良久，笔者认为题目既为“拒霜”，不应以别名“木芙蓉”(Cotton Rose)夺其彩，而简单音译不能辨其义，遂采用音译+意译，将题目“拒霜”英译为 Jushuang, the Frost-Proof Blooms，音译的 Jushuang 传其名，意译的 the Frost-Proof Blooms 作为同位语传其义，文中再用 cotton roses 回指照应，这样中文名“拒霜”指“木芙蓉花”耐寒的特性，在英译诗文中一目了然。

(二)“天地”“草木”的理解不同

译者们对于“天地”“草木”的理解迥异。“天地”有的理解为大地，如 all the land(吴伟雄)；有的理解为世界或世界万物，如 the whole world(李庆和)，the outside world(倪庆行)，the world(孟朝岗)，the bleak world(张俊锋)；the universe(赵德兰，张小波)；有的理解为季节或气候，如 autumn(王昌玲)，th' weather(赵宜忠)；有的理解为“天和地”，如 the earth and sky(任诚刚)，the sky and earth(魏红霞)。

“草木”有的理解为植物或花草总称，如 the vegetation(吴伟雄)，the fresh vegetations(张小波)，floras(王昌玲)，the plants(李庆和)，some plants(罗淑萍)，the floral(周元晓)；有的理解为草和树，如 this very bush and tree(倪庆行)，grass and trees(赵宜忠)，the trees and grass(赵德兰)，the grass and wood(任诚刚)，grass and trees(魏红霞)；有的理解为回指上文“拒霜”，如 cotton roses(张琼)，hibiscuses(周元晓)。

“天地虽肃杀，草木有芬芳”这一句对仗工整，在笔者看来，“天地”“草木”都是一个词，不是分开的两个词——“天和地”“草和木”。“天地肃杀”指秋风萧瑟、万物凋零，“草木有芬芳”回指“拒霜”吐蕊有“芬芳”。“草木”是整体代部分，回指上文的“拒霜”，并非泛指所有草木，为保留诗意留白，不宜明示译为 cotton rose，但可采用 plants 或 flora 整体代部分，而不明指“拒霜”。

(三)“道人”“侍女”的意象差异

有的认为“道人”“侍女”只是字面意思，没有他指；有的认为“道人”自指，“侍女”指拒霜。“宴坐”大部分都理解为禅坐；也有理解为闲坐或品茶论道。

“宴坐”一词本有两意：一是闲坐；安坐。如唐代白居易《病中宴坐》诗：“宴坐小池畔，清风时动襟。”二是指佛教或道教的坐禅。如《维摩诘所说经·弟子品》：“夫宴坐者，不于三界现身意，是为宴坐。”从语篇连贯来看，笔者认为诗中“道人”是诗人自指，“侍女”意指“拒霜”。道人和侍女的意象一静一动、一淡一艳，与上文的天地和草木一肃杀与一芬芳，有对照意境。“道人宴坐处”回指上文的“吾宇”，在句中应为地点状语，而非强调“道人正宴坐”。“侍女古时妆”应该是主句，因为诗中的主角诗中是“拒霜”，这一点笔者原译也与不少译者一样出了偏差。

（四）“侍女”与“拒霜”的关系

最后两句“浓露湿丹脸，西风吹绿裳”到底是写侍女还是拒霜，译者们理解不尽相同。有认为这一句写的就是侍女，与拒霜无关；也有认为这一句写的是侍女，实则指拒霜。

从语篇连贯分析来看，笔者认为整首诗的主角是拒霜，作者赞美拒霜不畏严寒，在寒风中绽放。“浓露湿丹脸，西风吹绿裳”写侍女没错，但侍女正是转喻上文的“拒霜”，“丹脸”“绿裳”分别指拒霜的花和叶，但原诗中的文学留白，译文不宜明示为 petals，leaves（赵德兰、倪庆行）。译者们对“西风”一词的翻译，主要差异仍是词义隐含与明示的问题，有的直接译为 chill wind（王昌玲）或 winter wind（魏红霞）。在笔者看来，作者选择“西风”意指秋风、寒风、冷风，类似于中国古典诗歌多用“东风”象征春风，如“等闲识得东风面，万紫千红总是春”。这里的“西风”，又正好与上文的“天地肃杀”相呼应，是同现关系，翻译时应保留原文意象不变，译文 west wind 为好。

三、语篇连贯与原诗分析

语篇连贯是篇章语言学领域一个十分重要的概念。语篇（text）是表达整体概念的语义单位，一首诗歌就是一个完整的语篇。语篇作为一种交际活动（communicative occurrence），应具有七项标准，即衔接性（cohesion）、连贯性（coherence）、意图性（intentionality）、可接受性（acceptability）、信息性（informativity）、语境性（situationality）和互文性（intertexuality）。如果其中任一标准没有达到，语篇就失去了交际性。语篇是一个复杂的关系网络，意义是“各种关系的网络总成”。帕普迦伊和舒伯特将语篇内各成分之间的相互关系统称为“连贯”。

王东风把语篇因素之间以及语篇与超语篇因素之间存在的各种“自然或合理的”，也就是相关的关系，均置于连贯这一范畴之中。王东风教授提出了语篇翻译连贯论四个基本假定：连贯是一个多重关系网络；意义产生于连贯；连贯是文学语篇必不可少的特征；连贯是翻译必须要体现的特征。同理，《拒霜》原本就是一个连贯的关系网络，解读这个关系网络有助于解读诗歌诗意与诗义，并在译文中重构这一连贯的关系网络。

拒霜，又名木芙蓉，其花或白或粉或赤，皎若芙蓉出水，艳似菡萏展瓣，故有“芙蓉花”之称，又名木莲、地芙蓉、华木、霜降花等。《本草纲目》云：“此花艳如荷花，故有芙蓉、木莲之名，八、九月始开，故名拒霜。”西风凛冽、黄叶飘零、清霜凉露，在这万花纷谢之时、秋水潺湲之处，木芙蓉迎霜开放，亭亭玉立，红苞齐吐，为历代文人墨客所喜爱，被其象征为高尚纯洁的君子。拒霜被诗人陈与义赋予一种不畏严寒、挑战困难、充满自信的人格形象。原诗如下：

拒霜

陈与义

拒霜花已吐，吾宇不凄凉。
天地虽肃杀，草木有芬芳。
道人宴坐处，侍女古时妆。
浓露湿丹脸，西风吹绿裳。

《拒霜》是一个结构完整、语义连贯的语篇。既然意义在于“各种关系的网络总成”，那么，恰当的语篇解读就要看译者对于这一关系网络的解码是否恰当，然后再在翻译过程中重构这一关系网络，为译文读者提供一个解码难度系数相当的译文语篇。下面我们从“连贯”的视角来分析原诗中的关系网络，请看下图：

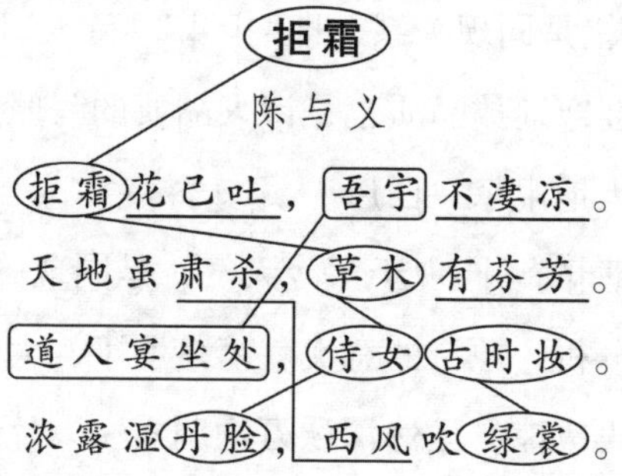

Halliday 和 Hasan 在 *Cohesion in English* 中将英语的衔接手段分成照应（reference）、替代（substitution）、省略（ellipsis）、连接（conjunction）、词汇衔接（lexical cohesion）五大类。词汇衔接主要有复现和共现。由上图清晰可见原诗的主要连贯脉络。

连贯线索一：拒霜—拒霜—草木—侍女—丹脸

文中的“拒霜”原词复现题目“拒霜”，“草木”上义词替代下义词“拒霜”，下文“侍女”转喻“拒霜”，转喻也是一种替代关系；“丹脸”和“侍女”是部分和整体的关系。

连贯线索二：侍女—古时妆—绿裳

“古时妆”与“侍女”是描述与被描述关系，“绿裳”与“古时妆”是替代关系。

连贯线索三：吾宇—道人宴坐处

“道人宴坐处”回指“吾宇”；“道人”回指“吾”，即诗人自指；“宴坐处”回指“宇”，即诗人住处。

连贯线索四：花已吐—不凄凉—草木有芬芳

“花已吐”与“不凄凉”是因果逻辑关系；“草木”回指“拒霜”，“草木有芬芳”与“花已吐”是同现关系。

连贯线索五：天地肃杀—草木芬芳

“草木”与“天地”是同现关系；“芬芳”与“肃杀”是对比关系；

连贯线索六：道人—侍女

“侍女”与“道人”是同现关系，即“拒霜”“诗人”同时存在于诗人住所；同时，拒霜的迎寒绽放品质也是诗人品质的写照。

连贯线索七：天地肃杀—西风

“西风”与“天地肃杀”同现于寒冷天气，是同现关系。

通过语篇连贯分析，原诗的意义就清楚明了，大概就是：拒霜花开了，我的住所便不再凄凉，虽然深秋万物凋零、一片萧条，但拒霜花散发出阵阵香气，我住所中的拒霜花犹如古装宫女，深秋的露水打湿了娇艳的花朵，那些绿叶好像是寒风中舞动的裙摆。

四、译诗语篇，连贯重构

王东风教授认为难译的不是诗歌，而是诗意。诗意是义和形共同作用下的一种审美体验，尤其是语言运用的陌生化形式，诗歌翻译只有尽可能地音形意兼顾，才有可能尽量多地保全原诗原汁原味的诗意。我们已经解读出了原诗的意义关系，在翻译时应保持原文的内在关系，不作明示。因为“艺术的手法是要使得事物变陌生，使其形式变困难，从而增加认知过程的困难和长度，因为直觉过程本身是为审美服务的，因此必须延长其长度”。古人写物诗往往有作者感情的寄寓，即托物喻人、以物抒情。拒霜被诗人赋予一种不畏严寒、挑战困难、充满自信的人格形象。诗中的意象本是留白，为了诗意和诗境，翻译时应保留原诗意象，重译如下：

Jushuang, the Frost-Proof Blooms

By Chen Yuyi

With cotton roses in full bloom,

No longer is my abode in gloom.
Although it's bleak and chilly,
The flora fresh and fragrant really.
In the Taoist meditation place,
The maids are in ancient arrays,
Whose pink faces moist with dew,
Whose dresses in wind a green hue.

译诗中 Jushuang，the Frost-Proof Blooms，cotton roses，the flora，maids，pink faces，green dresses，my abode，the Taoist meditation place 等保留与原诗一样的语义连贯关系。原诗为五言律诗，一韵到底，但这种韵式在英诗中不常见，拙译采用 aabbccdd 韵式，并采用行中头韵，如 flora fresh and fragrant，ancient arrays。

五、结语

诗歌翻译的过程是解读原诗语篇连贯，然后重构译诗语篇连贯的过程。一个好的诗篇必定是连贯的，将有争议的词义置于语篇这一关系网络来解读，其意自然明晰。在诗义的传译之时，用译语重构原诗的语篇连贯，还需注意保留原诗诗意、诗韵，以诗译诗，诗歌的诗意就在于"形"与"义"之间。与此同时，原诗歌中的留白，在重构译诗语篇时，断不可轻易去填补，以免剥夺了译诗读者的审美趣味。总之，诗歌翻译不仅在原诗"诗义"解读与译诗语篇内连贯与语篇互文连贯的重构，更在于诗歌的"形"与"义"之间的"诗意"再现。

（作者：张琼，本节原文在《肇庆学院学报》2019 年第 6 期发表）

第四节　诗歌翻译，连贯重构与诗意再现

——以沃尔特·司各特的《狩猎歌》为例

诗歌“诗义”在于语篇内部连贯和中英诗文互文连贯，而诗歌“诗意”就在音韵和节奏之间；诗歌是“音”“形”“义”的统一体。诗歌翻译既要重视“诗义”连贯，也要重视“诗意”再现。诗歌翻译就是原诗语篇语义连贯分析，以及译诗语篇连贯重构的过程。诗歌语篇重构过程中，首先要实现语篇内部连贯和中英诗文互文连贯，其次要再现原诗的风格色调、节奏音韵。

一、引言

沃尔特·司各特(Walter Scott，1771—1832)，是一位多产的苏格兰小说家、诗人、剧作家和历史学家。他的诗充满了浪漫的冒险故事，深受读者欢迎，即便是在当今的欧洲、北美洲和大洋洲，他的作品仍具有巨大的读者群。《外国诗文汉译》总第 17 期①刊登了 *Hunting Song* 十四个不同的中译本，并附有译者说，译者们对于原诗的理解和翻译不尽相同。汉人董仲舒说过“诗无达诂”，意谓对《诗经》没有通达的或一成不变的解释，因时因人而有歧异；同理，也许译者们对于沃尔特·司各特的 *Hunting Song* 各有自己的解读理据。穆世雄教授(2005)认为“古诗英译中我们必须承认存在诗歌审美鉴赏的差异性，但不能因此而否认审美鉴赏的共性，或客观标准的存在，更不可混淆审美鉴赏的差异与误读的区别”；反之亦然，英诗汉译虽然解读可能会因人而异，但原诗语篇内在的连贯关系不会变。

---

① 《外国诗文汉译》总第 17 期 *Hunting Song*，https：//mp. weixin. qq. com/s/LpU1xFSwUjS-0d8Xm1kSFQ，2019-02-12.

本文所谈的“诗意”是指诗歌的文学性(literariness)，取的是这个概念实指的狭义，即产生于诗的诗意，而不是广义的诗意。据说美国诗人罗伯特·弗罗斯特曾说：Poetry is what gets lost in translation(诗意是翻译中所失去的东西)，这里的poetry正是本节所谈的诗意，或称为诗性，指诗之所以是诗的东西(poetic quality or poetic flavor)。“诗意”“诗性”的英文表达可以是罗伯特·弗罗斯特的poetry，王东风教授用的相对应的术语是poeticity。笔者尝试从语篇连贯视角来解读*Hunting Song*，重构中译诗的语篇连贯，并尽可能再现原诗“音”“形”“义”之间的“诗意”。

二、语篇连贯与诗歌翻译

语篇连贯是篇章语言学领域一个十分重要的概念。语篇(text)是表达整体概念的语义单位，一首诗歌就是一个完整的语篇。语篇作为一种交际活动(communicative occurrence)，应具有七项标准，即衔接性(cohesion)、连贯性(coherence)、意图性(intentionality)、可接受性(acceptability)、信息性(informativity)、语境性(situationality)和互文性(intertexuality)(Beaugrande & Dressler，1981：3-13)。如果其中任一标准没有达到，语篇就失去了交际性。语篇是一个复杂的关系网络，卡特福德定义意义是“各种关系的网络总成”(Catford，1965：35)。帕普迦伊和舒伯特将语篇内各成分之间的相互关系统称为“连贯”(Papegaaijo & Schubert，1988)。王东风(2009：27-30)将连贯定义为“语篇因素之间以及语篇与超语篇因素之间的各种相关关系的总和”，并提出了语篇翻译连贯论四个基本假定：连贯是一个多重关系网络；意义产生于连贯；连贯是文学语篇必不可少的特征；连贯是翻译必须要体现的特征。同理，好的诗歌原本就是一个连贯的语篇，连贯是诗歌必不可少的特征；连贯也是诗歌翻译必须要体现的特征。诗歌翻译是原诗语篇连贯关系的重构，诗歌翻译的过程即建构与原诗的互文关系的过程。在诗歌翻译过程中，首先解读原诗的连贯关系，以避免翻译理解过程出现偏差，然后建构译诗语篇内连贯和译诗与原诗的互文连贯，其次是再现原文的音韵节奏，再现原诗“音”“形”“义”之间的诗意。

沃尔特·司科特的原诗 *Hunting Song* 如下：

Hunting Song

Sir Walter Scott

Waken, lords and ladies gay!
On the mountain dawns the day;
All the jolly chase is here
With hawk and horse and hunting-spear;
Hounds are in their couples yelling,
Hawks are whistling, horns are knelling,
Merrily, merrily mingle they,
"Waken, lords and ladies gay!"

Waken, lords and ladies gay,
The mist has left the mountain grey;
Springlets in the dawn are steaming,
Diamonds on the brake are gleaming;
And foresters have busy been
To track the buck in thicket green;
Now we come to chant our lay,
"Waken, lords and ladies gay!"

Waken, lords and ladies gay!

To the greenwood haste away;
We can show you where he lies,
Fleet of foot and tall of size;
We can show the marks he made
When 'gainst the oak his antlers fray'd;
You shall see him brought to bay,
"Waken, lords and ladies gay!"

Louder, louder chant the lay,
Waken, lords and ladies gay!
Tell them youth and mirth and glee
Run a course as well as we;
Time, stern huntsman! who can balk,
Staunch as hound and fleet as hawk;
Think of this, and rise with day,
Gentle lords and ladies gay!

语篇涵盖了语法、语义、语用和文体等诸多方面的各种关系和联系，王东风认为连贯是语篇第一属性，将语篇连贯细分为文体连贯、语法连贯、语义连贯和语用连贯几个方面。下面我们主要从语义连贯和文体连贯来分析。

三、语义连贯，解读"诗义"

沃尔特·司各特的《狩猎歌》一诗，hunting 一词是关键词，是文章主旨，语篇的连贯要求诗文主旨一致。*Hunting Song* 诗文的主旨围绕"狩猎"实现其语篇语义连贯：第一节　准备狩猎：All the jolly chase is here / With hawk and horse and hunting-spear(飞鹰跑马，手握猎枪，/欢乐追逐，齐齐亮相)；第二节　狩猎开始：And foresters have busy been/ To track the buck in thicket green(护林队员，正在忙碌，/绿林丛中，追踪雄鹿)；第三节　狩猎进行中：You shall see him brought to bay(雄鹿被围，无处可逃)；第四节　狩猎结束：Time, stern huntsman! who can balk(抓捕时间到了，不能犹豫)。

全诗一至三节的首行和尾行，第四节第二行，都重复 Waken, lords and ladies gay!（“醒醒，老爷太太，好热闹”)，女仆反复呼唤老爷太太快快醒来，诗的最后一行 Gentle lords and ladies gay!（“温婉老爷太太，好热闹!”)，老爷太太终于起床，和前面形成呼应。诗中反复出现的叠句“Waken, lords and ladies gay!”实则类似民歌歌词中的衬词、衬句。衬词大多与正词没有直接关联，不属正词基本句式之内，甚至很多还是无意可解的词语，但一经和正词配曲歌唱，成为一首完整的歌曲时，衬词就表现出鲜明的情感，成为整个歌曲不可分割的有机组成部分。衬词的应用不但可以突出歌曲的民族风格和地方特色，同时对渲染歌曲气氛、活跃歌者情绪、加强歌唱语气、烘托歌声旋律等方面，都起着十分重要的作用。对于一些诗歌或歌曲，如果把这些衬托性的词句去掉，不仅会大大减弱诗歌或歌曲的表现力，使诗歌或歌曲顿失光彩，而且还常常会破坏诗歌或歌曲结构的完整性，甚至根本无法演唱。“Waken, lords and ladies gay!”这一叠句的“重复”的衔接，有效地构成了这一诗篇的连贯，翻译时宜保持其句式形式和音韵节奏的统一，重现这一独特的语篇连贯方式。

对比分析 *Hunting Song* 的十四个中译本，发现译者们在某些词义的理解上分歧较大，不少译文出现了语篇语义不连贯，特别是第四节，有的译文已经脱离“狩猎”这一主题。韩礼德和哈桑(2001：320)认为，句际关系主要通过两种词汇方式建立起来，词汇衔接一是复现(reiteration)，一是同现(collocation)。复现包括原词复现、同义词或近义词复现、上义词和下义词复现等；所谓同现，其基本原理就是在特定的语境中会出现的典型事物(词项)。王东风教授将词汇衔接作为语篇连贯的独立范畴，认为同现是语篇连贯的重要手段。下文主要就十四个译本中有争议的词义，从诗篇语义连贯的视角进行探讨分析，给出笔者的翻译及理据。

第一个分歧是 gay 一词的理解与翻译。略去不译的有王昌玲、魏红霞、赵宜忠、段美媛、张俊锋；其他译为：寻乐的(吴伟雄)、幸福的(齐云)、享乐(张文明)、快活的(任诚刚)、尊贵的(何霞)、快乐的(杨秀波、罗淑萍)、欢驻(黄金珠)。

gay 是这首诗反复重复的一个词，省略不译，笔者认为不是一个好的选择。沃尔特·司各特的名诗 *Hunting Song* 创作时间较早，这个词不可能是现在所说的“同性恋”之意。查《朗文当代英语词典》668 页 gay 的第三条注释为 *old fashioned*, cheerful and excited，但睡梦中的人是处于无意识状态，这里的 gay 似乎有些不明其意，需要从语篇逻辑分析和语篇连贯视角来解读。从逻辑分析来看，文中反复重复“Waken, lords and ladies gay!”，gay 可能是女仆呼唤主人起床的理由；从语篇语义连贯来看，原诗有条欢快的主线：gay…jolly…merrily…gay；gay…chant our lay…gay；gay…gay；chant the lay…gay…mirth and glee…gay。gay 与下文的 jolly(*adj.* 快活的；兴高采烈的；愉快的；有趣的)，merrily(*adv.* 快乐地，愉快地，兴高采烈地)，mirth(*n.* <书>欢乐，欢笑)，glee(*n.* 快乐，欢喜)是同现关系。从整个语篇来看，gay 与下文狩猎的场面“欢快”“热闹”气氛连贯一致，故笔者将 gay 译为“好热闹”，似乎更符合原诗歌情景语境中女仆说话的口吻，俨然清晰可见女仆脸上说起狩猎场面的兴奋表情。gay 也可以译为“热闹”，这样的话，全诗就都是二字逗，形式更为整齐。

第二个分歧是第二节第二行 The mist has left the mountain grey 出现了两个截然相反的理解：一是认为薄雾已经散尽(如王昌玲、吴伟雄、张文明、何霞、罗淑萍、段美媛、张俊锋)，二是认为山间薄雾萦绕

(如魏红霞、齐云、任诚刚、杨秀波、赵宜忠 、黄金珠等)。

这一分歧的出现，原因在于 left 一词可以表达两种相反的意义：一是“离开”，二是“留下”。单从语法分析无法确定词义，The mist has left the mountain grey，这个句子结构可以是主语(The mist)+谓语(has left)+宾语(the grey mountain)；也可以是主语(The mist)+谓语(has left)+宾语(the mountain)+宾补(grey)。笔者认为这一诗行的语义可放在整个语篇连贯之下来解答，从语篇连贯的词语同现来确定词义。

从语篇连贯来看，原诗有一个时间线索：第一节 On the mountain dawns the day 意为天刚破晓；第二节 The mist has left the mountain grey；Springlets in the dawn are steaming 意为山色空濛，空气氤氲；第三节 To the greenwood haste away…We can show you…意为天色已亮，已然清晰可见绿林中的雄鹿；第四节 Think of this, and rise with day 意为太阳已经升起，晨猎结束。全诗以女仆的口吻，按时间先后顺序来叙述，笔者判断第二节的时间点上，太阳还未升起，山涧薄雾萦绕。

从词语同现关系来看，第二节 The mist has left the mountain grey 这一句中，mist 与 grey mountain 同现于原诗，mist 是 grey mountain 的逻辑原因，意思是“雾使山变成了灰色”。grey mountain 不是山的原本面貌，山原本应是青山(green mountain)，如果 left 表示 mist“离开”mountain 之意，那么薄雾散去之后的山应该是 green mountain，而不是 grey mountain；换言之，与 The mist has left(薄雾散去)同现的应该是 green mountain，故笔者译诗中这句为“山色空濛，薄雾缥缈”。这一翻译也契合原诗的时间顺序和情景语境，并与接下来的一句 Springlets in the dawn are steaming 的“雾气腾腾”连贯一致。

第三个分歧在于第二节第四行 Diamonds on the brake are gleaming 中的 brake 一词。查辞典 brake 是“刹车”之意，外加前面的修饰词 diamonds，不少译者理解为“马车钻石”一类，如张文明、任诚刚、何霞、张俊锋、黄金珠；也有理解为“草叶”一类，如王昌玲、魏红霞、吴伟雄等；还有理解为“灌木”“丛林”的，如齐云、杨秀波、段美媛、罗淑萍等，避开 brake 不译的有赵宜忠。

从语篇连贯看来，与 brake 同现的词有 mountain（山）、springlets（泉）、forester（护林队员）等，但“马车”“香车”与“山”“泉”“护林队员”没有同现关系；换言之，“马车”“香车”不大可能出现在山野之中。因此，笔者大胆猜测 brake 为山中植物，以“brake+植物”在网上搜索到 fern brake（蕨；羊齿丛），以“fern brake +图片”在网上还可搜索到这一山野植物的图片，这一词义正好符合语境；而上面的 diamonds 指的是“露珠”，正好与清晨的 mountain（山）、springlets（泉）、forest（护林队员）构成同现关系。

第四个分歧在于对第四节的理解。从十四个译本看来，第四节三、四行 Tell them youth and mirth and glee/ Run a course as well as we，译者们对其语义理解似乎不是特别清楚。这个祈使句的逻辑主语是谁？them，we 在此所指意义为何？同理，笔者还是从语篇连贯来解读诗义。承接第四节第一句 Louder，louder chant the lay，可知 Tell them youth and mirth and glee/Run a course as well as we 为歌谣的内容，这里的 them 是泛指，youth and mirth and glee run a course（青春和欢乐是一个过程）是 tell 的宾语，we 跟 youth and mirth and glee（青春和欢乐）一样，是一个过程，那么这个 we 就是指我们每一个人的人生。由此可译为“告诉人们，青春畅欢，如同人生，一去无返”。

到了第四节，不少译者似乎忘记了 *Hunting Song* 的主旨还是“狩猎”，不少译文语篇语义不连贯，出现了各种读不懂的译文。第三节第七行 You shall see him brought to bay（雄鹿被围），第四节第五行 Time，stern huntsman！who can balk（抓捕时间到了，不能犹豫）。从语篇连贯来看，time 提醒猎人抓捕雄鹿的时机到了，该出动了。关于 *Hunting Song* 的主旨连贯和衬句反复连贯，在此不再赘述。

四、文体连贯，再现“诗意”

德国功能翻译理论提出：原文与译文之间的互文连贯(intertextual coherence)服从于译文语内连贯(intratextual coherence)，而这二者服从于目的原则(Skopostheorie)。诺德认为文学文本对读者能产生一种诗学效果(poetic effects)，从发送者的意图和接收者对文本功能和效果的期望来看，文学性是交际双方在交际情境中赋予特定文本的首要和最重要的语用品质(2001：82)。换言之，再现文学性应该就是文学翻译的第一原则。

文学翻译不能得“意”而忘“形”，正是语言形式的文学性决定了文学存在的价值。王东风认为作家的连贯建构是诗学取向的，连贯的文体体现策略就是：“以常规对常规，以变异对变异。”江枫先生提出“诗歌的形式不只是内容的外衣、信息的载体，在多数情况下形式就是内容，载体就是信息”(2009：64)。他认为诗歌翻译应当力求忠实于原文，忠实于原文的认知信息，也忠实于原文的审美信息，主张“译诗，力求形神皆似，形似而后神似”。萧乾在《琐谈》中说：“……我认为衡量文学翻译的标准首先是看对原作在感情(而不是在字面)上忠不忠实，能不能把字里行间的(例如语气)译出来。”“一个译者(指的当然是好译者)拿起笔来也只能揣摩原作的艺术意图，在脑中构想出原作的形象和意境，经过再创作，然后用另一种文字来表达。”(转引自许渊冲，2003：96)

“诗意”这一与诗的艺术性密切相关的概念并非是指诗的意思，而是指诗的意思加上诗的形式，即：诗+意=诗意。在这个等式里：“诗”指诗的形式；“意”指诗的意思。诗意是诗形对情意表达的诗化效果；诗意来自于诗歌中独有的文学性；译诗也应有译诗的诗意(王东风，2018：57)。在笔者看来，诗歌“诗意”就存在于音韵和节奏之间的“诗义”；诗歌翻译是“音”“形”“义”的统一。如果要留住诗意，意思不要丢，形式也不能扔：节奏、押韵、意象、排比、对仗等所有作诗的修辞手段，留得越多，体现得越符合诗的原理，诗意也就留下得越多。(王东风，2018：64)。

沃尔特·司各特的 *Hunting Song* 是一首格律诗。节律：四节，各节以空行间隔，没有编号；行律：每节八行；步律：每行七音节或八音节，四音步；音律：主旋律为四音步扬抑格，但个别诗句变格为四音步抑扬格，采用行尾联韵 aabbccaa。*Hunting Song* 是简短的抒情诗，旨在声乐表演或乐器伴奏中与音乐搭配。*Hunting Song* 这首轻松愉快的《狩猎歌》富于民谣风味，狩猎场面描写得惟妙惟肖，全诗节奏明快、韵律分明，宜译成轻快易懂、口语化的歌谣，尽量照歌词的每段形式和字数，不宜奇长奇短，以方便配曲。拙译围绕"狩猎"这一主线，重构连贯的中诗语篇，同样一诗四节，一节八行，以顿代步，每行四顿，同样采用行尾联韵，试图还原原诗的韵律节奏，实现译语诗歌连贯重构。

英语诗歌不一定是完全规范的 XX 格 X 音步，正如汉诗都有拗有救一样。不过，英诗只有"拗"(变格)，不用救。据说，这样就不呆板单调。但是，叫得上格律诗的，主流格律要突出。《狩猎歌》的主流格律是扬抑格四音步，偶有变化。除了 gay 译为三个字"好热闹"，拙译基本上采用二字顿，以顿代步试图还原原诗节奏。写诗不易，译诗更难。毛泽东说，诗要"精练、大体整齐，押韵"。鲁迅提倡："新诗先要有节调，押大致相近的韵。"著名的诗词翻译家许渊冲认为，毛泽东和鲁迅对写诗的要求，"不但是写诗，译诗也该如此"(转引自吴伟雄，2004：28)。原诗第一节行尾，gay 与 day、here 与 spear、yelling 与 knelling、they 与 gay 都是押完全韵；拙译第一节行尾"闹"与"晓"、"枪"与"相"、"停"与"鸣"、"道"与"闹"也都是押韵的。第二节行尾，gay 与 grey、steaming，gleaming、been 与 green、lay 与 gay 都是押完全韵；拙译第二节行尾"闹"与"缈"、"腾"与"莹"、"碌"与"鹿"、"好"与"闹"

也都是押韵的。第三节行尾，gay 与 way、lies 与 size、made 与 fray'd、bay 与 gay 都是押完全韵；拙译第三节行尾“闹”与“跑”、“哪”与“大”、“皮”与“迹”、“逃”与“闹”也都是押韵的。第四节行尾，lay 与 day、glee 与 we、balk 与 hawk、day 与 gay 都是押完全韵；拙译第一节行尾“谣”与“闹”、“欢”与“返”、“豫”与“速”、“高”与“闹”也都是押韵的。拙译尽量以同样的节奏和韵律再现原诗的诗韵和诗意，呈现出原诗歌中的画面感。

诗歌语篇连贯重构还要注意翻译表达过程实现语篇内部连贯和中英诗文互文连贯最大化，兹再举两例。

例一，*Hunting Song* 一诗每节都出现了跨行诗句，英语句子往往主句在前，其他成分在后，而中文通常按前因后果、先后顺序等表达，翻译时可做调整，有利于中译诗篇的语内连贯。如 All the jolly chase is here/ With hawk and horse and hunting-spear(飞鹰跑马，手握猎枪，/欢乐追逐，齐齐亮相)；And foresters have busy been// To track the buck in thicket green(护林队员，正在忙碌，/绿林丛中，追踪雄鹿)；We can show the marks he made/When 'gainst the oak his antlers fray'd(角撞橡树，磨破橡皮，/我们展示，他的踪迹)；Tell them youth and mirth and glee /Run a course as well as we(告诉人们，青春畅欢，/如同人生，一去无返)。

例二，拙译保持原诗的拟人修辞、隐喻修辞格不变，最大限度实现中译诗文与原文的互文连贯。如 Hounds are in their couples yelling，/ Hawks are whistling, horns are knelling(猎犬双双，叫喊不停，/猎鹰吹哨，号角低鸣)保留拟人修辞格；Diamonds on the brake are gleaming(草叶钻石，闪亮晶莹)保留隐喻修辞格。

附原诗、译诗节奏分析如下：

Hunting Song	**狩猎歌**
Sir Walter Scott	沃尔特·司各特
	张琼 译
Waken, / lords and/ ladies/ gay!	醒醒，/老爷/太太，/好热闹！
On the/ mountain /dawns the/ day;	山顶/微明，/天已/破晓；
All the/ jolly /chase is/ here	飞鹰/跑马，/手握/猎枪，
With hawk /and horse /and hunt/ing-spear;	欢乐/追逐，/齐齐/亮相；
Hounds are/ in their/ couples/ yelling,	猎犬/双双，/叫喊/不停，
Hawks are/ whistling, /horns are/ knelling,	猎鹰/吹哨，/号角/低鸣，
Merrily, /merrily /mingle/ they,	欢呼/欢笑，/齐聚/一道，
"Waken, / lords and /ladies /gay!"	"醒醒，/老爷/太太，/好热闹！"
Waken, /lords and /ladies /gay,	醒醒，/老爷/太太，/好热闹！
The mist /has left/ the moun/tain grey;	山色/空濛，/薄雾/缥缈；
Springlets /in the/ dawn are/ steaming,	清晨/小溪，/雾气/腾腾，
Diamonds/ on the/ brake are /gleaming;	草叶/钻石，/闪亮/晶莹；
And fo/resters /have bu/sy been	护林/队员，/正在/忙碌，
To track /the buck/ in thi/cket green;	绿林/丛中，/追踪/雄鹿；
Now we/ come to/ chant our/ lay,	吟唱/歌谣，/现在/正好，
"Waken, / lords and /ladies /gay!"	"醒醒，/老爷/太太，/好热闹！"
Waken, /lords and /ladies /gay!	醒醒，/老爷/太太，/好热闹
To the/ greenwood /haste a/way;	那片/绿林，/匆匆/小跑；
We can /show you/ where he/ lies,	我们/知道，/他藏/在哪，
Fleet of /foot and/ tall of /size;	健步/如飞，/身形/高大；
We can/ show the/ marks he/ made	角撞/橡树，/磨破/橡皮，
When 'gainst/ the oak/ his ant/lers fray'd;	我们/展示，/他的/踪迹；
You shall/ see him/ brought to/ bay,	看他/被围，/无处/可逃，
"Waken, /lords and/ ladies/ gay!"	"醒醒，/老爷/太太，/好热闹！"
Louder, / louder /chant the/ lay,	高声，/高声，/吟唱/歌谣，
Waken, /lords and /ladies /gay!	醒醒，/老爷/太太，/好热闹！
Tell them /youth and /mirth and/ glee	告诉/人们，/青春/畅欢
Run a /course as/ well as/ we;	犹如/人生，/一去/无返；
Time, stern/ huntsman! / who can /balk,	时机，/猎人！/谁能/犹豫，
Staunch as/ hound and /fleet as /hawk;	犬般/坚定，/鹰般/迅速；
Think of/ this, and /rise with /day,	想到/这儿，/与日/同高，
Gentle/ lords and/ ladies /gay!	温婉/老爷/太太，/好热闹！

五、结语

从 *Hunting Song* 一诗的十四个译本对比分析看来，原诗本是连贯的，但不少译本由于译者的不恰当解读或表述导致了不同程度的不连贯。通过对原诗作语篇语义连贯分析，其实翻译过程的种种难题可以从语义的种种关联、词语的同现中找到解答。翻译就是解读原文语篇连贯，重构连贯译语语篇的过程。在这个过程中，首先要最大程度实现“语内连贯”，指译文必须能让读者理解，并在译语文化以及使用译文的交际环境中有意义；其次，最大程度实现“互文连贯”，当原文与译本之间的各种关系都恰如其分地建立起来后，译本的忠实也就建立起来了(Nord，2001：32)。王东风教授(2018：56)认为难译的不是诗歌，而是诗意。笔者认为，诗歌“诗义”存在于语篇内部连贯和中英诗文互文连贯；诗歌“诗意”就存在于音韵和节奏之间的“诗义”，诗歌是“音”“形”“义”的统一体。诗歌翻译既要重视“诗义”连贯，也要重视“诗意”再现，呈现出原诗歌中的画面感。诗歌翻译过程中，首先要实现语篇内部连贯和中英诗文互文连贯，其次要再现原诗的风格、节奏、音韵等。

（作者：张琼，本节原文发表于《肇庆学院学报》2020 年第 3 期）

第五节　“形神皆似”的诗歌翻译

《小鸟沿小径走来》是艾米莉·狄金森的一首生态诗歌。诗中，她充分利用了诗人“破格”特权，经常使用跨节跨行诗句、标点符号变异、句子结构变异、新奇构词法等。形式是诗歌的一部分。江枫主张译诗“力求形神皆似，形似而后神似”。我们发现如做到以下几点，可以更好地实现诗歌翻译的“形神皆似”：译“意”不译“字”；再现原诗标点和诗歌节奏；以顿代步，还原原诗节奏；保持诗韵和诗意。

A Bird Came Down the Walk①

Emily Dickinson

A Bird came down the Walk—
He did not know I saw—
He bit an Angle Worm in halves
And ate the fellow, raw,

And then he drank a Dew
From a convenient Grass—
And then hopped sidewise to the Wall
To let a Beetle pass—

He glanced with rapid eyes
That hurried all around—
They looked like frightened Beads, I thought—
He stirred his Velvet Head

Like one in danger, Cautious,
I offered him a Crumb
And he unrolled his feathers
And rowed him softer Home—

① [美]狄金森(Dickinson, E.). 狄金森诗选：英汉对照. 江枫，译. 北京：外语教学与研究出版社，2012：359-360.

Than Oars divide the Ocean,
Too silver for a seam—
Or Butterflies, off Banks of Noon
Leap, plashless as they swim.

小鸟沿小径走来

艾米莉·狄金森

小鸟沿小径走来——
不知一旁我在瞧——
他把一条蚯蚓啄开
再吃掉那家伙，生嚼，

他将清露饮吞
取自近旁草叶上——
又侧身跳到旁边墙脚根
来给甲虫把路让——

急促地左顾右盼
他那滴溜溜的眼眸——
活像受惊的珠子，我想——
见他抖了抖天鹅绒的头

好像身处险境，十分小心，
我给他分点碎面包
而他立刻展开羽翎
往回飞去一路轻飘——

胜过船桨划海面，
波光银白水无痕——
胜过蝴蝶，晌午草埂边
跃下，游弋无溅声。
（张琼 译）

一、引言

“神似”说(similarity in spirit)是傅雷在《高老头重译序》中提出来的：“以效果而论，翻译应当像临画一样，所求的不在形似而在神似。”“神似”即要传达原文的意蕴和韵味，“把原文的意义、神韵把握住”。著名诗歌翻译家江枫认为诗歌翻译应当力求忠实于原文，忠实于原文的认知信息，也忠实于原文的审美信息，他提出“诗歌的形式不只是内容的外衣、信息的载体，在多数情况下形式就是内容，载体就是信息”(江枫，2009：64)。江枫先生主张译诗“力求形神皆似，形似而后神似”，“形神皆似”已经成为诗歌翻译的重要评价标准。

《小鸟沿小径走来》(下文简称《小鸟》)选自《狄金森诗选》，作者艾米莉·狄金森(Emily Dickinson，1830—1886)，美国著名诗人，被誉为“现代主义先驱”。她的诗歌主要写生活情趣、自然、生命等，诗风凝练、比喻新颖、喜用格律、不顾语法，极富独创性。其诗歌中有500多首是关于生态话题的自然诗歌，诗人具有强烈的生态意识，追求心灵与大自然的交融，重视寻找与建立人与自然亲近的和谐关系，契合了现代生态理论批评的思想，体现了一种人类与自然和谐共存的审美诗意。

狄金森诗歌有多个中译本，江枫先生的诗歌译本再版次数最多，发行量最大，影响也最大，他翻译的《狄金森诗选》已经成为经典英诗汉译的佳作典范。我们认真研读江枫先生的译作《一只小鸟沿小径走来》，欣赏他的传神妙笔，也发现有可商榷之处，于是按江枫先生的"形神皆似"进行了重译。

二、诗歌翻译两三法

(一)译"意"不译"字"

翻译须考虑作者的思想态度，结合诗学意境选词，而不是简单翻译词义，兹述二三例。

例一，"He glanced with rapid eyes / That hurried all around—"，江先生原译"滴溜溜转的眼睛"译得很传神，可是"急促地看了看前后左右"好像与实际不符，小鸟不可能来个一百八十度的转弯去看后面，故改译为"他急促地左顾右盼"，似乎更自然贴切。

例二，诗人通过大写 Bird，Walk，Angle Worm，Dew，Grass，Wall，Beetle，Beads，Velvet Head，Crumb，Home，Oars，Ocean，Butterflies，Banks，Noon 等词，创造了一个生动形象的生态空间。大写变异给人一种新颖的视觉冲击，同时也更好地阐释了诗人意欲表达的诗歌主题。每个生物乃至时间、空间都赋予了生命，被看作融入了世界的主体，是诗中的生命共同体。这些前景化的意象充分地体现了作者的"众生平等"的生态思想，也带来视觉上的美感、心灵上的冲击。第四节的 Crumb 一词指"碎屑(尤指面包屑或糕饼屑)"，为了体现诗人的万物平等的生态思想，我们放弃"碎屑""面包屑"一类的词，选择"碎面包"，意谓"我"与小鸟分享的是"面包"而不是"我"吃了剩下而不需要的"面包屑"，在"我"的眼中，小鸟也是受到平等对待的。

例三，第五节"…Butterflies，off Banks of Noon /Leap，plashless as they swim"，原译为"蝴蝶午时从岸边跃起游泳，却没有浪花溅激"，似有不妥。这里，bank 并非"河流的堤岸"，应是小径两旁的草梗；swim 亦非"游泳"，应指蝴蝶空中翻飞，翩跹起舞，可译为"游弋"；"plashless"是诗人的破格运用，"名词+否定后缀-less"构成形容词，再破格修饰 swim，形容蝴蝶翩跹、悄然无声。从字面看来，诗人笔下的蝴蝶似乎从岸边跃起游泳，但蝴蝶是不会游泳的，只是从外形看，蝴蝶展翅飞舞好像游泳，实则在小径两旁草梗边翩翩起舞。飘然而去的小鸟的动作比翩跹起舞的蝴蝶更为轻柔，是为对比衬托，故改译为“蝴蝶晌午从草埂边跃下，游弋无溅声”。

(二)标点符号与诗歌节奏

《小鸟》是一首白描诗，诗人偶遇一只小鸟吃虫，主角是小鸟，“我”是旁观者。艾米莉·狄金森用简洁的笔触勾勒出“小鸟”的形象，用“小鸟”怡然自得捕食蚯蚓、饮水、让路等一连串的动作(came down, bit, ate, drank, hopped, glanced, stirred, unrolled, rowed)去塑造自己，而作者却隐蔽起来(I saw, I thought)，后来因“我”的介入(I offered)，惊扰了小鸟的安宁，结果是“小鸟”展翅飞走。全诗共分 5 个诗节，每节 4 行，只有一个句号，是一个完整连贯的动画。

标点符号不仅是诗歌语法的一部分，还是文本视觉呈现的重要组成部分，诗歌作者对标点的用与不用以及如何用，都应是基于标点有用性的判断和选择。标点的恰当使用有助于把握语义节奏、模拟语音节奏、表现情绪节奏，从而带来不同的审美感受，凸显现代诗歌的智性品质(王雪松，2016：158)。标点符号不仅起着语法的作用，还构成文字内容的一部分，更可起到修辞的作用或者调和音节的作用；标点虽小，却关系到诗歌的神韵(张智中，2015：100)。

《小鸟》一诗标点符号表达了很强的节奏感，全诗动作的延续皆以延续动词，并在行尾加用破折号表示，瞬间动作都采用瞬间动词，后面要么没标点，要么是逗号，整个画面节奏感很强。译文的标点如果随意改动，画面节奏会随之改变。

江枫先生的译文在第三节和第四节似乎出现了节奏不合理。第三节，江先生译文“……他用受惊吓的珠子般/滴溜溜转的眼睛——/急促地看了看前后左右——/像个遇险人，小心”，语言很流畅，对小鸟的描写也很生动形象，标点似乎也跟原文一致，但仔细研究发现其第二行行尾的破折号引起了节奏混乱，“用眼睛看”本应该是一个动作，介词“用”表示方法、手段，“看”的动作可延续。江先生译文“他用……眼睛——看——”给读者的带来的感觉是“用”和“看”两个分解的动作，先是小鸟“用”眼睛，再是“看”前后左右。

第四节，原文“he unrolled… and rowed…”，这里 unrolled 和 rowed 两个动作也应是非常连贯、无停顿的，rowed 这个动作之后的破折号表示小鸟飞回去动作画面的延时，而并非瞬间消逝。江先生译文“张开……划动着飞了回去，轻捷”，这样给人的画面是，“张开”“划动”“飞”是三个分解动作，这几个动作描写与原诗描写小鸟起飞的连贯动作实际情况不符；而“飞了回去，轻捷”去掉了原诗的破折号，改用逗号，明显加快了诗的节奏，减少了小鸟展翅飞走时给人留下的想象空间，弱化了诗意。

另外，江枫先生译文用两个句号将原诗一分为二，似乎破坏了画面的整体感，我们翻译时还原为一句话，并选择相应的动词，采用同样的标点以保持原诗节奏和画面连贯。

(三)“以顿代步”还原原诗节奏

英语诗歌不一定是完全规范的 XX 格 X 音步，正如汉诗都有拗有救一样。不过，英诗只有“拗”(变格)，不用救。据说，这样就不呆板单调。但是，称得上格律诗的，主流格律要突出。《小鸟》的主流格律是抑扬格三音步，偶有变化，如每一节的第三行为四音步，个别为扬抑格，如 feathers，plashless 等，拙译以顿代步试图还原原诗节奏。为了和原诗节奏一致，也为了更好体现原诗意境，翻译时适当增词或减词。适当增词如“He did not know I saw—”，译文增加了“一旁”；“And he unrolled his feathers”译文增加了“立刻”。适当减词如 a Bird，a Dew，a Beetle，这里冠词 a 并非表数量，所以省略不译，且更符合原诗节奏。原诗和译诗节奏分析如下：

A Bird Came Down the Walk[1]	小鸟沿小径走来
Emily Dickinson	艾米莉·迪金森 张琼 译
A Bird /came down /the Walk— He did/ not know /I saw— He bit/ an Ang/le Worm/ in halves And ate /the fel/low, raw,	小鸟/沿小径/走来—— 不知/一旁/我在瞧—— 他把/一条/蚯蚓/啄开· 再吃掉/那家伙，/生嚼，
And then/ he drank /a Dew From a /conve/nient Grass— And then/ hopped side/wise to /the Wall To let/ a Bee/tle pass—	他将/清露/饮吞 取自/近旁/草叶上—— 又侧身/跳到/旁边/墙脚根 来给/甲虫/把路让——
He glanced /with rap/id eyes That hur/ried all /around— They looked /like fright/ened Beads, /I thought— He stirred/ his Vel/vet Head	急促地/左顾/右盼 他那/滴溜溜的/眼眸—— 活像/受惊的/珠子，/我想—— 见他/抖了抖/天鹅绒的头
Like one/ in danger, / Cautious, I of/fered him/ a Crumb And he/ unro/lled his /feathers And rowed/ him sof/ter Home—	好像/身处险境，/十分小心， 我给他/分点/碎面包 而他/立刻/展开/羽翎 往回/飞去/一路轻飘——
Than Oars /divide /the Ocean, Too sil/ver for /a seam— Or But/terflies, /off Banks /of Noon Leap, / plashless /as they swim.	胜过/船桨/划海面， 波光/银白/水无痕—— 胜过/蝴蝶，/晌午 /草埂边 跃下，/游弋/无溅声。

三、诗韵与诗味

写诗不易，译诗更难。毛泽东主席说过，诗要"精练、大体整齐，押韵"。著名作家鲁迅提倡："新诗先要有节调，押大致相近的韵。"著名的诗词翻译家许渊冲认为，毛泽东和鲁迅对写诗的要求，"不但是写诗，译诗也该如此"(转引自吴伟雄，2004：28)。《小鸟》以抑扬格三音步为主旋律(只有每节第三行是四音步)，每节以 abcb 格式隔行押韵，各节韵脚加以变换，拙译以顿代步，以同样节奏和韵式，希望可以还原原诗的韵律和韵味。

原诗是一首押韵宽松的格律诗，江枫先生以诗译诗，再现原诗格律，堪称典范。原诗第一、二节的有关诗行是押完全韵(exact rhyme)，而第三、四和五节押不完全韵(slant rhyme)。具体而言，第一节的 saw 和 raw 都以/ ɔː/音结束；第二节的 Grass 和 pass 都以/ æs /音结束，押完全韵；第三节的 around 和 Head 以/d /音结束；第四节的 Crumb 和 Home 以/ m /音结束；第五节的 seam 和 swim 押近似韵，也都以/m/结束，形成产生一定和谐感的假韵。江枫翻译的"瞧"与"掉"、"珠"与"露、""屑"与"捷"、"隙"与"激"都是押韵的，"睛"与"心"属于邻韵通押。笔者改译后，译文中的"瞧"与"嚼"、"上"与"让"、"眸"与"头"、"包"与"飘" 都是押韵的，"痕"与"声"押邻韵。此外，原诗没有押韵的诗行行尾，笔者改译也尽量押韵，如"来"与"开"、"吞"与"根"、"心"与"翎"，以增加诗韵和诗味。

四、形神皆似

据说美国诗人罗伯特·弗罗斯特说过：Poetry is what gets lost in translation(诗就是在翻译中丢失的东西)，用以隐喻诗歌难译。王东风教授(2018：56)认为难译的不是诗歌，而是诗意。诗意是意和形共同作用下的一种审美体验，尤其是语言运用的陌生化形式，诗歌翻译只有尽可能地音形意兼顾节奏韵律，才有可能尽量多地保全原诗原汁原味的诗意。按照江枫先生的"力求形神皆似，形似而后神似"的标准，笔者改译了艾米莉·狄金森的这首自然诗歌，力争再现作者的生态思想和意识，保全原诗原汁原味的诗意。兹简述译文重构力求"形神皆似"的几个例子：

例一，"He bit an Angle Worm in halves/ And ate the fellow, raw"译

为“他把一条蚯蚓啄开/再吃掉那家伙，生嚼”，形似中体现神似：先写“吃掉那家伙”，再写“生嚼”，对应了“我”旁观小鸟“吃了那家伙”，然后似乎惊异地说“还是生的啊！”这种活灵活现的、吃惊的神态。

例二，“And he unrolled his feathers/And rowed him softer Home—”译为“而他却立刻展开羽翎/往回飞去一路轻飘——”，既形似，也神似。正如 Chuck Taylor(诗人、教授)相信的：The description of the bird taking flight lightly suggests the same potential ease of journey for the soul to heaven, in spite of imperfection, such as killing to eat, as the bird eats the angle worm①。softer 一词不译“轻捷”，而译“轻飘”，“轻捷”是指动作轻快敏捷，“轻飘”明指小鸟起飞的动作轻盈，同时暗指小鸟觅食后飞回去时心理轻松，也暗示灵魂升到天堂旅程的轻松，因为他虽然杀了一条蚯蚓，但放生了一只甲虫，符合诗人的宗教观和生态观。最后一节译为“胜过船桨划海面，/波光银白水无痕——/胜过蝴蝶，晌午草梗边/跃下，游弋无溅声”。译文中的“胜过”承接上节的“轻飘”，译出原文 softer 的比较级意思，印证了作者既暗示小鸟回去时心理轻松和灵魂升到天堂旅程轻松的神态，也暗示了作者心灵与大自然的交融。

例三，“Like one in danger, Cautious,”译为“好像身处险境，十分小心，”，还原了“小心”之后的逗号，除如上所述，逗号起意群分割作用之外，又与随后的诗行“I offered him a Crumb/And he unrolled his feathers”语义连贯，原诗的连词 and 巧妙连接，表示小鸟“小心”到见“我给他分点碎面包”马上就展羽飞离的地步，符合小鸟惊慌小心的神情；而将起强调作用大写的 Cautious 按汉语意合的特点译为“十分小心”，再现了小鸟特别小心谨慎的神态，译文添加“立刻”，与原诗表意一致。

---

① 维基百科：https://en.wikipedia.org/wiki/A_Bird_came_down_the_Walk, 2017-11-20.

五、结语

许渊冲教授(1981)曾说："忠实于原文内容，通顺的译文形式，发挥译文的优势，可以当作文学翻译的标准。"他还指出在翻译的三条标准中，忠实和通顺是翻译的必须条件，而发挥译语的优势却是个充分条件。符合必须条件是个对与错的问题，符合充分条件却是好与坏的问题。周领顺教授(2018)认为"忠实"是文学翻译特别是诗歌翻译的基本原则，只有将译文的"准"和"好"协调统一起来，尽可能控制在"求真—务实"的范围内，才可能保持翻译之为"翻译"的内核不变，这是"翻译"的可控度。周领顺教授(2018)特别还谈到"作者的用心和译者的用心"。在本节中，如 swim 译为"游泳"就是脱离了原文情景语境，出现了语义上的偏差，不够准确。而作者故意而为之处，如本诗跨节、跨行、标点符号、句式结构、构词、韵律、节奏等，这些则都需要译者的用心发现，能否在译文中再现则是决定译诗好与坏的问题。诗歌思想内容的转换更多地体现在翻译的必要条件。诗歌翻译"形似"与"神似"则更多地体现在翻译的充分条件。译"意"不译"字"；再现原诗标点和诗歌节奏；以顿代步，还原原诗节奏；保持诗韵和诗意，有利于实现诗歌翻译的"形神皆似"。

(本节英文版发表于美国学术期刊《翻译艺术》2020 年第 1 期)

第六节　译重意境，译求三美

原作内容和语言就像果实和果肉一样合为一体，而在译作中，译文语言就像包裹着内容的皇袍，满是褶皱(本雅明语，陈浪译，见谢天振，2008：326)。原诗的文化意象、对偶诗句本不是另外一种语言轻易可言说的，但此诗乃校友会前夕师兄为母校八十华诞即兴创作，半夜见此诗稿，兴奋不已，忍俊不禁，是夜即初出。湘江边上，岳麓山下，桃子湖畔……我们孜孜学习，留下了青春奋斗足迹和美好回忆；西江边上，北岭山下，星湖湖畔……我们挥洒热血，继承师大奉献精神，传扬师大师风师德师艺。适逢母校八十华诞，谨译此诗以表师大学子的拳拳游子之心。

许渊冲先生主张以诗译诗，提出“三美”(意美、音美、形美)，笔者以此为诗歌翻译的标准，尽力还原原诗“三境”(物境、情境、意境)。

贺母校八十华诞

擦肩而过

从岳麓山到鼎湖山
我们依然在山下

从桃子湖到七星湖
我们依然在湖畔

不一样的山路 不一样的风景
一样的情怀 一样的登攀

不一样的湖光 不一样的波澜
一样的风帆 一样的争流

拍岸的西江哟
穿空着湘江的号子
梦里的湘江哟
回荡着西江的潮声

曾经是芬芳的桃李
辉映着漫山的枫火
如今芬芳着桃李
孕育着岭南的硕果

土地干涸 我们挥汗成雨
浮云蔽日 我们燃烧自己
在三尺讲坛 绘浩瀚星空
于简易陋室 画山高水长

老凤苍亮 雏凤清脆
向着芙蓉万里
齐声唤
湖南师大
八十华诞 青春潋滟

（原诗作者：李务迅，笔名擦肩而过，肇庆开放大学校长）

Hail the 80th Birthday of Alma Mater

By Li Wuxun

From Yuelu Mountain to Dinghu Mountain,
We are still at the foot of a mountain.

From Peach Lake to Seven Star Lake,
We are still by a lake.

Different mountain paths, different sights!
With the same feelings we climb as before to heights.

Different lake sights, many a wave!
With the same sails, we go all up as before brave.

The Xijiang River beats the shore
Recording the Xiangjiang River horn.
The Xiangjiang in our dreams
Echo the Xijiang and its streams.

Once we were fragrant peaches and plums
Reflected the maples like flames all over the hills;
Now we cultivate more fragrant peaches and plums,
The rich fruits in Lingnan, over plains, hills and rills.

On the dried-up land, we work, sweating in sunlight,
When clouds cover the sun, we consume ourselves to light.
On three feet pulpits, we draw the expansive starry sky;
In simple studios, we paint rivers long and mountains high.

Old phoenix in songs strong, young ones with sunny smiles,
To our Alma Mater, away off miles and miles, Hail in one voice:
Hunan Normal University,
May your 80th Birthday glitter with youthful beauty!

(张琼 译)

一、译出意境求意美

诗有意境，方为好诗。“所谓‘意境’，可以说是诗人的主观思想感情和客观事物相融合而形成的一种艺术境界，一幅情景交融、形神结合的有立体感的艺术图画。”（贾文昭、徐召勋，转引自张智中，2015：197）意境是一种情与景交融的空间，译诗是译意境，不是译字句。

原诗的意境美体现在语言美、音韵美、意象美等。从岳麓山到鼎湖山，从桃子湖到七星湖，从湘江到西江，留下了一连串的情境空间，排比、反复、对照等修辞运用，使得原诗节奏分明、朗朗上口，读来即受感染，产生共鸣。诗中又采用“芬芳的桃李”来喻指湖南师范大学培养的后辈学子，用“百凤朝阳”的文化意象来隐喻游子们对母校八十周年的庆贺。诗的意境美在于诗的整体效果，译文尽量寻求语言美、音韵美、意象美，再现原诗意境。

二、译出声韵求音美

为使译诗行尾押韵，第四节第四行 brave 采用诗歌破格手法，省略副词 bravely 中的-ly，与 wave 押完全韵。

在保持原诗语义和意境不变的情况下，为增加诗歌声韵适当增词。如第六节“回荡着西江的潮声”英译为 Echo the Xijiang and its streams，包括汇成西江的支流，与 dreams 押韵；第六节“孕育着岭南的硕果”英译为 The rich fruits in Lingnan，over plains，hills and rills，给 Lingnan 加上一个定语 over plains，hills and rills（漫山遍野），使得 hills 与 rills 押韵。

原诗音韵和谐、语言流畅、饱含深情，虽然现代诗并不要求押韵，译文尽量押韵以增强音乐性和感染力，力求译出声韵求音美。译诗第一、二小节行尾重复，可表达诗人情感的酝酿。从第三节开始行尾押韵 aa bb ccdd efef gggg hhhjj，其中不少是完全韵，有利于诗文的情感表达。如：sights 与 heights，wave 与 brave，dreams 与 steams，hills 与

rills，sunlight 与 light，smiles 与 miles。诗中多处押头韵或尾韵，如 Seven Star，same sails，peaches and plums，hills and rills，sweating in sunlight，starry sky，songs strong，sunny smiles 等。

原文虽非格律体，但节奏强，运用排比、反复、对照等手段产生鲜明而独特的节奏，译文也依现代诗歌的节奏，尽量与原诗一致。在选词方面，注意英文单词的轻重音节与原文节奏的一致性，如第七节，“浩瀚星空”原译 vast starry sky，后改用 expansive starry sky；最后一节“青春潋滟”原译 youth beauty，后改用 youthful，可隔一轻读音节，强化抑扬顿挫节奏感。

三、译出对仗求形美

原诗多用对仗，译文对仗译出，并力求押韵，以增强情韵表达效果。如第七节“在/三尺讲坛 绘/浩瀚星空，于/简易陋室 画/山高水长”非常对称，译文 On /three feet pulpits，we draw /the expansive starry sky；In /simple studios，we paint /rivers long and mountains high 同样对称，并求押韵。再如第八节第一句“老凤/苍亮 雏凤/清脆”，译文 Old phoenix/in songs strong，young ones /with sunny smiles，原文译文都非常对称，近乎字字相对，并押头韵。

四、细节的处理

译诗契合原诗情感表达，采用标语式标题。“贺母校八十华诞”“贺湖南师大校友会肇庆分会成立”都是动宾结构，这类标题在汉语中常见。一般而言，英译标题应尽量避免用动词，但疑问句和感叹句可用动词。此处采用标语式标题，表示学子对母校的强烈情感，突出号召性、鼓舞力。类似的如 Hail the founding of the People’s Republic of China!（庆贺中华人民共和国的成立!）。

诗歌的意境虽是整体的效果，却出乎每一处细节。如第一节“我们依然在山下”，第二节“我们依然在湖畔”，模糊了“岳麓山与鼎湖山”

“桃子湖与七星湖”的界限，这里的“山”“湖”不是特指，英译时，冠词用 a，不用 the 译之。第三节“一样的情怀 一样的登攀”，前一个“一样的”处理为形容词修饰名词，后一个“一样的”处理为副词修饰动词，分别译为 the same，as before，第四节同理。第五节“湘江的号子”译为 the Xiangjiang River horn，不用所有格。

第七章 中英诗歌翻译实践篇

第一节 古代汉诗英译

借问江潮与海水

(唐)白居易

借问江潮与海水，何似君情与妾心？
相恨不如潮有信，相思始觉海非深。

May I Ask the River Tide and the Brine?

By Bai Juyi

May I now ask the river tide and the brine
That how's my lover's love and that of mine?
I blame my spouse isn't punctual as the tide,
But deeper than sea my wish at husband side!

(吴伟雄 译)

译后小记：

这首诗，古籍称为“浪淘沙”，是唐教坊曲名，《乐府集》列为近代曲辞，所收白居易、刘禹锡之作都是七言绝句，与五代、宋以后的长短句不同。

译诗要尽力译出好意境。诗无达诂。原诗后两句，有人解作：男女互相埋怨的时候认为对方不如潮水守时有信，互相思念的时候才发觉海不算深。有人释为：君之离去无归期，恨君不如潮有信；虽恨君信不如潮，妾情思君比海深！后一理解，意境精准：一是逻辑顺畅，是“君”不如潮有信，非妾不信；二是对比强烈，翻空出奇，尽管君不信，妾思君之情仍比海深！末行译文，sea 后承前省略了 is，为倒装句式。

译者可选心仪英诗风格。原诗是七言绝句，可译出心仪的风格。拙译为抑扬格五音步，照“变格可以且常有”之说，有两个音步变为抑抑扬格，保持了主流格律。

译韵宜从现代英语读音。原诗韵式较自由，有的古音中押韵的汉字在现代语中未必押韵。拙译从现代英语读音，用完全韵和 aabb 韵式。

菊花

(唐)元稹

秋丛绕舍似陶家，遍绕篱边日渐斜。
不是花中偏爱菊，此花开尽更无花。

Autumn Chrysanthemum

By Yuan Zhen

The flowers round the house like Tao’s; I go
Along the fence until the sun inclines low.
It’s not because I like that bloom the most,

But after which will there be blooms? No!

(吴伟雄 译)

格律分析：

The flowers round the house like Tao's; I go

抑扬/抑扬/抑扬/抑扬/抑扬

Along the fence until the sun inclines low.

抑扬/抑扬/抑扬/抑扬/抑扬扬

It's not because I like that bloom the most,

抑扬/抑扬/抑扬/抑扬/抑扬

But after which will there be blooms? No!

抑扬/抑扬/抑扬/抑扬/Λ扬

译后小记：

选词与节奏通盘考虑：菊花单词音节多，英译诗行上的节奏不容易处理，题译 Autumn Chrysanthemum，译诗起首用特指的 The flowers，连贯题意，秋丛菊花，语义清晰。英诗称“行”是因为并非每一行诗都是句子完整的“结行句”，有的要跨行组合成“跨行句”。译诗头两行用跨行成句的方法，使 go 和 low 与 No 押完全韵，韵式如原诗：aaba。

基本节奏下灵活变格：原诗为七言绝句，二十八字。译诗四行，每行五音步，主流格律是抑扬格五音步，只有两个音步“变格”。一首英诗在以一种音步为“基本节奏”的前提下，可以也常“变格”，从而：①避免语言表达太受拘束。②避免始终用一种音步容易陷于形式和音响效果上的单调呆板。据变格规律，拙译作了两项处理：①第二行后一音步(inclines low)用了“同类节奏替代法”，以同是上升的“抑扬扬”替代“抑扬”；第四行后一音节用了“单音节替代法”(称“不完全音步”)分析时，缺音节处可用脱音符“Λ”表示，成“Λ扬”，可理解为“表示强调或突出”的“扬扬格”，朗诵“No”的时候，在这个重读音节后加上“补偿性延长”，使其时值相当于正常的音步。(据吴翔林，1993：31；齐燕铭，2008：38)

除夜雪

(宋)陆游

北风吹雪四更初，嘉瑞天教及岁除。
半盏屠苏犹未举，灯前小草写桃符。

Snow on New Year's Eve

By Lu You

Blowing in north wind at mid-night on the New Year's Eve
Is the snow, an omen for good luck the Heaven is to leave.
It's not time to celebrate the good news by drinking wine;
I've to write before the lamp time couplets in cursive fine.

(吴伟雄 译)

译后小记：

这首诗意思不难理解，但在翻译表达时，宜以译语受众的欣赏习惯为依归，译出意境。原诗介绍从略。

几个名词的翻译：“四更初”指“四更天：丑时，1：00~3：00”之初，即1：00稍过时分，可以译为midnight，即“午夜：一般指12：00到2：00之间”。“嘉瑞”是瑞雪，“天教”是天赐，“岁除”是除夕(除夜)。

译意译境不译字：译出实意、意境，不一定照足字面翻译。半夜了，为了写好过年惯例的春联，“说话人”要在灯下用草体字赶写“桃符”，连准备庆祝瑞雪兆丰年这一好消息而准备的“半盏屠苏”还来不及举杯喝下。半盏还是满杯都不重要，不必像考古那样弄得精准不误，就译为 drinking wine 吧。那时候，“桃符”已经是借指“春联”了，译诗处理为 time couplets，在语境中，不难理解为“及时应节的对联”。“灯前”是要译出来的，才符合并突出“四更初”的意境。

原诗韵式归化译：译为英语，韵式的处理，异化(依译出语)、归化(依)的处理均可。译诗用对英语受众“归化”的方式，作 aabb 韵式处理，押完全韵。为韵之故，译诗中的 cursive fine，借用了“诗的破格”，fine 置于所修饰的 cursive(草体字)之后。

虞美人·寄公度

(宋)舒亶

芙蓉落尽天涵水，日暮沧波起。背飞双燕贴云寒，独向小楼东畔倚阑看。
浮生只合尊前老，雪满长安道。故人早晚上高台，寄我江南春色一枝梅。

Tune: Beautiful Lady Yu to My Friend Gongdu

By Shu Dan

Though lotus flowers are faded, still the water kisses the sky;
In twilight ripples ripple and mist rises nigh.
I lonely lean the railing east of the building watching today:
Towards the chilly clouds two swallows back to back fly away.
My life will age with cups and cups of wine I know.
The capital roads are capped with snow.
To think of me my friend will sooner or later ascend a height,
And send me a blossom of plum to show the Southern spring sight.

(吴伟雄 译)

译后小记：

拙译根据《虞美人》的词谱要求相应而为：①其平仄格式严格有律，译文按轻重音与其对应，故除 capital 外，均用单音节和双音节单词。②原词有几处可平可仄的灵活变格，译文 49 个音步中，也有 1 个抑抑扬扬格音步、2 个抑扬扬格音步和 9 个抑抑扬格音步和抑扬格音步（“都是上升的节奏，可以互相替换”——吴翔林《英语格律及自由诗》p. 312），绝对主旋律仍为抑扬格。③词为长短句，译文也音步多少不一。④原词上下两片尾字韵式都是前两句押仄声韵，后两句押平声韵，译文取用 aabb 完全韵韵式。⑤对应词通俗可唱的特点，译文除押尾韵之外，每一诗行均有行内韵，主要是头韵；上片第三行末词 today 和第四行首词 towards 互押头韵[tə]，同处一行是行中韵，如今跨行则是连接韵，不妨创造性地称为“顶真韵”或“接龙韵”。汉诗英译十全十美难达到，尽量接近是所求。

夏夜追凉

（宋）杨万里

夜热依然午热同，开门小立月明中。
竹深树密虫鸣处，时有微凉不是风。

Feeling Cool at Night in Summer

By Yang Wanli

At night it's severe hot, the same at noon;
I push the door and stand beneath the moon.
When insects chirp among bamboos and trees,
It's calmer, cool at times but not from breeze.

（吴伟雄 译）

译后小记：

译此诗，笔者继续体会汪榕培的译诗思想。其《英译陶诗·自序》写道："陶诗原来是押韵的，所以我采用韵译的方法，难免有'因音损义'的地方。不过，译诗重要的是表达意境，不是传达每一个细节，逐字逐句地翻译诗歌绝对不会产生好的译本。笔者的译本不是'学术翻译'，而是'文学翻译'。"其实，"不存在一种十全十美的译法"(屠岸语)，如许渊冲所言：不用韵也会损义。我虽不才，原诗有韵，愿学韵译。

不译细节译意境："竹深树密虫鸣处"，译为 insects chirp among bamboos and trees，"竹"和"树"用复数，"虫鸣处"译为 chirp among bamboos and trees；不译"深"和"密"，而意深境密也跃然出示。

状语从句译哲理：原诗后两句仿拟南朝梁(南北朝时期南朝的第三个朝代)诗人王籍首创"鸟鸣山更幽"、以声响衬托静的境界的表现手法，写出"虫鸣境更幽"的诗意，富有"静止的相对性"的哲理，体现了动与静辩证统一的关系。译为 When insects chirp… it's calmer…可视为"虫鸣境更幽"诗意的体现。其中 calm 表示 a quiet or peaceful time or situation.

格律韵式从英诗：两种语言之间诗歌翻译的韵式译界有共识：可以照用原诗的韵式，也可以用目的语常用的韵式。拙译从英语诗歌常用的韵式之一：aabb。拙译为扬扬格五音步(下画线音节重读，为"扬")。

村居

(清)高鼎

草长莺飞二月天，拂堤杨柳醉春烟。

儿童散学归来早，忙趁东风放纸鸢。

A Village Scene

By Gao Ding

In middle spring the orioles fly and grass is lush, so bright;
When drunk in mist weeping willows caress the river dykes,
When school is just over, children hurry back home in delight;
They take advantage of east wind and time to fly their kites.

(吴伟雄 译)

译后小记：

翻译该诗，考量如下：

“二月”是农历，并非 Feb.：诗中“二月”乃农历二月，不宜译为公历的 February（这是译字）；也不宜译为音节太多的 the second lunar month。典籍云：“二月仲春，亦曰仲阳。”“二月”译为 middle spring 为宜；第二句的“春烟”承上之意，不用重译 spring 了。

译意莫囿于字，还有二三译例：“草长”意为“春草长得茂盛”，不宜局限以于简单的“生长”（grow），可译如 lush。“儿童散学归来早”意思是时间还早，儿童有充裕时间利用来玩耍；“忙趁东风放纸鸢”意思也是利用有利于放纸鸢的强劲东风。所以，take advantage of east wind and time 也把“早”和“忙”的真义和意境表达出来了，而 hurry back home 则有“及早”赶回之意，把及时利用“归来早”和“东风”的心态生动地表露出来了。

根据译诗思路，选从译语韵式：原诗是典型的汉语古诗韵式 aaba，语调轻松愉快。译诗根据翻译的思路，从译入语常用韵式之一的“间韵”abab，每行译诗还有行中韵(一、四行为行中元韵[ai]，二、三行为头韵[w]和[h])，而且，诗行的轻重音节间隔相对合理，从而产生了悠扬明快的音韵效果，配合了原诗的意境。

原诗通俗易懂，译诗亦应不难：原诗笔调明朗，用词洗练，通俗易懂。译诗除 advantage 外，余均为单、双音节词。

第二节　现代汉语诗英译

沙扬娜拉

——赠日本女郎

徐志摩

最是那一低头的温柔，
像一朵水莲花不胜凉风的娇羞，
道一声珍重，道一声珍重，
那一声珍重里有蜜甜的忧愁——
沙扬娜拉！

☞ **译文一：**

Sayonara

— To a Japanese Lady

By Xu Zhimo

You make a bow, so gentle and fair,
As a lotus flower so shy caressed by the cool wind.
In the farewell "Take care", "Take good care",
There is the honeyed sorrow, a feeling twinned.
Sayonara!

（吴伟雄 译）

译后小记：

英译这首诗主要从表意与译韵两方面构思下笔。

表意思路：①“低头”，从题目《沙扬娜拉》(日语“再见”Sayonara的音译)可以看出，“低头”是告别的鞠躬 bow。②“不胜凉风的娇羞”的“不胜”，应意会为“很，如此，非常”，故译诗第二行为 As a lotus flower so shy caressed by the cool wind。③道一声珍重，道一声珍重，谁道“珍重”？可能是“日本女郎”说的，也可能是互道珍重，原文没有点明，译文也不必译出，以 the farewell 表达“告别的”声音，就译为 In the farewell “Take care”，“Take good care”吧。④“蜜甜的忧愁”用矛盾修辞格形象地表达了一种“忧愁”与“蜜甜”孪生的心情，即 honeyed sorrow(“孪生的”聂珍钊说“用于抒情诗”，齐晓燕认为“可以产生确定感”的“扬抑格”)，故译为：There is the honeyed sorrow，a feeling twinned.

原诗通俗易懂；译诗前四行的易读指数和难度系数是 85.8 和 3.6，整体为 77.3 和 4.1。

译韵思路：译者认为，翻译应“信”于信息和风格，即宋天锡教授说的“信息传真，风格再现”。原诗押韵，译诗应尽可能押韵，再现这一风格。原诗前四行有汉语绝句特色的尾韵韵式 aaba；拙译前四行依照英诗常用韵式之一的 abab。第五行末行词尾的音素[ə]和第三行末词尾音素[eə]相呼应，从[eə]到[ə]，可视为双方挥手告别之后，渐离渐远，声音也由强变弱了。

☞ **译文二：**

Farewell

—To a Japanese Lady

By Xu Zhimo

Especially tender is thy bowing head
Shy as a waterlily caressed by the cool breeze.

Fare thee well, fare thee well
Thine sweet voice sounds sentimental—
Farewell!
（张琼 译）

译后小记：

《沙扬娜拉——赠日本女郎》是新月派诗人徐志摩（1897—1931）的佳作，“最是那一低头的温柔，像一朵水莲花不胜凉风的娇羞”，借被轻风吹拂的水莲花以物喻人，将日本女郎那娇羞动人、温婉含蓄的美来生动呈现。“道一声珍重，道一声珍重”，女郎把内心复杂的情感化作一声声的“珍重”来表达自己对对方难以割舍的爱慕敬仰之意。诗题“沙扬那拉”是日语さようなら（再会，再见）的音译，对应的英文是sayonara，也是个音译词。特别要说明的是，英译这首诗时，为了诗篇连贯，并未将诗题译为sayonara，而是译为Farewell，这是因为诗中“道一声珍重，道一声珍重”就是“沙扬娜拉”的代名词，换言之，“道一声珍重”和“沙扬娜拉”都是说“再见，保重”。透过Fare thee well, Fare thee well也似乎能再现日本女郎“道一声珍重，道一声珍重”的生动神情。后来查到罗伯特·彭斯（Robert Burns）的红红的玫瑰（A Red Red Rose）中的诗句”And fare thee weel, my only luve!”，fare thee weel即farewell（“再见吧”）。

蛇

冯至

我的寂寞是一条长蛇，
冰冷地没有言语——
姑娘，你万一梦到它时
千万啊，莫要悚惧！

它是我忠诚的侣伴，
心里害着热烈的乡思；
它在想那茂密的草原，——
你头上的，浓郁的乌丝。

它月光一般轻轻地，
从你那儿潜潜走过；
为我把你的梦境冲下来，
像一只绯红的花朵！

☞ 译文一：

Snake

By Feng Zhi

My loneliness is a long snake,
Icy and always silent——
In case you dream about it, my lass,
Be sure, don't be frightened!

It is my loyal friend, and
Lovesick for its hometown;
It's in want to the lush grassland, ——
The thick and black tresses on yours.

Quietly and silently like the moon ray,
It steals stilly into your sleeping hour,
And for me washes down your dreamscape

That's like a crimson flower!

(吴伟雄 译)

译后小记：

冯至(1905—1993)的《蛇》是现代诗，却有格律诗的韵律风采，和其后的自由体诗大不相同。英译这首堪称经典的现代诗看似容易译好难。尤其是原诗的修辞用得恰到好处，韵式也很好，译者不才，自觉难于完美译出，只好心向往之，尽力译之也。

修辞直译：①原诗有暗喻和明喻修辞格，拙译照用。如暗喻“我的寂寞是一条长蛇”，以暗喻直译为 My loneliness is a long snake；明喻“像一只绯红的花朵”，照用明喻译为 That's like a crimson flower。②双关修辞格出现在“心里害着热烈的乡思”这句中，“乡思”一词双关，以谐音喻“相思”，拙译双关地处理为 lovesick for its hometown。

修辞再造：原诗中汉语修辞格英译时难于照用的时候，就要再造辞格了。原诗“它在想那茂密的草原”的“茂密”这一双声修辞格还可以用与其相似的英诗头韵[i]在相应的诗行中处理，译为 It's in want to the lush grassland；而第三节的“轻轻”和“潜潜”是叠音修辞格，则用有行内元韵的 quietly and silently 和有行内头韵的 steals stilly 分别译之。

韵式另设：原诗一、三节取偶行押韵的韵式(abcb)，第二节则为 abab 韵式。译诗第一节采取偶行押韵，第二节采取奇行押韵，第三节采取 abab 韵式，用完全韵或近似韵。

☞ **译文二：**

Snake

By Feng Zhi

My loneliness is a long snake,
Cold and silent —
Lass, if by chance you dream about it
Anyway, don't be scared of it!

It is my faithful companion
With a strong nostalgia in its heart;
It yearns for the lush grassland —
On your head, the thick black hair.

Gentle as the moonlight,
It sneaks past you;
Taking away your dream for me,
Like a scarlet flower!
(张琼 译)

译后小记：

诗人选取“蛇”这一冰冷不语的意象隐喻“我”相思的寂寞、热烈、苦闷、期盼等错综的情感、情绪。既有中国古典诗歌的优美意境，又创造性地在表现手法上融合了象征派诗歌的一些要素，使此诗饱含着象征性和诗意。此诗有着无限的解读，故直译之，追求自然流畅、清新自然，不作过多的阐释。

我爱这土地

艾青

假如我是一只鸟，
我也应该用嘶哑的喉咙歌唱：
这被暴风雨所打击着的土地，
这永远汹涌着我们的悲愤的河流，
这无止息地吹刮着的激怒的风，
和那来自林间的无比温柔的黎明……

——然后我死了，
连羽毛也腐烂在土地里面。

为什么我的眼里常含泪水?
因为我对这土地爱得深沉……

I Love This Land

By Ai Qing

If I were a bird and
My voice hoarse, I should also sing of
The land struck by the stormy weather,
The rivers surging with our grief forever,
The wind that is ever howling in anger,
And the dawn from forests, so tender,
—and, when I die,
My feathers will also rot into this land.

My eyes are oft brimming with tears, why?
Because I love this land deeper and deeper.

(吴伟雄 译)

译后小记：

艾青(1910—1996)的《我爱这土地》是一首现代自由体诗。自由诗虽然不考虑节奏的整齐一致，却往往以排比、反复、对照、设问、比喻等修辞手段产生鲜明和独特的节奏，用尽量接近日常语言的自然节奏，跟思想感情的节奏跌宕起伏、徐疾一致。

多样化句型，译排比：作者以“鸟”自喻，将鸟鸣歌唱的内容用排比的手法表现出来，译文也以排比的写法，再现当年祖国大地遭受灾难，人民悲愤激怒、向往光明的曙光。排比的几个诗行，原诗大致整齐，译诗亦如此。译诗在自然的语言中，将排比的诗行以多样化的句型表达出来，在大致形似中避免了呆板。

扬译语优势，译音韵：英语的poem既有感情的因子(E，emotion)，又有音乐的基因(M，music)，现代汉语双音节的表达也绝然离不开“歌”。音乐主要体现于节奏和音韵。原诗就用多种修辞手法，写出日常语言中的节奏。译此诗的时候，可发挥英语的优势，自然地译出音韵效果。排比的四行诗，轻读音节互押的音韵加强了排比的诗意效果。第一节首尾两行诗遥向互押完全韵，回环对应。第二节是修辞性设问的双行诗，第一行与上节倒数第二行押完全韵，最后一行也以轻读音节的韵尾，回应前面排比诗行的音韵效果，以音韵连贯体现诗意的语篇连贯，得来圆顺的结尾。

九月

海子

目击众神死亡的草原上野花一片
远在远方的风比远方更远
我的琴声呜咽 泪水全无
我把这远方的远归还草原
一个叫马头 一个叫马尾
我的琴声呜咽 泪水全无

远方只有在死亡中凝聚野花一片
明月如镜　高悬草原　映照千年岁月
我的琴声呜咽 泪水全无

只身打马过草原

Lunar September

By Haizi

The prairie witnessed the death of pantheon presents boundless wild flowers
The wind afar is even farther away from afar
My strings sob with tearless grief
I return to the prairie the afar from afar
One is called horse-head, the other horse-tail
My strings sob with tearless grief

The afar only in death converges a sheet of wild flowers
The mirror-like moon hangs high over the land reflecting time of thousands of years
My strings sob with tearless grief
Alone I ride a horse across the prairie

(张琼 译)

译后小记：

这首诗歌极其沉痛，充满神秘氛围，渺远的时间与旷阔的空间扭结纠缠在一起，生命与死亡在互相诠释，翻译就是体验和再现诗人所感所想。诗人借助“草原”“野花”“秋风”“马头琴”“明月”等意象，营造旷远深邃的悲秋寂寥，故将九月译为 Lunar September，因为农历的九月有更多的文化遐想。翻译时坚持“译意不译字”，如“我的琴声呜咽”，译为“My strings sob”(我的琴呜咽)；“泪水全无”不译“without tears”，而译为 with tearless grief(欲哭无泪的悲伤)。

云

穆旦

凝结在天边，在山顶，在草原，
幻想的船，西风爱你来自远方，
一团一团像我们的心绪，你移去
在无岸的海上，触没于柔和的太阳。

是暴风雨的种子，自由的家乡，
低视一切你就洒遍在泥土里，
然而常常向着更高处飞扬，
随着风，不留一点泪湿的痕迹。

Clouds

By Mu Dan

You gather on horizon, on top of mountains, on prairie.
Fantasy ships, west wind loves you from afar.
Mass by mass like our minds, you drift away
Upon the boundless sea, and disappear by touch of the soft sun.

You are the seeds of the storm, the home of freedom.
Looking down on everything, you spread yourself in the soil;
But usually you fly higher and higher
Along with the wind, leaving no trace of tears.

(张琼 译)

译后小记：

《云》一诗两节，运用比喻和拟人来写云，“幻想的船”“一团一团的心绪”“暴风雨的种子”“自由的家乡”，云的姿态变换，观云者的遐想全都跃然纸上。此诗翻译几乎是一次完成，有两点经验分享：一是汉语的无主句，如一、二节首句的主语为题目的“云”，翻译时译者采用第二人称 you 译出；二是第二节第二行“泥土”译为 soil(土地、土壤)，不宜译为 dirt(污泥)。

篱上菊

周建好

努力地爬着
揣着春天的诺言
爬过夏天
立在秋的篱笆上
张望路口的夕阳

头一下子白了
不为一场霜
只为许诺的人
不知他的马儿在哪踏碎秋风

A Chrysanthemum on the Fence

By Zhou Jianhao

Exerted herself to climb
With the promise of spring
Across summer

Stands in autumn
Looking at the sunset crossing

Whose head turns white all of a sudden
Not for a frost
But for the promised man
Whose horse is somewhere stamping the autumn wind

(张琼 译)

译后小记：

这首自由诗别有生趣，全诗一句话，分两节，主语是小诗的标题。该诗运用拟人手法，“菊”似乎就是一个名叫“菊”的女子，揣着“他”的诺言，从春到夏到秋，一直张望着路口，直到一次次日落……在秋风中守候，熬白了头。诗歌情感细腻、流畅自然，深入读者内心。译文也译为一句，尽力传达“篱上菊”所蕴涵的诗意和情感。

第三节　英诗汉译

To Blossoms

By Robert Herrick

Fair pledges of a fruitful tree,
Why do ye fall so fast?
Your date is not so past,
But you may stay yet here awhile
To blush and gently smile,
And go at last.

What, were ye born to be
An hour or half's delight,
And so to bid good-night?
'Twas pity Nature brought ye forth
Merely to show your worth,
And lose you quite.

But you are lovely leaves, where we
May read how soon things have
Their end, though ne'er so brave:
And after they have shown their pride
Like you, awhile, they glide
Into the grave.

花儿

罗伯特·赫里克

花儿许下满树硕果,
缘何如此匆匆?
尚在约期之中,
实可再作片刻逗留,
脸色羞红笑靥娇柔,
消逝影踪。

为何,此生前来
只为片刻惬意,
然后挥手致意?
可惜,上苍让你问世,

利用你的价值，
随之抛弃。

然而经由美丽花瓣，
读懂好景不长，
尽管不曾刚强：
如同你们傲娇一番，
片刻停留，悄然
滑入坟场。
(张琼 译)

译后小记：

读罢 *To Blossoms*，是否想起曹雪芹笔下的《葬花吟》呢？花儿凋残，漫天旋转，世间美好的事物却无法长久，心中难免一声声哀叹。这首诗格律工整，三节六行，其韵式也较规律，分别为 abbccb，addeed 和 affggf，属于混用的韵式。译文韵式为 aaabbb，cddddd 和 effggg。特别值得一提的是，诗中第三节第一行 leaves 一词在这里与 blossoms 词汇连贯，意为"花瓣"。珀西·比希·雪莱的诗 *Music When Soft Voices Die* (To —)中诗句"Rose leaves, when the rose is dead, /Are heaped for the beloved's bed;"这里 rose leaves 也指玫瑰花瓣。

The Lost Love

By William Wordsworth

She dwelt among the untrodden ways
Beside the springs of Dove;
A maid whom there were none to praise,
And very few to love:

A violet by a mossy stone,
Half hidden from the eye!
—Fair as a star, when only one
Is shining in the sky.

She lived unknown, and few could know
When Lucy ceased to be;
But she is in her grave, and oh,
The difference to me!

消逝的爱

威廉·华兹华斯

露茜庐在鸽泉旁,
多条僻路通四方。
无人对她说赞言,
少人对她示爱怜。

如苔石边紫罗兰,
半身掩藏人不见。
靓丽美如一孤星,
高天之上亮晶晶。

她在世时无人识,
何时离世无人知。
哦!她在坟茔中,

与我阴阳两不同！
（吴伟雄 译）

译后小记：

理解之译：①这首诗是威廉·华兹华斯1799年描写苏格兰山地和湖区农家少女的《露茜组诗》(*Lucy Poems*)的第一首。据组诗题目和第三节 When Lucy ceased to be 中的 Lucy，译诗开宗明义，将首词的 She 译为“露茜”。②开头的跨行句 She dwelt among the untrodden ways/ Beside the springs of Dove 颇费解。She dwelt 在生前住的房子，还是死后安寝的坟墓？从人迹罕至的山泉旁，从最后的跨行句 But she is in her grave, and oh, / The difference to me! 来看，坟墓的可能性大。译者译为“庐”，像原文那样不点明，可理解为“结庐而居”的“庐”，或者“墓庐”之“庐”。③复数的 springs 应为多个泉眼之泉，从 Beside the springs of Dove 来看，应不是分布很广的山泉群，而汉语可不用复数来表达。

格律之译：原诗节奏分明，抑扬格四音步和抑扬格三音步交替应用（第二节第三行有变格，为扬抑、抑扬、抑扬三音步）；完全韵和目韵兼用，呈 abab 韵式，整齐有致，颇具民谣风格。由于原诗每行音节不多，译文采取每句七言，采取接近民歌的写法，用 aabb 韵式。

比喻之译：原诗第二节用暗喻的笔法，描写露茜美如紫罗兰，靓丽犹如昊天上闪亮的孤星，文字上似无与上下两节的语义关联。为此，译诗第二节加上“如”，明喻露茜犹如深藏半身无人识的名花紫罗兰和高离人群、高空闪亮的孤星，也喻她在人迹罕至之地结庐而居的意境。

The Reverie of Poor Susan

By William Wordsworth

At the corner of Wood Street, when daylight appears,

Hangs a Thrush that sings loud, it has sung for three years:
Poor Susan has passed by the spot, and has heard
In the silence of morning the song of the Bird.

'Tis a note of enchantment; what ails her? She sees
A mountain ascending, a vision of trees;
Bright volumes of vapour through Lothbury glide,
And a river flows on through the vale of Cheapside.

Green pastures she views in the midst of the dale,
Down which she so often has tripped with her pail;
And a single small cottage, a nest like a dove's,
The one only dwelling on earth that she loves.

She looks, and her heart is in heaven: but they fade,
The mist and the river, the hill and the shade:
The stream will not flow, and the hill will not rise,
And the colours have all passed away from her eyes!

苏珊的梦幻

威廉·华兹华斯

三年伍德街角上,
画眉天亮就高唱。
可怜苏珊经此地,
静静听歌渐入迷。

入迷缘何又难过?

幻见山高林木多；
罗利路上白雾闲，
齐普赛谷水流潺。

青青牧场翠谷中，
小跑下坡晃小桶；
隐见孤房如鸽窝，
最是心仪一住所。

看得正欢忽朦胧，
云河树阴渐无踪；
山不耸立溪不流，
眼前光景全开溜！
吴伟雄 译

译后小记：

译者鉴赏理解原诗后，作出如下翻译对策：

①鉴赏原诗幻境，译出幻想隐见。画眉歌声本迷人，却使苏珊闷无神。婉转鸟语诗意浓，带入自然梦幻中。神迷不已兴致浓，眼前美景渐无踪。诗中 see，诗中 view，应是幻梦所见晓，译为“隐见”或“幻见”，可为原诗之意境。

②鉴赏原诗风格，节奏音韵再造。原诗每行音节数可算整齐：全诗 16 行中，10 行 12 个音节，6 行 11 个音节。许渊冲一般把七言诗译为每行 12 个音节。拙译反向为之，每行译作七言。原诗每行大致四音步，译诗每行三顿，并取汉诗“三字尾”的形式处理。原诗韵式为 aabb，拙译再现之。

③鉴赏原诗意境，保留异国情调。汪榕培自序《英译陶诗》说得好：“译诗重要的是表达意境，不是传达每一个细节。”原诗有三个英

国伦敦的街道路名。译者译 Wood Street 为“伍德街”（不译“森林街”），将 Lothbury 和 Cheapside（音为罗斯伯利和齐普赛德）分别译为“罗利”和“齐普赛”，不求音名细节，冀能保留异国情调，又可译出原诗意境。

To a Young Lady

By William Cowper

Sweet stream, that winds through yonder glade,
Apt emblem of a virtuous maid—
Silent and chaste she steals along,
Far from the world's gay busy throng;
With gentle yet prevailing force,
Intent upon her destined course;
Graceful and useful all she does,
Blessing and blest where're she goes;
Pure-bosom'd as that watery glass,
And Heaven reflected in her face.

致一位少女

威廉·柯柏

甜美涓流，蜿蜒林地，
其态宛若，少女之仪；
端庄洁静，行若无声，
远离尘嚣，不妒不争；
柔而有刚，魅力超凡，
目标执著，意笃志坚；

事事为善，亦实亦雅，
处处留福，惠泽潇洒；
纯如水瓶，玻璃晶莹，
容颜圣洁，共天辉映。
（吴伟雄 译）

译后小记：

拙译尽量按照宋天锡教授（2009：11）演绎严复翻译标准“信达雅”的“十六字”方针（信息传真，风格再现，可读性好，表达地道），着力“信”于原文的内容和风格（含雅俗）。“达”在“可读性好”；“雅”在词典上的第一释义是“正确的”“规范的”，第二释义才是“高尚，不俗”（《古汉语常用字字典》，1997：326），应指译品要符合译入语的语言规范和表达习惯。

译出原诗信息，小溪少女皆宜：该诗以流经林间空地小溪的晶莹甜美，喻少女贞洁端庄的仪态/品质用四个跨行句描写表达；译诗照用分号处理四对信息，译出的仪态/品质用在小溪和少女上，力求双双皆宜。如 Silent and chaste she steals along，/ Far from the world's gay busy throng，其中 steals along 于小溪，意为“静静流过”，但用“流过”描写少女的莲步行程，表达不规范，故这两行译为“端庄洁静，行若无声，/远离尘嚣，不妒不争”。又如，Intent upon her destined course 于小溪，本是“专注于既定的水路/河道”，仅单向适合；译为“目标执著，意笃志坚”，应可双宜。

原诗行文风格，译文尽量对应：原诗一共十行，除第 4、10 行分别 7、10 个音节之外，其余各行都是 8 个音节，可视为 8 音节诗，译诗每行处理为 8 个汉字。原诗以 aabbccddee 的方式，每两行押韵；译诗再现其韵式，以求对应。

Love's Omnipresence

By Joshua Sylvester

Were I as base as is the lowly plain,
And you, my Love, as high as heaven above,
Yet should the thoughts of me your humble swain
Ascend to heaven, in honour of my Love.

Were I as high as heaven above the plain,
And you, my Love, as humble and as low
As are the deepest bottoms of the main,
Whereso'er you were, with you my love should go.

Were you the earth, dear Love, and I the skies,
My love should shine on you like to the sun,
And look upon you with ten thousand eyes
Till heaven wax'd blind, and till the world were done.

Whereso'er I am, below, or else above you,
Whereso'er you are, my heart shall truly love you.

吾爱随你洁无瑕

约述亚·塞尔维斯特

我若低微在平原,
爱人你啊似天高,
我就谦恭仰视天,

吾爱随你上苍旻。

我若高贵如碧空，
你啊低在海底深，
卑微至极前路穷，
吾爱跟你不离身。

我若为天你为地，
吾爱临照如艳阳，
千眸万目呵护你，
直到天塌地亦央。

无论在君上或下，
吾爱随你洁无瑕！
（吴伟雄 译）

译后小记：

约述亚·塞尔维斯特的这首十四行诗以爱为主线，歌颂“我”不论其所爱之人高尚低贱，对其之爱无处不在。

分析末句译诗题：其题 *Love's Omnipresence* 意为“爱，无处不在”。反复鉴赏之后，理解到原诗末句 Whereso'er you are, my heart shall truly love you 是诗的高潮、示爱的最强音。这不是一般的爱，是处处紧随所爱之人的“纯真的爱”“无瑕之爱”！拙之题译一如末句：吾爱随你洁无瑕。

分析意境译难词：原诗 the deepest bottoms of the main 中的 main 是难解之词。其实，main 可作形容词理解，前加定冠词，就是指一种总体的、主要的什么了。思路跟随语篇意境展开后，觉得那是总体空间的意思。诗中的空间，说到天又说到地，至此，作为总体空间的 the main

还缺什么呢？什么有 bottom，而且还有 the deepest bottom 呢？那就是海了。如此推理，未知可否，但已自圆己说。

分析格律定译诗：十四行诗常用的韵式之一为 abab cdcd efef gg。为了 plain 的重复并和 swain 以及 main 押韵，原诗的韵式是 abab acac dede ff，与规范稍有差异，且 ff 为全同韵，但抒情自然、意境纯美，仍不失为一首出色的十四行诗。拙译尽力依从规范的韵式 abab cdcd efef gg。原诗的主旋律是抑扬格五音步，诗行的音节数目大致整齐。拙译每行七字三音步，聊求相对形似，平仄分布间隔相对合理。

Leisure

W. H. Davies

What is this life if, full of care,
We have no time to stand and stare.

No time to stand beneath the boughs,
And stare as long as sheep or cows.

No time to see, when woods we pass,
Where squirrels hide their nuts in grass.

No time to see, in broad daylight,
Streams full of stars, like skies at night.

No time to turn at Beauty's glance,
And watch her feet, how they can dance.

No time to wait till her mouth can

Enrich that smile her eyes began.

A poor life this if, full of care,
We have no time to stand and stare.

闲暇

威廉·亨利·戴维斯

什么生活，满腹闷愁，
没有闲暇停留凝眸；

没有闲暇树下悠悠，
任性凝眸犹如羊牛；

没有闲暇，林间逗留，
察松鼠藏果草里头；

没有闲暇，晴日闲赏，
溪流闪烁，夜空星光；

无暇侧目美人回眸，
观其玉足，翩跹自由；

没有闲暇待其微启
朱唇眼角泛起笑意；

什么生活，满腹闷愁，
没有闲暇停留凝眸。

（张琼 译）

译后小记：

这是英国诗人威廉·亨利·戴维斯(W. H. Davies)的一首风格清新、自然质朴的小诗，诗人提醒人们留出片刻闲暇静赏生活中美，其背后蕴藏着对生活的哲思，特别适合当下提出的"慢生活"。原诗主旋律为四音步抑扬格，采用联韵 aa bb cc dd ee ff aa，译文以逗代步，主旋律为一行四逗，同样采用联韵，押韵格式为 aa aa aa bb aa cc aa，译文第一节和最后一节构成回环修辞。

Ars Poetica

By Archibald Macleish

A poem should be palpable and mute
As a globed fruit,

Dumb
As old medallions to the thumb,

Silent as the sleeve-worn stone
Of casement ledges where the moss has grown—

A poem should be wordless
As the flight of birds.

*

A poem should be motionless in time
As the moon climbs,

Leaving, as the moon releases
Twig by twig the night-entangled trees,

Leaving, as the moon behind the winter leaves,
Memory by memory the mind—

A poem should be motionless in time
As the moon climbs.

*

A poem should be equal to
Not true.

For all the history of grief
An empty doorway and a maple leaf.

For love
The leaning grasses and two lights above the sea—

A poem should not mean
But be.

诗艺

阿奇博尔德·麦克利什

诗应静默而可感知
如滚圆果子

不语
如旧奖章之于拇指

不言如衣袖磨平

的窗台石，青苔悄生——

无声
如鸟翱翔

*

诗应静驻时光
任月攀升

隽永，任月一枝一枝
解开被黑夜纠缠的树

隽永，任月在冬身后离去
记忆于心田——

诗应静驻时光
任月攀升

*

诗不应
写实

人生寂寥
化作空阶枫叶飘

爱意缠绵
化作芳草依依光数点——

诗不言

而是也

（张琼 译）

译后小记：

阿奇博尔德·麦克利什（Archibald Macleish）1892年出生于美国，《诗艺》是诗人麦克利什对于"诗歌当为艺术论"的诗，其语言表达也颇有诗意，翻译的理解和表达都有相当难度。这首诗有三部分，每部分有四个两行诗节。诗人解读了什么是"诗艺"，诗者可意会不可言传也。从语篇连贯来看，原诗"A poem should be … mute … Dumb…Silent…A poem should be wordless …A poem should be motionless …A poem should not mean but be"，拙译"诗应静默……不语……不言……无声……诗应静驻……诗，不言而是也"对应译出。

第一部分，诗人用了四个比喻来表达何为诗，理解不易，表达更难，需要炼字才能出诗意。

第二部分，主要脉络为 A poem should be motionless…Leaving… Leaving… Memory by memory the mind— A poem should be motionless… 这里的leave究竟何意，是"离开"还是"留下"？译者们对于Leaving… Memory by memory the mind的理解分歧比较大，常见自相矛盾的翻译，如"诗应静驻时光，如月攀升"之类。主要原因有二，一是因为leaving字面上本可以表示一对反义词——"留下"与"离开"，二是跨行诗句分析起来不容易。

Halliday 和 Hasan 认为词汇衔接（复现与同现）是语篇连贯的重要手段。词汇衔接指通过词的重复、同义、反义、上下义、互补、同现等词汇间的语义关系来实现语篇连贯。在同一语篇中，围绕着某个话题，相关的词汇往往同时出现。*Ars Poetica* 一诗中，motionless（静止不动）与leaving一起描写"诗"，leaving与motionless是异词同义复现关系，应该语义一致，故leaving也应该是"静止""不动""留下"之意。

这里 motionless 与 climb，release，leave 构成一静三动对比，正是反义同现关系。“诗应静驻时光”的“驻时光”与“月的攀升”形成对比，那么后面的 leaving 就不难理解了：任凭月亮走了，“诗应静驻时光”，那就应该是“留下记忆”。Leaving… Memory by memory the mind 实为 Leaving…the mind memory by memory 的倒装。

第二小节的句子可以整理成这么一句话，分开主句与四个状语从句：A poem should be motionless in time …Leaving…Leaving… Memory by memory the mind—A poem should be motionless in time（诗应静驻时光……隽永……隽永……记忆于心田——诗应静驻时光……），这是主句，中间的省略号有三个插入语 As the moon climbs，as the moon releases twig by twig the night-entangled trees，as the moon behind the winter leaves(任月攀升，任月一枝一枝解开被黑夜纠缠的树，任月在冬身后离去)。

第三部分第一节：A poem should be equal to：Not true. 诗人主张“诗不应写实话”，如果要写哀愁，就不应该在诗里写“哀愁”，而是应该写“空阶枫叶落”，如果要写爱情，就不应该在诗里写“爱情”，而是应该写“芳草依依数点光”。日本人夏目漱石也说，“我爱你”，不能说“我爱你”，而应该说“今夜月色真美”。“哀愁”“我爱你”都是毫无诗意的大实话，不应这么写进诗歌。正是 If you are writing a love poem，then your poem should not mean love. Instead，it should be love itself. Too much to say too little to show makes a poor poem.

第三部分第四节，A poem should not mean but be 呼应第一节 A poem should be … mute … Dumb…Silent…wordless，跟前面也呼应，诗应静默、不言、不语、无声。诗应该意会，不可言传，故最后一节译为“诗不言而是也。”

Fog

By Carl Sandburg

The fog comes
On little cat feet.
It sits looking
Over harbor and city
On silent haunches
And then moves on.

雾

卡尔·桑德堡

雾来了
迈着碎猫步。

它蹲坐着
观看城市和港口
静静地
然后重新上路。
(张琼 译)

译后小记:

这是一首意象诗。诗中的雾呈现猫的意象，生动形象，新颖别致。全诗以 cat(猫)为主导，采用了动作意象(The fog comes ... It sit looking... And then moves on)、静态意象(on haunches)和听觉意象(silent)，烘托出大雾悄悄弥漫整个城市而后又悄悄散去的静谧。

The Red Wheelbarrow

By William Carlos Williams

so much depends
upon
a red wheel
barrow
glazed with rain
water
beside the white
chickens.

☞ **译文一：**

红色手推车

威廉·卡洛斯·威廉斯

如此之多东西
压着
一辆红色独轮
推车
被雨水淋得
铿亮
旁边是白色
小鸡
（张琼 译）

☞ **译文二：**

红色手推车

威廉·卡洛斯·威廉斯

如此之多东西堆积在
一地白色小鸡旁
被雨水淋得
锃亮的
一辆
红色
手推
车

（张琼 译）

译后小记：

威廉·卡洛斯·威廉斯的这首短诗是由一个句子构成的自由诗，被推崇为意象派诗歌的名篇。《红色手推车》体现了诗人的一贯主张，即把诗歌创作深深扎根于现实生活中。

诗歌所展现的是骤雨初歇时农家院子中的情景，他运用了静物写生的手法。手推车、雨水和白色小鸡都是极为平常的事物，然而诗人却能以极其细腻的感受能力，通过物体在画面中的特殊定位和鲜明的色彩形成对比，使邻家院子里的雨霁天晴时分那番熟悉景象永恒定格在美国文学史上。整首诗读来清新自然，色彩鲜明，动静结合，情景堪画。在诗歌的形式上，诗人也颇具独创性。他似乎认为在描述这些平凡的事物时无需采用大写字母，因此，全诗所有单词均采用小写形式。

译文一紧贴原诗形式，译文二将句子语序自然调整，诗文的形状是否看起来像一辆堆满东西的独轮车呢？

The Weight of Squid on a Full Moon Night

By Maryann Hurtt

on Halong Bay
in the South China Sea
I bamboo pole jig
wait for pull and tug
the weight of squid

my pole digs deep
then leaps
a squid now flies
its shiny body lit by the moon

at lunch tomorrow
I will remember an inky eye
how it stabbed my heart
and how we fill our hunger
so dependent
on the weight of squid

月圆之夜乌贼的重量

玛丽安·赫特

南中国海
下龙湾
我放下钓竿
静候拖曳

乌贼的重量

钓竿拽得很深
忽地弹起
一只乌贼飞出
光溜的身子月下闪亮

明天午餐
我会记得那乌黑眼睛
如何刺痛了我的心
以及我们为何
如此依赖乌贼的重量
来填补饥饿
（张琼 译）

译后小记：

这是一首引人深思的现代自由诗。第一小节，诗人交代钓鱼的时间、地点，等鱼上钩；第二小节，生动描写钓到乌贼的瞬间；第三小节，午餐上的乌贼深深刺痛了诗人的心，人类为了满足自己欲望，心灵是否会愧疚呢？翻译这首小诗，专有名词 Halong Bay，the South China Sea 的翻译需谨慎，专有名词翻译，首先是查找现有的对应表达，其次是专有名词音译。诗题“月圆之夜乌贼的重量”是一个双关语，首先指乌贼本身的重量，更深一层次是指垂钓乌贼。使诗人心中产生内疚感，具有一种不能承受之重：“我会记得那乌黑眼睛如何刺痛了我的心。”

参考文献

Beaugrande, R. de & Dressler, W. *Introduction to Text Linguistics* [M]. London & New York: Longman, 1981.

Catford, J. C. *A Linguistic Theory of Translation* [M]. Oxford: Oxford University Press, 1965.

Fussel, Jr. P. *Poetic Meter and Poetic Form* [M]. New York: Random House, 1965.

Jakobson, R. What Is Poetry? [A] In: Jakobson. *Language in Literature* [C]. Massachusetts and London: The Belknap Press of Harvard University Press, 1987.

Halliday, M. A. K. & Hasan, R. *Cohesion in English* [M]. Beijing: Foreign Language and Research Press, 2001.

McAuley, J. *Versification: A Short Introduction* [M]. Michigan State University Press, 1966.

Nord, Christiane. *Translating as a Purposeful Activity: Functionalist Approaches Explained* [M]. Shanghai: Shanghai Foreign Language Education Press, 2001.

Papegaaij, B. & Schubert, K. *Text Coherence in Translation* [M]. Dordrecht: Foris Publication, 1988.

Shklovsky, V. Art as Technique [A]. In: David Lodge (Ed). *Modern Criticism and Theory: A Reader* [C]. London: Longman, 1988.

Todorov, T. *The Poetics of Prose* [M]. Ithaca, New York: Cornell

University Press, 1977.

Todorov, T. *Introduction to Poetics*[M]. R. Howard. Tr. Minneapolis: University of Minnesota Press, 1981.

卞之琳．英国诗选[M]．北京：商务印书馆，1996.

陈刚．西湖诗赞[M]．杭州：浙江摄影出版社，1996.

陈宏薇．汉英翻译基础[M]．上海：上海外语教育出版社，1998.

陈君朴．汉英对照唐诗绝句150首[M]．上海：上海大学出版社，2005.

丰华瞻．丰华瞻译诗集[M]．上海：上海外语教育出版社，1997.

冯庆华．红译艺坛[M]．上海：上海外语教育出版社，2006.

辜正坤，译注．毛泽东诗词：英汉对照韵译[M]．北京：北京大学出版社，1993.

顾正阳．古诗词曲英译美学研究[M]．上海：上海大学出版社，2006.

郭建中．当代美国翻译理论[M]．武汉：湖北教育出版社，2000.

黄杲炘．英诗汉译学[M]．上海：上海外语教育出版社，2007.

黄杲炘，译．柔巴依一百首[M]．北京：中国对外翻译出版公司，1998.

江枫．论文学翻译及汉语汉字[M]．北京：华文出版社，2009.

李云启．英诗赏读与美感再植M]．北京：人民出版社，2007.

刘坤尊．英诗的音韵格律[M]．桂林：广西师范大学出版社，2011.

罗良功．英诗概论[M]．武汉：武汉大学出版社，2002.

罗义蕴，曹明伦，陈朴，编注．英诗金库[M]．成都：四川人民出版社，1987.

毛荣贵．新世纪大学英汉翻译教程[M]．上海：上海交通大学出版社，2002.

毛泽东．纪念白求恩[M]．北京：东方红出版社，1967.

穆诗雄．诗歌鉴赏的差异性与诗歌翻译[J]．外语与外语教学，2005(2).

聂珍钊．英语诗歌形式导论[M]．北京：中国社会科学出版社，2007.

潘文国．“语文歧视”会引发汉语危机吗[N]．解放日报，2011-02-07(5)．
蒲度戎．押韵诗歌欣赏[M]．重庆：重庆大学出版社，2008.
齐晓燕．英诗的美学探究[M]．北京：中国传媒大学出版社，2008.
沈苏儒．翻译的最高境界“信达雅”漫谈[M]．北京：中国对外翻译出版公司，2006.
施仲谋，等．中华文化承传　上册[M]．北京：北京大学出版社，2007.
石璢．英诗初阶[M]．西安：西北工业大学出版社，1987.
宋天锡．翻译新概念：英汉互译实用教程[M]．北京：国防工业出版社，2007.
唐一鹤，注译．英译唐诗三百首[M]．天津：天津人民出版社，2005.
涂宗涛．诗词曲格律纲要[M]．天津：天津人民出版社，2000.
《毛泽东诗词》翻译组译．毛泽东诗词[M]．北京：外文出版社，1999.
汪榕培．英译陶诗[M]．北京：商务印书馆，1996.
王大濂．英译唐诗绝句百首[M]．天津：百花文艺出版社，1997.
王东风．诗意与诗意的翻译[J]．外语研究，2018(1)．
王东风．小说翻译的语义连贯重构[J]．中国翻译，2005(3)．
王东风．连贯与翻译[M]．上海：上海外语教育出版社，2009.
王雪松．论标点符号与中国现代诗歌节奏的关系[J]．中国现代文学研究丛刊，2016(3)．
王永泰．旅游广告及俗语外译的艺术美 [J]．上海翻译，2007(1)．
吴伟雄，吴庆雯．新编英汉翻译速通[M]．武汉：武汉大学出版社，2009.
吴伟雄．好易学英汉笔译[M]．广州：世界图书出版公司，2000.
吴伟雄．谈涉外活动中诗词佳句汉英翻译的现场效果[J]．上海科技翻译，2004(1)．
吴翔林．英语格律诗及自由诗 [M]．北京：商务印书馆，1993.

谢天振．当代国外翻译理论导读[M]．天津：南开大学出版社，2008.
许渊冲．翻译的标准[J]．翻译通讯，1981(1)．
许渊冲．翻译的艺术[M]．北京：五洲传播出版社，2006.
许渊冲．汉英对照唐诗三百首[M]．北京：高等教育出版社，2000.
许渊冲．文学与翻译[M]．北京：北京大学出版社，2003.
许渊冲．英汉对照唐诗三百首[M]．北京：高等教育出版社，2001.
许渊冲．中诗英韵探胜[M]．北京：北京大学出版社，1992.
许渊冲．山阴道上[M]．北京：中央编译出版社，2005.
许渊冲．诗书人生[M]．天津：百花文艺出版社，2003：96.
许渊冲．文学与翻译[M]．北京：北京大学出版社，2003.
许渊冲，等．唐诗三百首新译[M]．北京：中国对外翻译出版公司，1998.
许渊冲，译．楚辞[M]．长沙：湖南出版社，1994.
许渊冲，译．毛泽东诗词选[M]．北京：中国对外翻译出版公司，1993.
许渊冲，译．汉英对照宋词三百首[M]．北京：高等教育出版社，2004.
许渊冲，译．毛泽东诗词选[M]．北京：中国对外翻译出版公司，1993.
许渊冲，译．唐诗三百首：汉英对照(第二版)．北京：五洲传播出版社，2018.
杨宪益，戴乃迭，译．楚辞选[M]．北京：外文出版社，2001.
臧克家．毛泽东诗词鉴赏[M]．郑州：河南文艺出版社，2005.
张美芳．翻译研究的功能途径[M]．上海：上海外语教育出版社，2005.
张智中．汉诗英译的标点之美[J]．井冈山大学学报(社会科学版)，2015(2)．
张智中．汉诗英译美学研究[M]．北京：商务印书馆，2015.
郑鉴枢．楹联讲座[M]．深圳：海天出版社，1993.
周领顺．英译汉之"好"：好在哪里？[J]．西安外国语大学学报，2018(4)．

周领顺．从文化解读到语言定位[J]．中国翻译，2018(6)．

周仪，罗平．翻译与批评[M]．武汉：湖北教育出版社，1999.

追求“信、达、雅”杨宪益获翻译文化终身成就奖[EB/OL]．http：//www. china. com. cn/culture/txt/2009-09/17/content_18547077. htm.

搞口译的也可以留芳[EB/OL]．天涯社区．http：//www. tianya. cn/publicforum/content/english/1/117292. shtml.

Milkias Mehreteab Yohannes. It Is Better to Die a Thousand Times than Live Without Dignity [EB/OL]. http：//awate. com/category/articles, 2011-01-23.